W0334504

FEDERHERZ
VERLAG

KATY CROWN

HEAVEN

ICH GEHÖRE IHNEN

schmunzeln

Enthält sensible Themen

Eine genaue Auflistung aller in diesem
Buch enthaltenen Triggerthemen findest du auf:
www.federherzverlag.de/trigger

HEAVEN
Ich gehöre ihnen

Copyright: Katy Crown, 2022, Deutschland
Bildmaterial: Shutterstock, Freepik
Korrektorat: Michelle Giffels

Bestellung und Vertrieb: Nova MD GmbH, Vachendorf

ISBN: 978-3-98595-424-7

WIRmachenDRUCK GmbH
Mühlbachstr. 7
71522 Backnang
Deutschland

Alle Rechte vorbehalten.

Federherz Verlag
Süntelstraße 70
31848 Bad Münder
www.federherzverlag.de
Instagram: @federherz.verlag

BOARDING

Bevor ihr zum Take-off mit den Poets bereit seid, begrüße ich euch zur Safety-Instruction.

Im Privatjet der Jungs funktioniert diese Einweisung ein wenig anders als im üblichen Urlaubsflieger, denn: Dies ist kein Urlaubsflug. Obwohl auch Strand und Meer vorkommen. Das wird keine süße, rosa Zuckerwatte-Story, aber da diese Geschichte zum Genre »Romance Suspense« gehört, hast du damit sicherlich gerechnet. Wie die Bezeichnung vermuten lässt, wird es düster, dreckig und böse, und vielleicht wird auch die eine oder andere Grenze überschritten. Unser Flugziel ist also nicht »Happy-Town«, bei der Landung werden dich keine tanzenden bunten Glücksbärchis erwarten, wahrscheinlich wird der Pilot dir auch keine Anschnallzeichen gönnen, bevor es Turbulenzen gibt. Bist du bereit dafür? Dann such dir eine angenehme Leseposition, schalte alle Störungen von außen ab und genieße deinen (möglicherweise etwas holprigen) Flug!

Boarding completed.

Ready for Take-off!

INTRO

PRAY

Ich bin kein Rapper, kleine Rosaly.

Rapper sind Idioten, die sich für die ganz bösen Jungs halten. Dabei würden sie heulend nach ihren Mamas schreien, wenn sie je einem der wirklich bösen Buben begegnen. Ich, kleine Rosaly, bin der Boss der Poets.

Du hast leider das Pech, jetzt uns zu gehören. Mir zu gehören! Dumm gelaufen für dich. Schade nur, dass es mich nicht interessiert, was du davon hältst. Du gehörst uns, und wir werden dich nicht wieder hergeben. Ich kann dich quälen, dich zerstören und sogar töten. Darauf freue ich mich schon.

Ich würde dir jedenfalls raten, bis dahin deinen schönen Mund zu halten und brav zu tun, was immer ich von dir verlange. Ich kann ungehorsame Frauen nämlich nicht ausstehen.

PROLOG

ROSALY

»Hast du Pray nicht gehört? Glaubst du, er findet es gut, dass du seine Befehle missachtest?« Mit betont gelangweiltem Blick reicht Evil Over den Whiskey. Die beiden scheinen eine stumme Vereinbarung zu treffen. Das gefällt mir gar nicht. Der Innenraum des Privatjets fühlt sich plötzlich noch enger an. Wie konnte das hier innerhalb so kurzer Zeit dermaßen aus dem Ruder laufen? Dabei sollte das doch nur ein Job sein! Und was bin ich jetzt für sie? Ihr Spielzeug?

»Es ist mir egal, was Pray gut findet.« Meine Stimme zittert, und ich schiebe trotzig das Kinn vor, damit sie nicht auf die Idee kommen, er könnte mich eingeschüchtert haben.

»Du solltest ihn nicht provozieren.« Over wechselt die Position und nimmt den Platz neben mir ein.

»Und du solltest tun, was man dir sagt«, beharrt Evil. »Blazer ausziehen, Hände nach vorn.« Sein Befehlston kann mit dem von Pray mithalten. Nur dass

Evil nicht aussieht, als würde er mich umbringen, wenn ich mich ihm widersetze. Allerdings bin ich mir mittlerweile nicht mehr sicher, dass er auch nur eine Sekunde zögern würde, falls Pray es ihm befiehlt.

»Nein«, sage ich trotzdem.

Jetzt steht er auf, überwindet die geringe Distanz zu mir und stützt sich auf der Armlehne rechts und links von mir ab. Instinktiv rutsche ich so weit zurück wie möglich. Ich muss den Kopf in den Nacken legen, um ihn ansehen zu können.

»Sofort!«, grollt Evil. Dieses Mal entdecke ich die gleiche Kälte in seiner Miene, die ich mittlerweile viel zu gut von Pray kenne. Weil ich immer noch wie erstarrt dasitze, ihn anstarre und mich nicht rühren kann, greift Evil einfach selbst nach den Knöpfen meiner Bluse, überlegt es sich aber anders, nimmt die Hände wieder weg und sieht mich nur auffordernd an. Vermutlich weiß er, was er mir damit antut, mich das hier selbst tun zu lassen. So kann ich nur schwierig behaupten, ich will das nicht.

Wie konnte das nur passieren? Wie bin ich hier hineingeraten? Und warum lasse ich sie das mit mir machen? Wie paralysiert folge ich Evils Anweisungen, ziehe die Jacke aus und strecke die Hände aus. Wieder gleitet mein Blick zu Over. Vielleicht kann er mir helfen. Aber auch er wirkt plötzlich eisig, hat seine übliche Sunnyboy-Ausstrahlung einfach ausgeknipst. Stattdessen wirkt er genauso kalt und unnahbar wie Evil.

Mit einem geübten Griff lässt er die Handschellen um meine Gelenke zuschnappen. Das Metall ist kühl und fühlt sich dennoch an, als würde es mir die Haut verbrennen. Einen Moment sieht er mir noch in die Augen, dann raunt er: »Schau mich nicht so an, schöne Frau. Ich werde dir nicht helfen.«

Ich zucke zusammen, als hätte er mich geschlagen. Wenn er mir nicht helfen wird, wird es keiner von ihnen. Mir wird erst jetzt klar, wie schutzlos ich diesen Männern ausgeliefert bin. Wie konnte mein Bruder mich nur in so eine Situation bringen?

EINS

ROSALY

Wenige Tage zuvor

Als ich das piekfeine Restaurant betrete, spüre ich den abwertenden Blick des Kellners auf mir. Ich streiche die beige Bluse und den dunkelbraunen Rock glatt und überprüfe im Spiegel hinter dem blank polierten Empfangstresen meine Frisur. Obwohl ich genau weiß, dass ich meine Naturwelle sorgfältig geglättet und zu einem eleganten Dutt gesteckt habe, beruhigt mich diese Rückversicherung.

Das ist kein Date, Rosaly!, rufe ich mich selbst zur Ordnung und lasse mich von dem Kellner unter verächtlichen Blicken durch den Raum führen.

Das Kerzenlicht zeichnet zitternde Schatten auf die Gäste. *Mann, Henry, seit wann bist du so ein Spießer?*

Wie gut, dass, passend zu meinem Bruder, dem Super-Snob, ein perfektes braves Mädchen aus mir geworden ist. Unter den ganzen gut gekleideten Businessfrauen wirke ich wie das absolute Mauerblümchen. Wenn ich durch die Straßen gehe, nimmt mich ganz sicher niemand wahr. Aber solange diese Fassade funktioniert und mich von meiner Vergangenheit trennt …

Ich entdecke meinen Bruder am anderen Ende des Restaurants, wie üblich bis ins Letzte gestylt. Der schwarze Anzug kommt mir an ihm immer ein wenig fehl am Platz vor. Genau wie die protzige Uhr und seine beinahe lächerlich perfekt sitzende Frisur, aber da mein altes Ich vermutlich auch über mein neues Image gelacht hätte, kann ich mich wohl schlecht über Henrys Verwandlung beschweren. Er strahlt mich an, als er mich bemerkt, und winkt.

Eigentlich will ich zumindest zurücklächeln, aber etwas anderes zieht meine Aufmerksamkeit auf sich. Es fühlt sich an, als würde mich jemand mit den Augen erdolchen. Mein Blick fliegt ganz automatisch zur Bar. Obwohl der hintere Teil nur schwach beleuchtet ist, erkenne ich im diffusen Licht einen Mann. Groß, ganz in Schwarz gekleidet, mit einer merkwürdig düsteren Ausstrahlung, die dafür sorgt, dass er in der schwach beleuchteten Ecke kaum vom Hintergrund zu unterscheiden ist. Es wirkt, als hätte er vor, mit den Schatten zu verschmelzen. Trotz der spiegelnden Sonnenbrille, die seine Augen verdeckt, bin ich mir sicher, dass er mich beobachtet.

Wer zur Hölle trägt in so einem dunklen Schuppen eine Sonnenbrille? Gerade kann ich ein metallisches

Aufblitzen zwischen den Schatten sehen, da stoße ich mit der Hüfte gegen etwas.

Autsch!

»Rosaly!« Henry lacht, und ich zwinge meine Aufmerksamkeit weg von dem unheimlichen Kerl. Was sollte sie auch da? Sich mit einem Typen befassen, der einen auf supermysteriös macht, sich in schlecht beleuchteten Ecken versteckt, mit Sonnenbrille auf der Nase? Okay, was für ein merkwürdiger Kerl.

Ich reibe mir über die schmerzende Stelle und bemerke den Blick des Kellners, der neben Henrys Tisch stehen geblieben ist und mich auffordernd ansieht. Sorgfältig darauf bedacht, nicht schon wieder gegen die Stuhllehne oder etwas anderes zu rempeln, schiebe ich mich auf meinen Platz Henry gegenüber.

»Wie gehts meiner Lieblingsschwester?«, fragt Henry und löst damit, wie immer ungewollt, ein hohles Gefühl in mir aus. Nachdem er beim Kellner eine ausufernde Bestellung für uns beide abgegeben hat. Er weiß genau, dass ich bei den Preisen in diesem Schuppen niemals mehr als Wasser und eine winzige Vorspeise bestellt hätte. Ich verstehe einfach nicht, wie man so scharf darauf sein kann, für ein einziges Essen so viel Geld zu verballern, dass man gut mehr als eine Woche davon leben könnte. Fürs Verschwenden bin ich nicht der Typ. Und mein Bruder ist nicht der Typ für Small Talk. Was hat er vor? Wieso bestellt er mich hierher? Wohl kaum, um mit mir zu quatschen. Also: Was will er von mir?

»Wie gut, dass du bei der Wahl deiner Lieblingsschwester nicht viel Auswahl hast, sonst müsste ich fast annehmen, du verfällst in alte Muster und lügst.«

Sein Lächeln wankt kein Stück. Irgendwas an meinem Bruder ist heute anders. Ich mustere ihn, kann aber nichts feststellen. Im schwachen Licht der Kerzen schimmert sein Haar kupferfarben.

»Das würde dir doch sicher auffallen.« Das Lächeln wird noch ein wenig steifer und ich spüre die vertraute Kälte im Nacken. Irgendwas ist hier faul. Richtig faul.

»Was ist los?«, frage ich also, ohne weiter auf seine Bemühungen einzugehen, mit mir belangloses Zeug zu quatschen. Aber Henry greift nur mit großer Geste nach seinem Weinglas.

»Henry?« Mein Bruder kann wirklich unheimlich sein, wenn er's drauf anlegt. Nur dachte ich, er wäre längst damit fertig, diesen Teil von sich zu nutzen. Er wechselt so abrupt zurück zum Small Talk, dass ich nur noch beunruhigter bin. Trotzdem lässt er mir keine Gelegenheit, zu klären, was ich eigentlich wissen will. Das gesamte Essen über fragt er mich weiter über banale Dinge aus, nach der Uni, dem Schimmel in meiner gammeligen Wohnung und meinen Freunden. Erst als der Kellner unsere leeren Dessertschälchen abräumt und mir das zweite und Henry das dritte Glas Wein hinstellt, scheint mein Bruder sich wieder daran zu erinnern, dass er mich nicht für ein kleines Schwätzchen eingeladen hat.

»Du hast doch letztens gesagt, du suchst nach einem Job«, meint er plötzlich. Ich nicke langsam. Wenn ich die Studiengebühren für das nächste Semester auftreiben will, dann brauche ich wirklich einen Job für die Wochen, die ich bis zum Semesterbeginn frei habe. Dummerweise konnte ich bisher nur leider nichts Passendes finden. »Einen gut bezahlten, für den man keine großen Vorkenntnisse braucht und den ich idealerweise mal schnell in den Semesterferien erledigen kann«, sage ich. Schon beim Gedanken daran hätte ich mich fast selbst ausgelacht. Aber irgendwas in Henrys Miene sorgt dafür, dass mir das Lachen im Hals stecken bleibt. Er verzieht die Mundwinkel auf diese Art ... Warum ist er so angespannt?

»Das ...« Er hält inne, nimmt noch einen tiefen Schluck von dem dunkelroten Wein, bevor er das Glas wieder abstellt und mit den Fingern am Stiel verharrt. »Ich hätte da was für dich.« Er klingt nicht begeistert, als er das sagt. Auf seiner Stirn bildet sich eine tiefe Falte. Ich kenne diesen Ausdruck.

»Was?« Die Richtung, in die das hier läuft, gefällt mir gar nicht. »Du weißt, dass ich das nicht mehr mache, Henry. Und du auch nicht.« Den tadelnden Unterton kann ich mir nicht verkneifen. Er mag mein großer Bruder sein und ich würde so einiges für ihn tun. Aber das heißt nicht, dass ich wieder blind in mein Verderben renne oder ihm dabei zusehe, wie er sich zurück in diesen Sumpf manövriert.

»Das meine ich nicht. Es ist ... wirklich nur ein Job.«

Warum sorgt sein Tonfall dafür, dass ich Gänsehaut bekomme? Ich kämpfe den Drang nieder, meinen Blazer enger um mich zu ziehen.

»Nur ein Job«, wiederhole ich, lehne mich auf meinem Stuhl etwas nach hinten und verschränke die Arme vor der Brust, bis mir wieder einfällt, dass das nicht besonders elegant wirken dürfte. Langsam löse ich die Spannung aus meinen Schultern, atme bewusst tief durch und zwinge mich, die Hände auf dem Tisch abzulegen, statt mich weiter an mir selbst festzukrallen.

»Ganz genau. Du musst nur nett lächeln und ein paar reichen Typen Champagner servieren.«

Das hört sich wirklich nicht nach etwas Gefährlichem an. Oder nach den Jobs, die mein Bruder früher regelmäßig übernommen hat. Ein Tablett tragen sollte ich gerade noch können. Deshalb ziehe ich nur fragend eine Augenbraue hoch, um Henry zum Weiterreden zu bringen.

»Keine große Sache. Ein paar Wochen, und du kommst das nächste Semester über die Runden«, erklärt er und wedelt mit einer Hand, zur Bekräftigung, dass es sich dabei tatsächlich um »keine große Sache« handelt.

»Ich soll ein paar Wochen Champagner durch die Gegend tragen und werde dafür gut genug bezahlt, um das ganze Semester auszukommen?«, frage ich zurück. »Wo ist der Haken?«

Henry zuckt die Schultern. »Es gibt keinen. Du spielst ein bisschen persönliche Stewardess für fünf Kerle mit zu viel Kohle, das war's.«

»Stewardess?« Ah, da ist er ja, der Haken. Ich soll also in einer fliegenden Blechbüchse für ein paar stinkreiche Typen mit dem Hintern wackeln und ihnen damit vermutlich Material für ihre feuchten Träume liefern.

»Sobald ihr landet, kannst du machen, was auch immer du willst. Kultur, Sightseeing, oder an diversen Pools in der Sonne chillen und Cocktails schlürfen. Easy.«

So weit habe ich tatsächlich nicht gedacht. Das macht das Angebot gleich viel verlockender.

»Die Jungs sind sowieso auf Tournee, ständig auf irgendwelchen Konzerten und jetten dafür durch die Gegend. Du würdest also mehr Zeit mit Städtetouren und Strandurlaub als beim Arbeiten zubringen.«

Die Aussicht darauf gefällt mir tatsächlich. Und wenn ich neben einem schicken Urlaub so viel Geld verdienen kann, wie Henry behauptet ... Mein ohnehin geringer Widerstand bröckelt vollständig. Eine Frage allerdings drängt sich mir noch auf.

»Wie komme ausgerechnet ich zu der Ehre?«

Henry lächelt breit.

»Kontakte«, sagt er kryptisch. Na super. Henrys »Kontakte« kenne ich. Ich seufze. »Ich hab doch gesagt, ich nehme keine Jobs mehr von deinem Kumpel Sid an. Der hat beim letzten Mal ernsthaft gedacht, ich wäre ihm für diesen schlimmen Job auf dieser Messe tatsächlich einen *Gefallen* schuldig.« Ich betone das Wort so, dass Henry zweifelsfrei versteht, welche Sorte *Gefälligkeit* sein toller Freund von mir einfordern wollte. Für einen mies bezahlten Auftritt als kellnernder Cupcake auf irgendeiner Kunsthandwerksmesse. Sollte Henrys neuer Job für mich eine

Wiederholung von so was bedeuten, verzichte ich gerne.

Statt schockiert auszusehen, beginnt mein Bruder zu lachen. Echt jetzt? Entgeistert starre ich ihn an.

»Das war ein Witz. Den macht er ständig!«, erklärt Henry, als er endlich aufhört, mich auszulachen. Ich verdrehe die Augen. »Aber sicher.«

»Und nein: Dieser Job kommt nicht von Sid. Der ist bei keiner Agentur für Eventpersonal gelandet.« Er zwinkert mir zu. Was wohl so viel heißen soll wie: Schau mal, wie exklusiv dein cooler Bruder mittlerweile vernetzt ist. Dass er sich diese Tour sonst wohin stecken kann, sollte er eigentlich wissen.

»Schön«, sage ich, weil Henry offensichtlich auf eine Antwort wartet. Er hebt eine Augenbraue. Aber ich betrachte nur interessiert mein Weinglas, als würde ich darin einen Hinweis darauf finden, ob es eine kluge Idee ist, dieses Angebot anzunehmen.

»Komm schon, Rosi.« Ich rümpfe die Nase. Diesen Spitznamen kann ich nicht leiden. Das weiß Henry genau. Aber er ignoriert meinen bösen Blick und spricht einfach weiter. »Das ist eine tolle Gelegenheit für einen bezahlten Luxusurlaub. Und du wirst bestimmt eine Menge Spaß haben!« Das Lächeln, das jetzt über Henrys Gesicht gleitet, macht mir klar, dass ein Nein als Antwort sowieso nicht akzeptiert wird. Mein großer Bruder neigt immer noch dazu, unseren Vater ersetzen zu wollen. Und dafür schießt er ab und zu etwas über das Ziel hinaus. Wenn er also meint, dieser Job ist das Beste für mich, dann wird er mich so lange bequatschen und darauf drängen, dass ich ihn annehme, bis ich schließlich nachgebe.

»Gut«, sage ich also und stürze den Rest Wein hinunter. Erst meinen, dann, einfach weil ich's kann und mir gerade danach ist, greife ich über den Tisch und leere auch Henrys Glas. Aus einem Impuls heraus werfe ich einen kurzen Blick in diese dunkle Ecke von vorhin. Der Mann mit der Sonnenbrille scheint verschwunden zu sein. Das ungute Gefühl in meinem Magen verbessert sich dadurch nicht. Trotzdem wende ich mich wieder Henry zu.

»Ich mach's.«

ZWEI

PRAY

Als die Tür zu unserem Penthouse hinter mir zufällt, sinkt meine ohnehin miese Laune noch weiter. Falls das überhaupt möglich ist, wenn man sich gerade mit einem Wichser getroffen hat, der bereit ist, seine kleine Schwester als Pfand abzuliefern, für ein paar Wochen Zeit. Und das mitten in New York. Wenn ich eins noch mehr hasse als feige Schweine, die sogar ihre eigene Oma verschachern würden, um ihren armseligen Arsch zu retten, dann ist es New York.

»Ich hab gesagt, ihr sollt nicht ohne mich anfangen!«, brülle ich gegen die Kombination aus Musik und Stöhnen. Okay, das steht auch auf meiner Hass-Hitliste ganz oben. Resteficken. Als wäre ich irgendwer und nicht der verdammte Boss dieses Sauhaufens.

Ich ziehe die Sonnenbrille von der Nase, schmeiße sie achtlos auf einen kleinen Tisch neben der Tür und nehme Kurs aufs Wohnzimmer, aus dem schon wieder das laute Geschrei irgendeiner Tussi schallt.

Das Bild, das sich mir bietet, würde jeden, der nicht ständig mit diesen Pennern abhängt, wahrscheinlich wundern. Ich steige über zwei Mädchen, die nach allen Regeln der Kunst miteinander rummachen.

»Erfolgreich?«, fragt Scream, der auf dem Sofa lümmelt und die beiden Frauen beobachtet, als würde er sich eine mittelmäßig spannende Serie ansehen. Oder die Nachrichten. Seine wild gestylten schwarzen Haare sind nicht ganz so akkurat sortiert wie sonst, sodass er noch mehr aussieht, als wäre er gerade einem dieser Anime-Pornos entstiegen. War also eine der Tussis schon dran. Schön für ihn.

»Nein.«

Jetzt wendet er den Blick doch von den Mädchen ab und sieht mich an. Ein so seltenes Ereignis lenkt offensichtlich sogar von nackten Titten ab. Seine ohnehin schon schmalen Augen werden noch eine Spur kleiner.

Ich schüttele mahnend den Kopf, gehe an ihm vorbei und steuere auf den Wohnzimmertisch zu. Dabei weiche ich Tox aus, der sich gerade tief von hinten in einer hübschen Brünetten versenkt und sie genüsslich gegen die Rückenlehne unseres Sessels vögelt. Das Geräusch, das sie dabei von sich gibt, erinnert mich und meinen Schwanz daran, dass es Wichtigeres gibt als geplatzte Deals.

Am Couchtisch haben Evil und Over sich zumindest schon nützlich gemacht. Sie haben eine nackte Blondine auf dem Tisch platziert. Auf ihrem Bauch bereitet Over gerade fachmännisch eine Line Koks vor. Guter Junge. Der Kleine lernt schnell. Da hat er

Glück, immerhin habe ich ihn nicht ganz freiwillig aufgenommen. Aber ein hellblonder Schönling mit Engelsstimme ist nun mal gut für unsere Tarnung. Außerdem hätte ich Stress mit Dad gekriegt, würde ich Over außen vor lassen wollen. Dabei ist mein Stiefbruder wirklich nicht der geeignetste Kandidat für diese Art von Geschäften. Aber da er nun mal zur Familie gehört, haben weder er noch ich eine Wahl.

Ich nehme den gerollten Schein entgegen, den er mir überreicht, und ignoriere das Mädchen, das vor ihm auf dem Boden kniet.

»Schlechter Tag?«, fragt Evil, ohne die Finger aus der Blondine auf dem Tisch zu nehmen. Die zweite Frau, die sich auf seinem Schoß räkelt, ignoriert er kurzfristig. Statt einer Antwort wedele ich mit einer Hand in Overs Richtung und platziere mich so über dem Mädchen, dass ich ihr das weiße Pulver vom Bauch ziehen kann. Immerhin windet sie die Kleine unter Evils Fingern ganz schön. Wäre ja schade, wenn die Hälfte von unserem guten Stoff auf dem Boden landet, weil sich die Schlampe nicht beherrschen kann. Im Hintergrund kommt Tox' Mädchen lautstark. Alter Romantiker. Einen Moment kann ich mir das Grinsen nicht verkneifen.

Dann richte ich mich auf, lasse mir von Over eine offene Flasche Whiskey reichen und nehme einen tiefen Schluck. Bevor ich das Ding neben Blondies Kopf abstelle, meine Hose öffne und Evil ein Zeichen gebe, damit er seine Hand aus dem Mädchen nimmt. Er reagiert sofort und widmet sich direkt der Frau auf seinem Schoß. Ich pflücke das Couchtisch-Girly hoch und ziehe sie mit mir auf den freien Platz auf dem Sofa. Fingernägel krallen sich in meine Haare und ihr Körper drückt sich an mich. Ein leises Stöhnen entgleitet ihr. Wer wird da schon Nein sagen? Von irgendwoher trifft mich ein frisches Kondompäckchen und landet neben mir auf dem Sofa. Gute Jungs, ich sag's doch.

Bevor ich danach greifen kann, schnappt die Blondine es sich und reißt die Packung mit den Zähnen auf. Nur Sekunden später klettert sie auf meinen stahlharten Schwanz, wirft die Haare schwungvoll in den Nacken und beginnt, mich zu reiten. Ihr Stöhnen lenkt mich endlich von dem Mist in meinem Kopf ab.

Party im Poets-Style. Ich erinnere mich wieder daran, warum ich diesen Job so liebe.

Als ich mich nach unserer kleinen Party wieder aufs Sofa fallen lasse, habe ich nicht mehr das Bedürfnis, die halbe Stadt niederzubrennen. Immerhin das. Over kommt zu uns zurückgestolpert. Ein Blick zu ihm, und ich weiß, dass er die Mädchen erfolgreich vor die Tür verfrachtet hat. Wunderbar. Ich habe nämlich wirklich keinen Bock, Interna vor irgendwelchen Weibern auszubreiten.

»Willst du uns jetzt erzählen, was da vorhin schiefging?«, fragt Evil, streicht sich die zerzausten dunklen Haare glatt und schiebt mir über den Tisch die offene Flasche zu. Was meinen bösen Blick ein bisschen weniger entnervt ausfallen lässt.

»Will Pray das jemals?«, fragt Tox, der mir gegenüber quer über dem Sessel lümmelt und mit den tätowierten Fingerknöcheln knackt. Ich hasse es, wenn er das tut. Allerdings bemerkt er meinen tadelnden Blick nicht, denn er sieht nicht mich an, sondern Scream, der verzückt lächelnd auf dem Boden hockt. Na immerhin einer fühlt sich grade wie im Himmel.

»Ungern«, sage ich und greife nach der Flasche, um Evils prüfendem Blick auszuweichen. Der Kerl weiß einfach immer auf Anhieb, wo es gerade brennt. Deshalb ist er in anderen Situationen extrem wertvoll für unser Geschäft, aber in Momenten wie diesem würde ich auf den Einsatz dieses speziellen Talents gerne verzichten.

»Das heißt, du hast das nicht geregelt?« Tox sieht mich an, als wäre mir grade ein verfickter Heiligenschein gewachsen, dann bemerkt er meinen warnenden Blick und widmet sich wieder der Beobachtung von Scream. Ich setze die Flasche an und trinke. Vielleicht ertränkt das ja diesen bescheuerten Deal.

»Also atmet der Wichser noch.« Es ist keine Frage, sondern eine Feststellung von Evil. Als meine rechte Hand kennt er mich leider einfach zu gut. Tox' Blick streift mich nur ganz kurz, und Over sortiert geschäftig irgendwas auf dem Couchtisch. Ich antworte nicht, sondern frage mich stattdessen, wie es so weit kommen konnte. Was ist nur los mit mir?

»Und die Kohle hast du auch nicht bekommen.« Wieder keine Frage.

Over runzelt die Stirn, lässt das Herumhantieren

bleiben und sieht mich an, als würden mir passend zu dem fiktiven Heiligenschein jetzt auch noch Flügel aus dem Rücken sprießen.

»Du hast ihn einfach laufen lassen?« Tox wirkt nicht begeistert. Verständlich.

»Nein.« Ich drehe die leere Flasche in den Händen und versuche, einen guten Anfang zu kriegen.

»Was habt ihr gemacht, einen Handel mit euren Seelen abgeschlossen?«, witzelt Over. Ich werfe ihm einen scharfen Blick zu und bringe ihn damit zum Schweigen.

»Wir bekommen seine Schwester.« Die Worte hören sich selbst aus meinem Mund an wie ein bescheuerter Film, den niemand bis zum Ende sehen will. Wie ekelhaft bin ich eigentlich, mir ein Mädchen verpfänden zu lassen?

»Was?« Jetzt habe ich die ungeteilte Aufmerksamkeit meiner Jungs. Tox lässt das Messer fallen. Evil setzt sich auf. Scream ist plötzlich ganz bei der Sache, und sogar Over hat keine billigen Kommentare mehr übrig.

»Was ist das denn für ein Penner?« Tox schüttelt den Kopf. »Bedeutet das Mädchen ihm gar nichts?«

»Natürlich tut sie das. Deshalb hat sie ja überhaupt einen Wert für uns.« Ich bin so unfassbar gereizt, dass ich den Nächsten, der mir schwachsinnige Fragen stellt, vermutlich erschieße. Gut, dass meine Waffe in meinem Sakko steckt, das Dank den Mädchen von eben sonst wo im Raum liegt.

»Wie hast du dir das gedacht? Sie vögelt sich einmal quer durch und damit sind Rogers' Schulden beglichen?« Dass Evils Gesichtsausdruck dabei neutral bleibt, ist das Einzige, was meine Wut nicht sofort zum Überkochen bringt.

»Nein!« Auch etwas, was ich mir nie als Pfand hätte andrehen lassen. »Rogers' Schwester wird uns auf der Tour begleiten und die ausgefallene Servicekraft im Jet ersetzen.« Was sich gut trifft. Denn die Vorgängerin der kleinen Miss Rogers ist ... kurzfristig leider verhindert. Lästige Sache, wenn Angestellte nicht mehr atmen. Aber leider passiert das, wenn sich Leute ungefragt in unsere Geschäfte einmischen oder etwas sehen, was sie besser nicht sehen sollten. »Sie ist ungefährlich, wird definitiv nirgendwo singen, egal was sie mitbekommt, und wenn's dumm läuft, schicken wir sie einfach mit ihrem Bruder mit.« Ich zucke die Schultern.

Jetzt, aus der Ferne betrachtet, hört es sich noch viel bescheuerter an, sich auf so was einzulassen. Aber fuck. Ich habe gesehen, wie Rogers' dieses Mädchen ansieht. Keine Ahnung, welches kranke Verhältnis die beiden haben, aber sie ist ihm definitiv nicht egal. Und was in der Kleinen selbst steckt, kann ich nur erraten. Irgendwas an dieser Frau hat mich auf den ersten Blick gezwungen, sie besitzen zu wollen. Und weil ich ein Wichser bin, der mit dem Schwanz denkt, haben wir jetzt also kurzfristig doch noch jemanden für den Bordservice. Nicht, dass wir das nicht selbst übernehmen könnten. Ist nur schicker mit Möpsen.

»Alter, ich meine das nicht böse, aber du spinnst.« Tox schüttelt den Kopf. Es nervt mich, dass er weiß, dass er mir so was sagen kann, ohne dass ich austicke.

Den Bonus hat er nur, weil ich ihn schon kenne, seit wir Kinder waren. Als Sohn der rechten Hand meines Dads ist er für mich praktisch wie mein Bruder. Glück für ihn, sonst würde ich ihm sein Messerchen abnehmen und ihm mal zeigen, wie sehr ich tatsächlich spinne.

»Ist sie heiß?«, fragen Evil und Over gleichzeitig.

»Wie ein Gefrierschrank.« Meine Antwort überzeugt nicht mal mich selbst. *Natürlich. Sie lässt dich total kalt. Deshalb machst du das ja auch, du Trottel.* Die fragenden Blicke der anderen ruhen auf mir. »Etwas schüchtern, schätze ich.« Untertreibung des Jahrhunderts. Die biedere ›Rosaly Rogers‹ ist so verklemmt, dass ihre Muschi einem vermutlich die Kronjuwelen abbeißt, bevor man auch nur in ihre Nähe kommt. Aber ich habe ihre perfekten Lippen gesehen, dieses Glänzen in ihren Augen. Die Art, wie sie sich gegen Rogers behauptet hat … und dass sie zum Schluss ihres Gesprächs sogar so weit ging, ihm seinen Wein zu klauen. Obwohl Rogers ein genauso mieser Bastard ist wie ich und regelmäßig Leute für weniger umlegt. Das hat mich irgendwie beeindruckt und in mir eine Vermutung verankert, die ich bestätigt haben will. In diesem Mädchen steckt eine Göttin, die nur geweckt werden muss. Und mich reizt es wahnsinnig, derjenige zu sein, der das tut.

»Du bist so was von irre, Mann.« Da sich der Rausch des Alkohols mit dem High vermischt, kann ich nicht mehr wahrnehmen, wer von meinen Freunden es ausspricht. Ist auch egal. Recht hätten sie alle.

DREI

ROSALY

Wie bescheuert kann man sein? In meinem Fall bin ich mir sicher: Dafür gibt es absolut kein Limit. Zumindest muss es das sein, denn nachdem mir Henry praktisch sofort die Daten zu meinem neuen Job geschickt hat, bin ich jetzt hier. Am Flughafen, in Richtung der Privatflugzeuge, um mich für meine erste »Schicht« zu melden.

»Du tust was?«, keift Marcy grade ins Telefon. Ich seufze, massiere mir mit der freien Hand die Schläfe und konzentriere mich darauf, das Smartphone nicht fallen zu lassen. Egal, wie laut meine beste Freundin kreischt, gegen den Asphalt des Rollfelds hätte mein Handy keine Chance.

»Reg dich ab, Marcy, es ist nur ein Job. Daran ist überhaupt nichts spannend. Oder glamourös«, erkläre ich und wünsche mir, ich könnte sie an den Schultern packen und schütteln, bis ihr kleiner Groupie-Anfall nachlässt. Das ist wirklich keine große Sache.

»Das ist nicht nur ein Job! Das sind die Poets! Die sind … krass. Und sexy. Und genial. Und brandheiß!«

Ich schnaube zur Antwort und verdrehe die Augen.

»Krieg dich wieder ein. Mir ist egal, was man sich über diese Freaks erzählt. Für die bin ich sowieso einfach nur die unscheinbare Tussi, die ihnen ihre Drinks bringt.«

»In ihrem privaten Flieger. Auf der gesamten Tournee!« Marcy quietscht und kreischt am laufenden Band. Ich seufze. So spannend sie das auch findet: alles Quatsch. Die Poets sind nur Kunden. Nichts weiter. Als ›Stewardess‹ in ihrem Privatflugzeug mag ich diesen Typen zwar begegnen, aber nur weil die ganze Welt ihnen zu Füßen liegt, muss ich das ja nicht, oder? Von wegen Sexiest-Men-Alive.

Ich habe Fotos gesehen.

Und danach mindestens einen ihrer Songs gehört. Spätestens dann war ich echt bedient. Wenn sie das *Musik* nennen, bewegen wir uns generell auf verschiedenen Planeten. Ich würge das Gespräch mit Marcy etwas zu grob ab, um noch einmal auf das Foto zurückzuspringen. Immerhin sollen das ja meine »Kunden« sein, und vermutlich sollte ich sie deshalb zumindest namentlich kennen. Berühmte Freaks werden wahrscheinlich echt stinkig, wenn man sie nicht auf Anhieb erkennt. Also rufe ich ein Bild nach dem anderen auf und wiederhole die Namen dazu. Das erste Foto der Band, das ich öffne, zeigt fünf attraktive, halbnackte Typen. Alle zwischen Anfang und Ende zwanzig, in unterschiedlichen, ziemlich eindeutigen Posen mit leicht bekleideten Damen. Wenn das ihr Promo-Foto ist, will ich gar nicht wissen, wie private Schnappschüsse ausfallen würden. Mich beschleicht das unangenehme Gefühl, dass ich in der nächsten Zeit sehr viel mehr nackte Haut sehen werde, als mir lieb ist. Ganz hinten kann ich sogar einen offenen Hosenstall erkennen, aus dem ... bäh!

Hektisch tippe ich auf die Verlinkung zu den Fotos, auf denen die Bandmitglieder einzeln präsentiert werden, und bete, dass sie sich zumindest dafür angezogen haben. Mir entfährt ein erleichterter Seufzer, als sich die Seite aufbaut und der erste Kerl sichtbar wird. Die Aufnahme zeigt ihn nur bis zur Brust und glücklicherweise bekleidet. Zum Glück haben sie wenigstens auf das Rapper-Klischee mit den viel zu großen Shirts und Hosen verzichtet. Wenigstens tragen sie ihre Klamotten, falls sie mal welche anhaben, passend. Sonst hätte Henry tun können, was immer er will: Ich hätte diesen Job definitiv nachträglich abgelehnt.

Es ist Scream. Das »S«, peinlich genug, dass diese Pseudo-Musiker als erwachsene Männer eine Boygroup gründen mussten, sie erfüllen auch noch das »Wir haben den Bandnamen aus unseren Künstlernamen gebastelt«-Klischee. Bäh.

Das »S« der Poets ist jedenfalls eindeutig zu erkennen. Die japanischen Gene seiner Mutter sieht man ihm selbst ohne das übertriebene Mangafiguren-Styling an. Wie ein notgeiler Anime-Vampir. Vermutlich denkt er sich das dabei.

Das nächste Bild zeigt Toxic. Einen tätowierten Kerl, Typus durchtrainiert, braun gebrannt, blonde

Strähnchen. Noch so ein Boygroup-Klischee auf Beinen. Irgendwie sexy, ja, aber das werde ich ihm garantiert nicht unter die Nase reiben.

Evil, der unpassenderweise aussieht wie ein Latino-Engel, den man problemlos für eine Shampoo-Werbung casten könnte. Oder Zahnpasta. Oder Fitness-Produkte. Gut, ich gebe zu, Evil ist ... heiß. Brandheiß sogar.

Dafür wirkt Over auf den Fotos wie der klassische Teenie-Schwarm. Umwerfendes Lächeln, strahlend azurblaue Augen, wirre hellblonde Haare. Und diese Sunnyboy-Ausstrahlung, die im starken Kontrast zu seiner Beteiligung an den Poets steht.

Und der Letzte im Bunde. Pray. Dunkelhaarig, Schlafzimmerblick, der Einzige der Jungs, der es offensichtlich darauf anlegt, Maßanzüge zu tragen, auch wenn er trotzdem immer wirkt, als hätte er sich die gerade erst übergeworfen. Krawatten scheinen nicht so sein Ding zu sein. Genau wie das Schließen seiner Hemden. Wahrscheinlich findet er, dass er wahnsinnig scharf aussieht, so halb bekleidet. Natürlich. Das Ego dieses Typen springt schon aus den Bildern. Sein selbsternannter Verführerblick verschafft ihm in seiner Fantasie garantiert eine Menge feuchte Höschen.

Na immerhin kann ich dazu absolut sicher sagen: Quatsch.

Das zarte Kribbeln in meinem Schoß ignoriere ich geflissentlich. Ein winziger Teil von mir versteht Marcy, aber mein Verstand ist stärker. Definitiv. Ich werde einfach diesen Job machen, einen netten Urlaub haben, ein paar fremde Städte bereisen und diese

Idioten nicht öfter sehen als unbedingt notwendig. Das wird wunderbar funktionieren.

Irgendwo in mir lacht etwas. Dann streiche ich mir das beigefarbene Kostüm glatt und stelle sicher, dass wirklich jeder Knopf meiner Bluse tatsächlich geschlossen ist. Wäre ja noch schöner, wenn einer von diesen Freaks glauben würde, ich hätte Interesse. Habe ich definitiv nicht.

Ich straffe die Schultern, stecke das Handy weg und ramme den Absatz meiner nudefarbenen Kittenheels in den Boden.

Ganz das brave Mädchen, Rosaly, hm? Bravo. Energisch schiebe ich Ravennas Stimme in meinem Kopf beiseite.

Die Treppe zur Tür des Flugzeugs zieht sich in die Länge, als würde ich versuchen, mit einem verstauchten Knöchel den Mount Everest zu besteigen. Trotzdem zwinge ich mich Schritt für Schritt voran und zerre meinen Trolly hinter mir her.

Nur ein Job.

Nur ein Job.

Weiter nichts.

Das ändert nichts daran, dass die Nervosität durch mich hindurchrauscht und mich ungewohnt fahrig macht. Ich muss mich darauf konzentrieren, in den Schuhen nicht zu stolpern. Wahrscheinlich würde ich die gesamte Treppe runterfallen und hätte hinterher das scheußliche Muster des dünnen Blechs auf jedem Zentimeter meiner Haut. Vermutlich wäre es dann schon vorbei mit dem Job. Auch wenn ich immer noch ein mieses Gefühl bei der Sache habe.

Jetzt bin ich so nah dran, dass ich ungern einfach aufgeben möchte.

»Da seid ihr ...« Der Mann, der sich zu mir umdreht, ist definitiv keiner der fünf Musiker. Er ist attraktiv, auf eine unaufdringliche Art. Der Anzug erinnert mich sehr an die Dinger, die Henry trägt. Protzig, langweilig, aber zurückhaltend und vollkommen korrekt. Vermutlich exakt wie sein Träger.

»Ähm ... hallo, ich bin Rosaly Rogers und sollte mich melden ...«, plappere ich drauflos. Vielleicht fällt so nicht auf, dass ich überhaupt keine Ahnung habe, was ich sagen soll. Henry hat mir zwar den Namen meiner Kontaktperson geschickt, aber den habe ich leider vergessen.

Weil du zu beschäftigt warst, Bilder von attraktiven Boygroup-Mitgliedern zu begaffen!

Ich ignoriere den Kommentar und zwinge mich, scharf nachzudenken. Es muss doch ... Es war etwas ganz Gewöhnliches.

»Ah. Sie sind das Mädchen«, sagt er, als wäre absolut klar, was er darunter versteht. Okay. Merkwürdiger Typ. »Steven Garcia, der Manager.« Er reicht mir die Hand und zerquetscht meine Finger wie ein Schraubstock. Ein nervöser, etwas feuchter Schraubstock. Ich lächele krampfhaft und versuche, nicht zu zucken oder mir anmerken zu lassen, wie unangenehm mir sein Händedruck ist.

»Haben Sie Ihre Sachen direkt dabei? Die Jungs sollten eigentlich schon hier sein. Es geht gleich los.«

Ich hoffe so sehr, dass er einfach die Finger wegnimmt, dass ich überhaupt nicht richtig zuhöre.

»Ähm … heißt das, kein Vorstellungsgespräch?«, frage ich und überlege, wie ich Henry beibringen kann, dass ich noch nicht mal bis ins Gespräch durfte. Vielleicht bin ich ihm nicht attraktiv genug, oder nicht blond genug. Die Fotos haben mir nicht verraten, wie der klassische Frauentyp der Poets aussieht. Bei dem unerträglich widerwärtigen Online-Auftritt und den ganzen Gerüchten, die es über sie gibt, kann ich mir gut vorstellen, dass die Stewardess wenigstens ihrem Beuteschema entsprechen sollte. Falls sie so was haben. Ihre Songs lassen vermuten, dass sie nicht sonderlich wählerisch sind, was oder wen sie gerade begatten.

»Was? Wozu?« Garcia sieht mich fragend an. Hä? Wozu? Hallo? Vielleicht bin ich ja blöd genug, direkt sämtliche Infos, die ich aufschnappe, an die Presse weiterzuverkaufen? Was, wenn die großen, tollen Badboys sich das alles nur ausgedacht haben? Möglicherweise sind sie in Wahrheit ja handzahm. Nette Jungs, die dieses knallharte Image nur für die Fans und Kameras brauchen. Wer weiß das schon? Ich meine, verkauft man sich in diesen Kreisen nicht über genau so was?

»Ähm, ja, dann … ähm?«, mache ich bescheuert und starre Garcia an. Er lässt endlich meine Hand los, greift nach meinem kleinen schwarzen Trolley und schiebt ihn achtlos hinter sich. Okay, den werde ich wohl irgendwo sicher verstauen müssen, bevor wir starten. Mein Magen macht einen Purzelbaum beim Gedanken an den Moment, in dem die Räder des Flugzeugs den festen Untergrund verlassen werden. Der Manager lenkt mich ab, bevor ich großartig darüber nachdenken kann.

Garcia deutet vage auf den abgetrennten Raum, in dem wir stehen. Es wirkt wie ein Durchgang. Ein winziger Klappsitz hängt neben einem Gurt, der aussieht, als wäre er noch nie benutzt worden. Nett. Nicht.

»Servicebereich«, sagt er und nickt zu ein paar unscheinbaren grauen Schranktüren an den Wänden.

»Da ist alles drin, was Sie brauchen.« Dann legt er mir eine Hand auf den Rücken und schiebt mich durch einen schwarzen Vorhang. Der Hauptraum des Fliegers ist größer, als ich angenommen hatte. Mir ist von außen aufgefallen, dass die Maschine nicht mit einem Passagierflieger mithalten kann, aber tatsächlich gibt es eine ausladende Sitzgruppe mit Tisch und ein paar Sessel, die in bester First-Class-Manier geräumig und ziemlich bequem aussehen. Dahinter ist ein Stück leerer Raum, der nur aus dunklem Teppich besteht, soweit ich das im schwachen Licht und von hier aus beurteilen kann. Insgesamt ist der gesamte Innenraum so schwarz, dass man bei geschlossenen Fensterläden vermutlich das Gefühl hat, man wäre blind.

Die Beleuchtung ist gedimmt und so diffus, dass ich mich frage, wie ich hier drinnen auch noch bedienen soll. Vielleicht wird es ja heller, wenn die Boygroup ihre Plätze einnimmt?

Trotz des schlechten Lichts entdecke ich ein paar metallisch schimmernde Stellen an den Wänden. Sind das ... Ringe? Was ist das hier, eine moderne Folterkammer für Superreiche? Ich schlucke. Keine Ahnung, wo dieser Gedanke herkommt, aber ich spüre die Gänsehaut über meine Arme kriechen und habe plötzlich das Gefühl, ich sollte nicht hier sein.

Das ist albern! Wahrscheinlich sind das Kleiderhaken. Aus Edelstahl, weil's halt schicker aussieht als Plastik. Kein Grund zur Sorge!

Egal welche Gerüchte über diese Typen im Umlauf sind: Was interessiert es mich, wenn ich in etlichen Meilen Höhe Kerle bedienen soll, die sich zeitgleich mit einem Sammelsurium an bezahlten Damen oder Groupies vergnügen? Dann bin ich notfalls schlau genug, um mich einfach zurückzuziehen, sollten die Poets tatsächlich ihrem Ruf entsprechen. Viel wahrscheinlicher ist, dass das alles Märchen sind.

Garcia erklärt irgendwas, aber ich höre ihm nicht zu, weil er fürchterlich umständlich durcheinander brabbelt. Wie kann so ein Typ der Manager der aktuell erfolgreichsten Boygroup der USA sein? Ich meine, der Kerl ist in etwa so beeindruckend wie eine Tupperdose. Wenn die Poets genauso langweilig sind, dann muss ich aufpassen, dass ich nicht im Dauertiefschlaf durch die Gegend stolpere wie ein Zombie.

Ein Blick auf seine Uhr bringt Garcia dazu, das Gesicht zu verziehen. Irgendwas scheint ihn zu verärgern.

»Wo bleiben die nur wieder?«, murrt er. Vermutlich zu sich selbst, denn ich habe natürlich nicht die geringste Ahnung. Warum ruft er sie nicht einfach an, wenn der Zeitplan so eng getaktet ist, und fragt nach? Ist das nicht sein Job, dafür zu sorgen, dass seine Schützlinge sich an Verabredungen und Pläne halten?

Wie aufs Stichwort hallt »Dirty Bitch« aus den Lautsprechern des schweineteuren Fliegers, der nur auf diese Truppe überschätzter Volltrottel wartet.

Allein der unangemessene Text erinnert mich daran, wen ich in den nächsten Wochen zu bedienen habe. Beim Gedanken daran muss ich mir ein angewidertes Geräusch verkneifen. Die typischen Hiphop-Beats dröhnen durch den Innenraum des Fliegers und vermischen sich zu einem schnellen Strudel, der mir gegen meinen Willen unter die Haut fährt.

In dem Moment verebbt das Intro des Songs, das Licht verändert sich, bis der Raum in einer Art diffuser Kneipenbeleuchtung liegt, und Toxics Stimme setzt ein. Obwohl ich mich nicht intensiv mit den Männern befasst habe, sind ihre Stimmen so einzigartig, dass selbst ich das eindeutig zuordnen kann. Seine Worte dringen viel zu weich, zu samtig aus den Lautsprechern, für das, was er damit ausdrückt.

You, Baby, you did it
with all of us,
so spread your legs again,
come on Baby, we all know
you're fallen for us and
Yeah,
You're such a dirty bitch!

Wieder überkommt mich der heftige Drang, die Augen zu verdrehen. Der aktuelle Hit der Poets mag zwar weniger aggressiv als einige ihrer üblichen Hits sein, dafür ist er unfassbar sexistisch. Ich finde, dass irgendwer diesen Idioten dringend beibringen sollte, dass es Dinge gibt, die selbst ein Künstler nicht darf.

Gedankenverloren rücke ich meine hochgesteckten Haare zurecht, überprüfe noch mal den Sitz des beigefarbenen Businesskostüms und versichere mich, dass die Knöpfe der Bluse geschlossen sind und dass meine Strumpfhose kein Loch hat. Ich bin immer noch mit dem Sortieren meiner Kleidung beschäftigt, als Prays Stimme aus den Lautsprechern dringt. Meine Finger stoppen unvermittelt am Rocksaum, den ich gerade erneut glatt streichen wollte.

Plötzlich ist mir heiß. Dieser weiche Klang seiner Worte, die beinahe wie das Schnurren einer riesigen Raubkatze wirken, löst etwas in mir aus, das sich wie ein Sturm anfühlt. Aus Glut und Feuer.

Puh. Was für ein Unsinn!

Also atme ich tief durch und versuche, die Aufregung zurückzudrängen. Wahrscheinlich ist das gar keine Aufregung, sondern das glühende Feuer der Verachtung. Kombiniert mit der Nervosität vor dem ersten Start. Genau!

Hinter uns klappert es. Garcia versteift sich augenblicklich. Ich dagegen klebe mir ein gestelztes Lächeln ins Gesicht und wende mich meinen neuen Arbeitgebern zu. Egal wie ätzend diese Idioten sind und was sie von Frauen halten, ich brauche das Geld. Also: brav sein und freundlich tun!

»Hallo!«, sage ich und strahle mein bestes professionelles Grinsen in Richtung des Kerls, der grade an Garcia und mir vorbeirauscht. Scream stampft zu einem der hinteren Plätze und lässt sich fallen, ohne Garcia oder mich auch nur anzusehen. Noch im Gehen zerrt er ein schwarzes Buch aus seiner Tasche und beginnt, darin herumzukritzeln. Der durchtrainierte Halbjapaner ist eindeutig nicht in der Stimmung, sich mit irgendwem zu unterhalten.

Als Garcia dennoch auf ihn zusteuert, schiebt Scream sich kommentarlos die Kopfhörer, die um seinen Hals hängen, auf die Ohren und kritzelt ungerührt weiter auf den Seiten herum.

Der Manager zuckt die Schultern und kommt langsam zu mir zurück, sodass mir ein Moment Zeit bleibt, einen der berühmtesten Badboys der Musikszene genauer zu betrachten. Die Fotos haben mir den Eindruck vermittelt, als würde er freiwillig im Schatten der restlichen Poets stehen. Dabei steht er den anderen vier Männern, so von Nahem betrachtet, in absolut nichts nach.

Außer vielleicht in seiner düsteren Aufmachung. Sein Styling erinnert eher an eine Manga-Figur als an einen berühmten Musiker. Allein seine Ausstrahlung macht mir klar, dass er zumindest nicht wegen des Images ein Teil der Poets wurde. Diese geballte Energie, die ihn umgibt, ist so aufgeladen, dass ich hoffe, dass die anderen das wieder ausgleichen. Sonst kommt die weniger brave Seite von mir doch noch auf komische Ideen.

Der zweite Mann stolpert hinter mir durch den Vorhang, und als ich den Blick von Scream losreiße und mich zu ihm umdrehe, begegne ich geröteten azurblauen Augen. Der Geruch von Whiskey schlägt mir entgegen. Du meine Güte. Wir haben grade erst Nachmittag, wie kann er da schon betrunken sein? Die hellen Haare hängen wirr unter der schwarzen Kapuze hervor. Eindeutig eine übernächtigte, vollkommen zerstörte Version des Typen, der auf den Fotos als Over markiert war. Na herrlich. Das kann ja lustig werden.

Trotz seines offensichtlich desolaten Zustands, oder gerade deswegen, tritt er einen Schritt näher und neigt den Kopf, sodass mich sein Whiskeyatem am Hals streift.

Das ist ekelhaft! Ich sollte ihn wegschieben und mich von ihm fernhalten. Trotzdem spüre ich, wie mein Körper auf ihn reagiert. Der scharfe Alkoholgeruch mischt sich mit etwas Süßem und gleichzeitig verboten Männlichem. Irritierend.

Ich versuche, einen Schritt zurückzuweichen, aber meine Beine gehorchen mir nicht.

»Wird das jetzt die klassische Pornonummer?«

»Was?« Das hat er nicht wirklich grade gesagt! Oh, mein ... Ich spüre meinen Herzschlag heftig gegen meine Rippen donnern. Eigentlich hätte ich mich selbst nicht als prüde bezeichnet, aber ... was???

»Na, das Lehrerinnen-Outfit.« Er macht einen Schritt zurück, mustert mich und runzelt die Stirn. »Hättest du ruhig weniger unsexy umsetzen können.«

»Over!« Ein blonder, tätowierter Hüne mit Sonnenbrille packt Over am Kragen und schiebt ihn bestimmt auf einen der Sitze zu. »Falsches Mädchen, Mann!«

»Lass ihn doch, Tox. Er hat recht.« Ein engelsgleicher Latino taucht hinter Toxic auf und mustert mich ähnlich skeptisch. Allein die Art, wie sein Blick an mir auf und ab gleitet, jagt ein Flattern durch meinen Bauch, das sich stetig weiter nach unten arbeitet.

Der Wunsch nach weniger sexueller Energie im Raum hat sich eindeutig nicht erfüllt. Mit Toxic und Evil in einer Blechkiste festzuhängen fühlt sich in etwa so angenehm an, wie in einem Freefalltower ganz oben plötzlich festzustellen, dass die Bügel irgendwie doch nicht richtig schließen. Das kann nicht gut sein.

Over lässt sich lachend auf dem freien Platz neben Scream nieder und zwinkert mir zu. Wohl so was wie seine Form von ›entschuldige bitte, dass ich so unhöflich war‹.

»Bist du stumm?« Evil mustert mich, grinst schief und versenkt seinen Blick noch tiefer in mir. Ein elektrisierendes Kribbeln rauscht an mir auf und ab.

Ich schlucke und schüttele den Kopf.

»Überzeugt dich das?«, fragt Evil, wahrscheinlich an Toxic gewandt. Sein Schulterzucken sehe ich aus dem Augenwinkel, obwohl ich immer noch verzweifelt versuche, mich aus Evils Blick zu lösen.

»Vielleicht sollten wir sie *überzeugen*, mit uns zu reden?« Die Art, wie Toxic ›überzeugen‹ sagt, verstärkt das Kribbeln noch. Ich beiße mir auf die Unterlippe und zwinge mich krampfhaft, nicht feuerrot anzulaufen. Es gelingt mir nicht.

»Ich glaube, unsere kleine stumme Lady ist ein wenig schüchtern«, gurrt Evil. Bevor ich begreife, was passiert, spüre ich einen festen Körper im Rücken und Evil hat mir eine Hand unters Kinn gelegt.

»Das sollten wir ihr austreiben.« Ich fühle, wie Toxics Lachen durch seinen Brustkorb vibriert. Er ist mir definitiv viel zu nah! Wahrscheinlich sollte ich noch in dieser Sekunde schreiend davonrennen, aber ein winziger Teil von mir findet das, was hier gerade passiert, auf merkwürdige Art aufregend.

»Kann man euch eigentlich nie alleine lassen?

Wartet wenigstens damit, bis wir in der Luft sind. Ich hab noch einen Termin in Miami und will den nicht wegen euren Spielchen verpassen! Also: hinsetzen, anschnallen!« Prays Präsenz flutet den ohnehin schon kleinen Raum bis in die letzte Ritze. Einen Moment habe ich den Eindruck, als würde das schwache Licht in seiner Anwesenheit flackern und vollständig verschwinden wollen. Er wirkt wie ein Schatten, der alles in Dunkelheit verwandelt, was er berührt. Und dann diese Stimme. Diese Stimme aus Feuer und Eis, die mich gleich wieder auf diese seltsame Art zum Schwingen bringt.

Einen Moment glaube ich, die Männer würden ihn einfach ignorieren, dann lockert Evil seinen Griff.

»Bis später«, sagt er, und es klingt wie ein Versprechen, das mir gleichzeitig Angst macht und das Glühen in mir weiter anfacht. Toxic streift mich im Vorbeigehen mit dem Handrücken an der Hüfte. Ich sauge scharf die Luft ein. Diese Männer sind die Hölle auf Beinen. Und Pray ist der Typ, der dem Teufel noch sagt, was er zu tun und zu lassen hat. Gurte schließen sich klackend, und die Urgewalt, alias Pray, schreitet herrschaftlich an mir vorbei. Auch an ihm rieche ich bereits Whiskey. Na super. Ich stehe ja total drauf, ständig von besoffenen Arschlöchern mit Gottkomplex umgeben zu sein.

Jackpot, Rosaly.

»Miss Rogers, kümmern Sie sich darum, dass dieser verdammte Vogel in die Luft kommt!«

Ich zucke zusammen. Von ihm auf diese Art angesprochen zu werden, fühlt sich an, als würde er mich am Kragen meiner Bluse gegen eine der Wände nageln. Seine Autorität ist so brutal, dass mich der Drang überfällt, seinen Anweisungen vollkommen willenlos zu folgen. Ich straffe die Schultern und zwinge mich, meine Beine am Davonlaufen zu hindern.

»Rosaly. Mein Name ist Rosaly.« Die Worte kommen nur zögerlich über meine Lippen. So leise, dass ich mir sicher bin, dass er sie nicht gehört haben kann. Aber Pray funkelt mich an, während er sich gemächlich in seinen Sitz sinken lässt.

»Machen Sie mir gerade Vorschriften, Miss Rogers?« Er hebt eine Augenbraue, als könne er nicht glauben, dass sich ihm gegenüber irgendwer trauen könnte, den Mund aufzumachen, ohne dass er speziell darum gebeten hat.

»Nein, aber ich bestehe auf Gleichberechtigung, und ich habe nicht vor, dich ›Mister‹ Pray zu nennen.«

Unter Evils schallendem Lachen schlüpfe ich durch den Vorhang. »Das«, sagt Toxic zufrieden, »wird lustig.«

VIER

ROSALY

Das Cockpit zu finden und den Piloten zu informieren, ist kein Problem. Zumindest, nachdem ich es aufgebe, nach Garcia zu suchen. Der scheint spontan wie vom Erdboden verschluckt. Also vermute ich, er ist ausgestiegen, ohne dass ich es bemerkt habe.

Erst als ich mich auf dem Klappsitz niederlasse und mit zitternden Händen den Gurt schließe, erfasst mich die völlige Überforderung. Was war das? Wie ... was? Wie konnte das nur so schnell so ... was auch immer werden? Das ist total verrückt.

Den ganzen Start über drehe ich mich gedanklich im Kreis, und als die Durchsage des Piloten verkündet, wir wären jetzt auf Flughöhe, hocke ich steif auf dem dünnen Stück Plastik und starre auf meine Hände, die ich nur mit Mühe aus dem Sitz lösen und auf meine Knie legen kann. Ich bleibe sitzen, als hätte mich irgendwer hier festgeklebt.

Komm schon, Rosaly. Mach deinen Job. Aufstehen

und durch den Vorhang gehen. Ein paar Getränke oder so servieren. Alles halb so schlimm. Ich ringe noch mit mir, da schwingt der Stoff beiseite und ein Schatten tritt in den grauen Vorraum. Wie aus Reflex zieht er nebenbei eine Sonnenbrille aus der Sakkotasche und schiebt sie sich auf die Nase. Vorher erhasche ich einen kurzen Blick auf seine Augen. Entweder sind die von Natur aus hauptsächlich schwarz und haben nur einen winzigen, hellgrauen Rand, oder irgendwas stimmt absolut nicht mit seinen Pupillen.

»Sie wissen, wie dieser Job funktioniert, Miss Rogers?« Pray lehnt sich an die Wand und schiebt die Hände in die Taschen. Dank der Sonnenbrille kann ich es zwar nicht sehen, bin mir aber sicher, dass er mich aufmerksam beobachtet.

Ich schlucke die aufwallenden Gefühle herunter, versuche, diese schwindelerregende Mischung aus Angst, Aufregung und Neugier zu ignorieren, und verschränke die Arme vor der Brust.

»Tja, das Vorstellungsgespräch war nicht sehr ausführlich, und euer Manager hat mir noch das Flugzeug zeigen wollen, als dein Freund mich schon angebaggert hat.«

Er wirkt vollkommen unbeeindruckt.

»Over? Ach, der baggert alles an, was Möpse hat.« Er zieht die Brille ein Stück hoch und mustert mein Outfit. »Egal wie versteckt die unter sackigen, scheußlichen Klamotten sind.«

»Scheußlich?«, frage ich zurück und streiche mein Business-Kostüm glatt. »Das ist klassisch.« Ich recke das Kinn und starre die dunklen Gläser an, die wieder ihren Platz eingenommen haben, in der Hoffnung, dahinter einen Blick in seine Augen zu erhaschen. »Den Unterschied erkläre ich dir gerne mal. Dafür müsstest du allerdings aufhören, mich über meinen Job zu belehren.« Trotzdem klammere ich mich immer noch an das schmale Stück Plastik unter meinem Hintern.

»Klassisch, Miss Rogers, bedeutet doch nichts anderes als langweilig, spießig und ...« Einer seiner Mundwinkel zuckt. »Bieder. Dass Sie mir dazu einen Vortrag halten können, ist ziemlich eindeutig.«

Ich schnaube zur Antwort. Keine Ahnung, wo ich die Courage dafür hernehme, aber irgendwie treibt mich dieser Typ auf die Palme.

»Sollte ich je Unterricht in Gossensprache suchen, weiß ich ja jetzt, wen ich frage.« Immerhin kenne ich seine Songs, und ich habe lange nicht mehr so viele dreckige Wörter auf einmal gehört. Mit gehobener Konversation und Eleganz kann er also garantiert nichts anfangen. Ich gebe mir Mühe, unnahbar zu klingen, und schiebe das Kinn ein wenig vor. Dieser Typ soll bloß nicht glauben, dass er mir irgendwie überlegen ist.

»Gossensprache?« Er wirkt sichtlich amüsiert.

»Na ja, ich kann Sätze formulieren, ohne sie mit Schimpfwörtern zu überfrachten.« Endlich schaffe ich es, die Finger von meinen Knien zu lösen, und öffne meinen Gurt. »Und jetzt entschuldige mich, ein paar arrogante Egozentriker wollen bedient werden.«

Pray packt mich an der Schulter, bevor ich richtig stehe.

»Die ›arroganten Egozentriker‹ können warten.«

Eine Hand drückt mich in dem winzigen Raum gegen die Wand. Ich bin vollkommen unfähig, ihm auszuweichen. Genau wie bei Evil und Toxic vorhin. Aber die haben mich wesentlich intensiver berührt. Ein Kribbeln jagt von der Stelle, an der Prays Finger sich um meinen Arm schließen, in alle Richtungen davon. Mein Herz stolpert hektisch, und für eine Sekunde könnte ich beinahe vergessen, wer er ist. Mich überkommt der Drang, ihm einfach nachzugeben, zuzulassen, dass er mich berührt und sich dieses verbotene, süße Ziehen in mir steigert. Ob er dieses Kribbeln auch an anderen Stellen auslösen kann?

Böse Rosaly! Ganz böse Rosaly. So was tue ich nicht. Nicht mehr! Ich muss diesen Kerl dringend loswerden, wenn ich nicht doch noch meine eigenen Vorsätze brechen will.

So schnell ich kann, sammele ich mich, atme tief durch und versuche, mich aus Prays Griff zu winden.

»Hiergeblieben.« Es ist zwar leise, klingt aber so bestimmt, dass ich den Drang verspüre, blind zu gehorchen. Ich will ihm meine Hände entziehen, trotzdem verharre ich vollkommen reglos unter seiner Berührung. Es ist unmöglich, ihn abzuschütteln. Das berauschende Gefühl, das sich in mir ausbreitet, wird von Minute zu Minute stärker.

»Muss ich dir erst beibringen, wie man sich benimmt, Rosaly?« Prays Körper drückt sich gegen mich. Zischend hole ich Luft und unterdrücke ein Keuchen.

»Nein.« Ich schüttele den Kopf. »Dafür müsstest du erst mal wissen, wie man das macht. Hat dir niemand beigebracht, dass man nur Dinge lehren kann, die man beherrscht?«

Pray drückt mich gegen die Wand und legt eine Hand um meinen Hals. »Vorsicht!«, knurrt er. »Wenn du so weitermachst, werde ich noch gemein, und ich verspreche dir, das willst du nicht.«

»Und wenn du so weitermachst, habe ich gleich blaue Flecken am Hals!«, motze ich und fasse nach seinen Handgelenken, um zu verhindern, dass er auf die Idee kommt, tatsächlich zuzudrücken. »Nur weil du berühmt bist und glaubst, dass dir die ganze Welt gehört, kannst du noch lange nicht tun, was auch immer dir in den Kram passt.«

Überraschung huscht über sein Gesicht. Er nimmt die Hand von meinem Hals, legt eine neben mir an der Wand ab und versperrt mir damit den Fluchtweg. Die andere schiebt er in meinen Nacken. Paralysiert starre ich ihn an. Der Geruch von Whiskey und Rauch, der von ihm ausgeht, hüllt mich jetzt vollständig ein. Dann, ohne Vorwarnung, zieht er mich an sich und küsst mich. Grob, rau und hart. Von Pray geküsst zu werden, ist, wie in einen Sturm zu geraten. Mit einem Schlauchboot mitten auf einem Ozean. Mir ist sofort klar, dass das für mich nicht gut ausgeht. Aber die tosenden Gefühle reißen mich mit. Seine Lippen sind erstaunlich weich, auch wenn der Kuss selbst alles andere als sanft ist. Von Sekunde zu Sekunde wird er stürmischer, verlangender, und ich spüre, wie sich mein anfänglicher Widerstand auflöst. Ich lasse zu, dass er mit der Zunge weiter vordringt, meinen Mund erobert, jeden Zentimeter davon erkundet. Wie von selbst wandert meine Hand zu Prays offen stehendem Hemd. Als hätte ich ihn damit angespornt, wird Pray noch eine Spur grober. Nicht, dass ich erwartet hätte, dass das möglich ist. Es fühlt sich an, als würden unsere Zungen miteinander kämpfen. Auf eine rohe, unfassbar erotische Art, die ein sehnsüchtiges Ziehen zwischen meinen Beinen auslöst. Dunkle Punkte tanzen vor meinen Augen, vermutlich sollte ich atmen, aber dafür müsste ich mich von ihm lösen. Und das kann ich einfach nicht. Noch nie bin ich so geküsst worden. Es fühlt sich an, als wolle er mich allein durch seine Zunge in meinem Mund und seine Lippen auf meinen zum Höhepunkt bringen.

Die Hitze, die sich über meinen kompletten Körper ausbreitet, sorgt dafür, dass ich unbedingt mehr will. Mehr von seinen Lippen, mehr von ihm. Dann schiebe ich die Hand unter die Knopfliste, spüre die Wärme seiner Haut und fahre über die stahlharten Muskeln. Mein Aufstöhnen wird von Prays Lippen verschluckt. Finger krallen sich grob in meinen Hintern. Gleich wird er mir den Stoff meines Rocks hochschieben und ...

Dann begreife ich, was hier gerade passiert.

Ich bin keine fünf Minuten in diesem Flugzeug und drauf und dran, mit meinem Boss rumzumachen. Spinne ich eigentlich? Habe ich vergessen, wer ich sein sollte? Rosaly Rogers tut so etwas nicht. Ein Teil von mir mag das viel zu schnell vergessen und es möglicherweise sogar genießen, diesen Kerl zu küssen. Aber das sollte ich nicht. Und ich sollte schon gar nicht darüber nachdenken, auch noch mehr von ihm zu wollen.

Hastig ziehe ich die Hände zurück und winde mich aus seinem Griff. Einen Moment ringe ich nach Atem, dann streiche ich mir den Rock glatt.

»Entschuldige, ich habe einen Job zu erledigen!« Zwei-, dreimal atme ich angestrengt, bis sich mein rasender Puls beruhigt. Dann hebe ich das Kinn, straffe die Schultern und gehe an ihm vorbei, durch den Vorhang in den Passagierraum. Toxic, Over und Evil haben es sich in der Sitzgruppe bequem gemacht. Scream kritzelt immer noch wie wild in seinem Notizbuch herum. Ohrenbetäubend laut donnert irgendein Hiphop-Song aus den Boxen. Daran werde ich mich wohl gewöhnen müssen.

Over verteilt gerade ungeniert weißes Pulver auf dem Tisch, mit einer Selbstverständlichkeit wie der, mit der Evil neben ihm einen Stapel Karten auslegt. Toxic raucht und spielt mit einem Messer.

Diese Typen sind vollkommen irre.

Also kommt ihr Ruf leider tatsächlich irgendwoher und ist keine reine Erfindung, um ihr Image zu festigen. Das bedeutet wohl: Ich kann mir sämtliche Hoffnungen darauf, das hier könnte entspannt werden, abschminken.

»Da ist sie ja wieder.« Evil zwinkert mir zu. Over sieht von seinem Versuch, vier gleich lange Linien zusammenzuschieben, auf, legt den Kopf schief und grinst träge. »Oh, hallo, schöne verklemmte Nicht-Porno-Lehrerinnen-Frau.«

Toxic verdreht die Augen und pustet den Rauch in Overs Richtung. »Wird das heute noch was, Over?« Er deutet mit der glühenden Zigarette auf das Pulver. Ich hoffe, dass das Zeug nicht brennbar ist. Das wäre die Krönung dieses Jobs, gleich auf dem ersten Flug als Feuerball vom Himmel zu stürzen, weil diese Junkies sich selbst in die Luft sprengen.

»Willst du rumstehen oder dich nützlich machen?« Pray lässt sich neben Toxic in einen Sessel fallen, greift nach der Schachtel auf dem Tisch und zündet sich ebenfalls eine Zigarette an. Na toll, eine zweite Gefahrenquelle.

»Oder du setzt dich einfach und spielst mit?«, schlägt Evil vor. Ich schüttele hektisch den Kopf.

»Dafür müsste sie sich den Stock aus dem Hintern ziehen.« Pray. Mistkerl.

»Mir würden mit ihrem hübschen Arsch ganz andere Sachen einfallen.« Toxic mustert mich. »Das würde sie garantiert weniger verkrampft machen.«

Unfassbar. Einfach unfassbar, diese Typen. Ich stehe hier, und sie reden über mich, als wäre ich nicht da. Als wäre ich ein Objekt, das sie verwenden können, wie auch immer sie wollen.

»Oder Over hat was in seinem Zauberkasten, was sie ein bisschen locker macht«, überlegt Toxic weiter. Evil wirft Over einen Blick zu und grinst böse.

»Sicher habe ich das. Mein *Angebot* steht dir jederzeit vollumfänglich zur Verfügung.« Schon die Betonung macht klar, dass Over damit nicht nur seinen ›Zauberkasten‹ meint.

»Nein, danke«, sage ich und drehe mich um, um schnell wieder hinter den Vorhang zu flüchten. Diese Typen sind so was von irritierend. Vermutlich sind sie so high, dass sie gar nicht mehr schnallen, was sie da treiben.

»Rosaly!« Ich zucke zusammen, als Pray scharf meinen Namen ruft, und bleibe stocksteif stehen. »Komm her«, weist er mich an.

»Ich bin kein Hund«, murre ich.

Nur ein paar Wochen, dann muss ich das ganze Semester nicht arbeiten. Nur ein paar Wochen mit diesen Trotteln. Das sollte doch auszuhalten sein, oder? Gerade bin ich mir da nicht so sicher. Toxics und Overs vollkommen ungenierte Flirtereien bringen mich total aus dem Konzept. Und Pray. Dieser undurchschaubare Typ. Wie das gutgehen soll, weiß ich nicht. Widerwillig folge ich Prays Aufforderung und bewege mich zurück zu dem Tisch mit den vier Männern.

»Was kann ich für dich tun?«, frage ich, bemüht freundlich. Das ist immer noch mein Job. Egal wie sehr sie mich verwirren.

»Na geht doch. Interessant, dass du lächeln kannst.« Pray mustert mich abfällig. »Whiskey«, sagt er. Die anderen nicken synchron.

»Sicher.« Ich gehe langsam in den Service-Bereich zurück und suche nach Gläsern. Es ist ja nicht so, dass diese Typen nicht auch ohne eine weitere Runde Alkohol schon unerträglich wären. Wenn ich Pech habe, sind sie in ein paar Minuten so betrunken, dass sie anfangen, noch ungenierter an mir herumzutatschen.

Ich ziehe mein Handy aus der Innentasche meines Blazers. Natürlich ist das bordeigene WLAN-Passwort geschützt. Hätte ich mir ja denken können. Also keine

Beschwerde bei Henry. Seufzend stecke ich das Gerät wieder weg und schnappe mir stattdessen ein Tablett, auf dem ich Flaschen, Gläser und – in der Hoffnung, es würde irgendwas gegen die absolut bescheuerte Kombination aus Whiskey und Koks ausrichten können – auch ein Schälchen mit gesalzenen Nüssen drapiere.

Dann atme ich tief durch, trete wieder in den Passagierraum und hoffe einfach, dass es dieses Mal weniger seltsam wird. Die Männer haben ihr Spiel mittlerweile begonnen und die Lines sind vom Tisch verschwunden. Glücklicherweise beachtet mich keiner der vier, als ich zu ihnen gehe, die Gläser abstelle und eingieße. Vielleicht sind sie ja zu high, um weiter mit anzüglichen Kommentaren und ihrem geballten Sexappeal nach mir zu werfen.

Vorsichtig stelle ich die Getränke vor den Männern ab und platziere die Flasche auf dem Tisch, damit ich nicht ständig wiederkommen muss. Grade, als ich mich umdrehen und gehen will, packt mich Pray am Handgelenk.

»Wo willst du denn hin?«

Statt zu antworten, halte ich den Blick sehnsüchtig auf den Vorhang gerichtet, der mich von diesem Chaos hier trennen könnte.

»Nichts da. Du bleibst schön hier. Entweder du setzt dich zu uns, entspannst dich ein wenig und spielst mit, oder du bleibst genau da auf deinen Oma-Schuhen stehen und gießt brav nach.«

Ich verschränke die Arme vor der Brust und nehme mir vor, stumm mit dem Hintergrund zu verschmelzen.

»Die arme Bluse, das Teil platzt doch gleich, mach wenigstens den Knopf auf, der so spannt.« Evil mustert mein Outfit.

»Auf gar keinen Fall.« Ich werfe einen Blick auf den Knopf, den er vermutlich meint, und schüttele den Kopf. Alles bestens. Natürlich habe ich keine zu kleine Bluse an.

»Oder zieh den Blazer aus. Ist eh viel zu warm hier drin«, schlägt Toxic vor. Ja. Heiß ist es hier drinnen auf jeden Fall. Nur liegt das höchstwahrscheinlich nicht an meinem Outfit.

»Vielleicht sollten wir mit gutem Beispiel vorangehen?« Over grinst schelmisch, und bevor ich begreife, was er vorhat, zieht er sich den Hoodie über den Kopf und wirft ihn achtlos auf einen der Sitze. »So! Bitte sehr. Ganz einfach.«

Ich will ihn wirklich nicht anstarren. Aber ... wow! Sein Oberkörper ist perfekt definiert. Hatte ich was anderes erwartet? Diese Typen leben davon, dass Frauen sie attraktiv finden und Männer wie sie sein wollen, denn seien wir ehrlich, diese fürchterliche Musik kann einem garantiert keinen Privatjet finanzieren. Deshalb brauchen sie ja Stimmen und Körper wie Götter, wenn die Texte schon so daneben sind.

»Gefällt's dir?« Overs selbstzufriedenes Grinsen macht ihn kein Stück weniger attraktiv. Mir wird spontan ein paar Grad wärmer. Spätestens jetzt fange ich an, in dieser Jacke wirklich zu schwitzen.

»Du sollst sie doch nicht verschrecken!« Pray schnaubt. »Setz dich und ignorier ihn.«

Trotzdem bleibe ich stehen und kann meinen Blick einfach nicht abwenden, egal wie sehr ich es möchte.

»Also ich glaube, sie findet's gut«, erklärt Over, prostet mir zu und trinkt seinen Whiskey in einem Zug aus. Dann wedelt er mit dem Glas und streckt es mir hin. Ich schlucke, nehme die Flasche vom Tisch und stelle fest, dass ich mich ziemlich recken müsste, um von hier aus mein Ziel zu erreichen.

»Einen Schritt näher kannst du ruhig kommen. Ich fresse dich schon nicht.«

»Aber vielleicht knabbert er dich ein wenig an.« Evil lacht und zwinkert mir zu.

Over überlegt einen Moment. »Möglich«, sagt er nickend.

Vorsichtig trete ich einen Schritt vor. Und weil das Schicksal ein Arschloch ist, erwischt das Flugzeug in exakt dieser Sekunde ein Luftloch. Ich stolpere und lande quietschend auf dem halb nackten Rapper.

»Hoppla! Na so gehts natürlich auch.« Er lacht leise an meinem Ohr. Das Geräusch schickt mir eine Gänsehaut über den Rücken und fährt mir direkt zwischen die Beine.

Ich bin wie erstarrt. Und vollkommen elektrisiert. Overs nackter Oberkörper verwirrt mich, so aus der Nähe betrachtet, gleich noch mehr. Er hat seine Arme um mich geschlungen, um mich aufzufangen.

»Gefällt mir viel besser so«, verkündet er und macht keine Anstalten, mich loszulassen. Seine Augen blitzen auf. Die Rötung ist verschwunden und ich blicke nur noch in endloses Azurblau.

»Ähm, der Stunt war ja echt nett, aber ...« Toxics

Stimme reißt mich aus dem Anblick dieses verdammten, unendlichen Blaus. Ich blinzele und drehe mich nach Toxic um. Irgendwie habe ich es geschafft, ihm bei dieser Aktion eine ordentliche Portion Whiskey überzuschütten.

»Das geht jetzt auf dein Konto«, sagt Toxic, grinst böse und wirft sein T-Shirt hinter Overs Pullover her.

Über Toxics ausgeprägte Brustmuskeln ziehen sich schwarz-graue Tattoos, die sich über seinen Körper ausbreiten und an seinen Armen nach unten fließen. Das auffälligste Motiv befindet sich auf seiner Brust. Ein Skorpion, der sich um ein Messer windet. Es wirkt so realistisch, als könnte man sich tatsächlich an der Klinge schneiden. Erst an den Händen entdecke ich ein wenig freie Haut. Unter der vielen Farbe zeichnet sich ein Sixpack ab.

»Na, wird's dir jetzt zu warm in dem Ding?« Evil deutet mit dem Kinn auf meinen Blazer. Der Ärmel hat auch einiges an Whiskey abbekommen.

»Warte, das haben wir gleich.« Mit einer geschickten Bewegung dreht Over mich so, dass ich mit dem Rücken zu ihm sitze. Bevor ich reagieren kann, öffnet er die Knöpfe, greift nach meinem Kragen und zieht mir den Blazer aus.

Ich starre erschrocken in die Runde. Evil, Toxic und Over lachen. Pray versteckt seine amüsiert zuckenden Mundwinkel hinter seinem Glas.

»Siehst du, gleich viel bequemer.« Over greift an mir vorbei nach seinen Karten und sperrt mich so mit den Armen ein.

Super, Rosaly. Von »Ich mache hier nur meinen

Job« zu »Ich sitze auf dem Schoß von einem viel zu nackten Rapper« hast du exakt die halbe Flugstrecke von New York nach Miami gebraucht. Und das, obwohl du dich die erste Stunde nach dem Start im Servicebereich verschanzt hast. Glückwunsch.

»Guck nicht so geschockt«, sagt er sanft. »Und jetzt setz dich brav hierhin, schau Tox in die Karten und pass auf, dass er nicht schummelt.« Over packt mich an der Hüfte und schiebt mich auf den freien Platz zwischen ihm und Toxic.

»Wir mischen neu, unser Täubchen hat bei seinem eleganten Sturzflug ja alles durcheinandergebracht.« Evil schnappt sich die Karten vom Tisch und schüttelt ein paar der verstreuten Erdnüsse herunter, die geräuschvoll auf die Tischplatte prasseln. »Außerdem schließe ich mich Over an: Behalt Tox' Finger gut im Blick. Vielleicht kann endlich mal jemand anders gewinnen, wenn er nicht immer mogelt.«

Eine gefühlte Ewigkeit später lassen sie mich endlich zurück in den Servicebereich, um Nachschub zu holen. Immerhin ist mittlerweile mehr Whiskey auf mir gelandet als in den Gläsern. Was wahrscheinlich nicht so schlimm ist, denn ich bin der Meinung, sie sind auch so schon anzüglich genug. Und irritierend genug auch.

Jedes Mal, wenn ich Prays Blick begegne, erinnert sich mein Körper an diesen wahnsinnigen Kuss und schickt kleine prickelnde Hitzewellen zwischen meine Beine. Was natürlich dadurch, dass Over und Toxic mich bei jeder Gelegenheit versehentlich berühren, nicht besser wird.

Deshalb nutze ich den Moment, lehne mich an die Wand und zwinge mich, tief durchzuatmen. Diese Männer verwirren mich einfach nur. Nichts weiter. Das hat überhaupt nichts mit meiner ausgehungerten Libido zu tun, oder mit der Tatsache, dass ich seit einer gefühlten Ewigkeit keinen Sex hatte. Ganz sicher nicht.

Oh, sicher. Du bist also überhaupt nicht scharf auf diese Männer? Auf gar keinen Fall. Wem willst du das eigentlich erzählen?

Schnell schüttele ich den Kopf und fahre mir mit einer Hand durchs Gesicht, als könnte ich die Gedanken so vertreiben.

»Du siehst ziemlich gestresst aus.«

Ich zucke zusammen und stoße dabei versehentlich mit dem Kopf gegen einen Schrank.

Aua!

»Hab ich dich erschreckt, Baby?« Der amüsierte Tonfall fährt mir kribbelnd unter die Haut. Obwohl er sich gerade über mich lustig macht.

»Das war natürlich keine Absicht. So schöne Frauen sollte man nicht erschrecken.«

Ich fahre mir mit einer Hand über die schmerzende Stelle an meinem Kopf. Bevor ich mich nach dem Mann umdrehen kann, der sich ungefragt zu mir in den Servicebereich verirrt hat, spüre ich seinen Körper bereits im Rücken. Er steht so dicht hinter mir, dass ich seine Körperwärme sogar durch den Stoff meiner Kleidung spüren kann.

»Du bist aber auch schreckhaft. Dabei tue ich dir gar nichts«, raunt Over. Diese sexy Verführerstimme hat er drauf. Leider.

»Normalerweise beiße ich nicht. Wenn überhaupt, beschränke ich mich aufs Knabbern. Macht mehr Spaß, findest du nicht?« Als würde er es mir beweisen wollen, lässt er die Lippen über meinen Nacken wandern. Eigentlich sollte ich ihn abwehren. Das ist total unangemessen. Trotzdem reagiert meine ausgehungerte Libido viel zu heftig auf ihn.

Ich spüre, wie sich die Nässe zwischen meinen Beinen sammelt. Wie von selbst schmiege ich mich an seinen Körper. Over greift sanft nach meiner Hand, die immer noch an der Stelle auf meinem Kopf ruht, die ich beinahe vergessen hätte. Vorsichtig legt er meine Finger auf der Arbeitsfläche vor mir ab, streift dann meinen Arm entlang und wandert bis zu meiner Hüfte.

Nach wie vor bin ich mir sicher, dass es klüger wäre, nicht zuzulassen, dass er mich berührt.

»Außerdem war es echt angenehm, dich so auf meinem Schoß sitzen zu haben. Findest du nicht auch, das wäre ohne dieses Röckchen noch besser?«

Auch wenn mein Verstand lautstark brüllt, ich soll das unter keinen Umständen tun, spricht mein Körper eine ganz andere Sprache. Das Ziehen zwischen meinen Beinen wird so drängend, dass ich mir am liebsten sofort den Rock, diese bescheuerte Strumpfhose und meinen bereits feuchten Slip herunterreißen würde. Ich sollte so etwas nicht denken. Dumm nur, dass es eben diesen anderen Teil von mir gibt, der sich viel zu sehr nach genau so einem Abenteuer sehnt.

»Hm«, mache ich. Weil jeder Versuch, mehr zu sagen, wahrscheinlich damit enden würde, dass ich ihm lautstark zustimme.

Die Lippen an meinem Nacken wandern weiter. Er knabbert und küsst sich bis zum Kragen meines Blazers herunter, bevor er mich fester an sich zieht und mit der freien Hand zur Knopfleiste meiner Bluse wandert.

»Ich wette, unter diesem Ding siehst du unfassbar sexy aus«, schnurrt er und öffnet kurzerhand gleich ein paar Knöpfe, um dann die Finger darunter gleiten zu lassen. Zielsicher schiebt er sie bis in meinen BH und trifft auf meine Brustwarze, die sich ihm bereits erwartungsvoll entgegen reckt.

Dass sich seine Lippen zu einem Lächeln verziehen, spüre ich an meinem Hals.

»Hm, sieht aus, als würdest du schon darauf warten, dass ich dich endlich anfasse?« Sein leises Lachen sorgt dafür, dass mich sein Atem im Nacken streift und einen wohligen Schauer über meinen Körper jagt. Das verlangende Ziehen zwischen meinen Beinen verwandelt sich in ein heftiges Pochen.

Die Hand auf meiner Hüfte wandert nach unten, direkt unter meinen Rock. Over scheint nicht der Typ für Umwege und Spielchen zu sein. Das hätte ich allerdings auch nicht erwartet. Und da hinter diesem Vorhang noch mehr verrückte Kerle lauern, die sich vermutlich denken können, was wir hier tun, wenn wir ewig verschwunden sind, ist das möglicherweise sogar ganz gut.

Wenn wir das hier durchziehen, sollten wir uns also wohl besser beeilen. Das scheint Over genauso zu sehen. Mit einer einzigen, geschickten Bewegung zerreißt er den Stoff meiner Strumpfhose. Mein erschrockenes Keuchen ignoriert er und lässt die Finger weiterwandern. Während er sich mit der anderen Hand hingebungsvoll meiner Brust widmet, schiebt er mein Höschen zur Seite und fährt mit perfektem Druck über meine Perle. Bevor er zwei Finger in mich gleiten lässt.

»Schon so feucht für mich, Baby?« Der raue Unterton in seiner Stimme lässt mich erschauern. Was Over als Aufforderung nimmt, seine Finger in mir zu bewegen.

Es fällt mir wirklich schwer, nicht laut zu stöhnen.

»Immer noch schüchtern?« Wie viel Spaß ihm das hier macht, ist deutlich zu hören. »Nur keine Scheu. Ich wette, du klingst verdammt sexy, wenn du dich nicht zurückhältst. Also: Tu mir den Gefallen und stöhn für mich.«

Noch während er spricht, beginnt er, die Finger in mir zu bewegen. Dieses Mal kann ich das lustvolle Geräusch nicht zurückhalten. So unangenehm es mir auch ist, dass vermutlich gleich die gesamte Band und der Pilot mitbekommen, was wir hier tun: Ich kann einfach nicht anders. Trotzdem schießt mir die Hitze in die Wangen, und natürlich bemerkt er es.

»Kompromiss?« Blitzschnell zieht Over die Hand aus meinem BH und legt sie mir vor den Mund, während er die Finger tiefer in meiner Mitte versenkt. So, dass mein nächster unkontrollierter Laut zu einem dumpfen, kaum hörbaren Ton erstickt wird. Viel besser! Sofort entspanne ich mich ein wenig und lasse zu, dass er mir ein richtiges Stöhnen entlockt.

»Das gefällt mir fast noch besser.« Wieder landen seine Lippen auf meinem Hals. Ich winde mich, dränge mich ihm entgegen und presse meine Mitte auf die Finger in mir.

»Sag bloß, du willst mehr? Für ein braves Mädchen gar nicht so brav, oder?«

Damit hat er natürlich recht. Aber ich kann einfach nicht anders. Seine Hand auf meinem Mund verhindert, dass ich ihm das auch noch sagen kann, deshalb spreize ich die Beine weiter, um ihm besseren Zugang zu gewähren.

»Na, sieh an. Steckt da doch eine kleine Sexbombe unter diesem langweiligen Outfit?« Seine Finger zwischen meinen Beinen wandern zurück zu meiner Perle und sorgen geschickt dafür, dass mich heftige Wellen der Lust erfassen. Es ist nicht genug. Ich will mehr, will, dass er mich ausfüllt und mich um den Verstand vögelt.

»Soll ich dich ficken, schöne Frau?«

Allein die Frage sorgt dafür, dass ich erschauere. Eigentlich sollte ich unbedingt den Kopf schütteln, mich von ihm losmachen und flüchten. Stattdessen nicke ich, bevor ich auch nur darüber nachdenken kann.

»Den Wunsch erfülle ich dir natürlich gerne.« Kurz verschwindet die Hand von meinem Mund, dann schiebt Over meinen Rock nach oben, und mit einem Klaps auf die Oberschenkelinnenseite bringt er mich dazu, die Beine weiter für ihn zu spreizen. Ein Reißverschluss wird geöffnet. Vermutlich Overs Hose. Ich schlucke hart, weil mein Mund sich plötzlich staubtrocken anfühlt.

Es ist unglaublich lange her, dass ich meinen letzten Quickie hatte. Irgendwie habe ich es vermisst. Die Rolle des braven Mädchens fällt mir wirklich schwer, aber es ist ja nicht so, dass ich viele Alternativen gehabt hätte, als ich mich dafür entschied. Entscheiden musste.

Jetzt rächt es sich, dass ich ewig keinen Sex hatte. Mein Schoß giert danach, endlich ausgefüllt zu werden, und egal wie laut mein Verstand mir auch zuschreit, dass das hier dämlich ist, ich kann einfach nicht anders. Wenn Over sich auch nur eine Minute länger Zeit lässt, werde ich ihn vermutlich anbetteln. Trotzdem ist das hier aufregend, irgendwie verboten, und es fühlt sich ein bisschen an, als würde ich zum zweiten Mal meine Jungfräulichkeit verlieren.

Das Reißen von Plastik und der charakteristische Geruch von Latex steigern meine gespannte Erwartung noch weiter. Die kribbelnde Vorfreude mischt sich mit den heißen Wellen der Lust und dem drängenden Pochen meiner Mitte.

Eigentlich erwarte ich, dass er mich umdreht, aber eine Hand legt sich zwischen meine Schulterblätter und dirigiert mich in Richtung der Arbeitsfläche. Mechanisch strecke ich die Hände aus, um mich abzustützen, und lasse zu, dass er mich so positioniert, wie er mich haben will. Ich kassiere einen weiteren Klaps, dieses Mal auf den Hintern.

»Der sieht nackt wirklich viel besser aus«, raunt er, bevor die Hand zwischen meinen Schulterblättern verschwindet und wieder zwischen meinen Beinen landet. Sein Daumen kreist kurz über meinen empfindlichsten Punkt, während ich seine Erektion bereits an meinem Eingang spüre.

»Ich hoffe, du hast deine Meinung nicht noch geändert?« Die Frage überrascht mich. Er würde mir die Chance geben, jetzt noch einen Rückzieher zu machen? Es ist vollkommen egal, denn ich kann in dieser Sekunde nicht mehr Nein sagen. Wahrscheinlich würde ich vor Lust sterben, würde ich das versuchen wollen.

»Habe ich nicht«, bestätige ich und recke mich ihm entgegen, doch Over folgt meiner Einladung nicht.

»Ganz sicher?«

Ich nicke.

»Wie wäre es, wenn du mir noch mal sagst, was du willst, nur damit keine Missverständnisse aufkommen können.«

Das unwillige Knurren, das mir entschlüpft, bringt ihn tatsächlich zum Lachen. Meine Güte, seine übermenschliche Selbstbeherrschung treibt mich fast noch mehr in den Wahnsinn als der Druck seiner Eichel an meiner Pussy. Als wüsste er das, senkt er den Daumen erneut auf meine Klit.

»Gott, ja!«, stöhne ich und versuche, mich einfach selbst auf seine Härte zu schieben, aber eine Hand an meinem Hintern hindert mich daran.

»Fast. Ich bin heute nett und helfe dir. Die Zauberworte sind gar nicht so schwer. Sprich mir einfach nach: Bitte fick mich, Over.«

Das frustrierte Zischen kann ich nicht unterdrücken. Ich verdrehe die Augen. Das ist unfassbar albern. Aber weil ich weder Lust habe, jetzt zu diskutieren, noch länger warten kann, tue ich ihm den Gefallen.

»Himmel, ja. Bitte fick mich endlich!«

Wieder ernte ich ein leises Lachen.

»Nicht ganz. Aber das lasse ich gelten.«

Mit einem einzigen tiefen Stoß versenkt er sich bis zum Anschlag in mir. Mein Aufschrei wird von der Hand gedämpft, die eben noch auf meinem Hintern lag. Ich bin ihm dankbar dafür, dass er wieder dazu übergeht, mir den Mund zuzuhalten, denn er gibt mir keine Zeit, mich an seine Größe zu gewöhnen. Die unkontrollierten Geräusche, die er mir entlockt, während er mich mit harten, tiefen Stößen nimmt, würden garantiert zweifelsfrei verraten, was wir hier gerade treiben. Vor meinen Augen tanzen bereits dunkle Flecken, und ich spüre, dass er mich zielsicher in rasanter Geschwindigkeit auf meinen Höhepunkt zutreibt. Als er sich mit der freien Hand wieder meiner Perle widmet, komme ich so heftig, dass meine Beine nachgeben. Doch Overs Hände verhindern, dass ich auch nur einen Millimeter von ihm abrücken kann. Irgendwie schafft er es trotzdem, mich gleichzeitig festzuhalten und weiter meinen empfindlichsten Punkt zu stimulieren. Erst als ich ein zweites Mal komme, lässt er sich von mir mitreißen. Mit einem rauen Stöhnen stößt er ein letztes Mal tief in mich. Einen Moment verharren wir beide schwer atmend ineinander, dann kassiere ich einen erneuten, sanften Schlag auf den Hintern.

Vorsichtig zieht er sich aus mir zurück und hebt mich hoch, nur um mich dann behutsam auf der Arbeitsfläche abzusetzen, weil meine Beine noch nicht wieder wissen, wie sie ihre eigentliche Aufgabe erfüllen sollen. Ich habe keine Ahnung, womit ich gerechnet hatte. Ganz sicher aber nicht damit, dass er mir eine Hand an die Wange legt, mir ein Lächeln schenkt, das ein merkwürdiges Kribbeln zwischen die letzten Ausläufer meiner Lust schickt, und mir dann einen sanften Kuss auf die Lippen haucht. Der irritierende Kontrast dieser beinahe unschuldigen Berührung zu dem, was wir gerade getan haben, lässt meine Gefühle vollkommen die Orientierung verlieren.

»Ich dachte mir schon, dass du perfekt bist, schöne Frau. Wir werden noch viel Spaß mit dir haben.«

In meinem völlig vernebelten Hirn kommen seine Worte nur langsam an.

Wir.

Wieso sagt er *wir*?

Bevor ich fragen kann, wird der Vorhang zur Seite geschoben.

»Seid ihr endlich fertig? Wenn du schon in meiner Hörweite ficken musst, sei wenigstens leise.« Erst als Prays eisiger grauer Blick mich trifft, wird mir klar, dass sie mich alle gehört haben müssen. Immerhin wurden Overs Hände zum Schluss ja an anderen Stellen gebraucht, und er hatte keine Chance mehr, damit mein Stöhnen zu dämpfen.

Sofort schießt mir glühende Hitze in die Wangen.

Den Blick fest auf den Teppich gesenkt, ordne ich meine Klamotten und überlege, wie ich Prays Blick am besten ausweiche.

»Nur kein Neid, Bruder.« Over lacht, und anhand des dumpfen Geräuschs vermute ich, dass er Pray freundschaftlich auf die Schulter klopft.

»Nimm deine Pfoten weg! Wer weiß, wo die gerade überall waren!«, motzt Pray und erntet dafür einen weiteren Lacher.

»Nirgends, wo sie nicht gerne sehr bald wieder wären.« Eigentlich will ich weiter den Teppich anstarren, aber irgendwas an Overs Worten bringt mich dazu, ihn doch anzusehen. Das Glitzern in seinen Augen wirkt wie ein Versprechen, das er unbedingt einhalten möchte.

Das kann ja was werden.

Warum habe ich das nur getan?

»Und du hast eigentlich einen Job zu erledigen, statt das Bord-Entertainment zu übernehmen, oder?« Dass Pray mich damit meint, ist klar. Erst recht, als Over mir kurz zuzwinkert und dann pfeifend durch den Vorhang verschwindet. Prays Tonfall ist so eisig, dass er mich zusammenzucken lässt.

»Ja?« Vermutlich ist das die Antwort, die er hören will. Trotzdem sieht er mich auf eine Art an, die dafür sorgt, dass sich sowohl die Hitze als auch das angenehm weiche Gefühl, das Over in mir hinterlassen hat, sofort in Luft auflösen.

»Dann mach diesen verdammten Job auch. In zwei Minuten stehst du wieder neben dem Tisch und vorsorgst uns brav mit Getränken, verstanden?«

Ich nicke. Unter Prays Blick ist es mir praktisch unmöglich, etwas anderes zu tun. Zum Glück scheint unsere Unterhaltung beendet, denn er dreht sich um und folgt Over zurück in den Passagierraum.

Eine Sekunde nehme ich mir Zeit, mich zu sammeln und ein paarmal tief durchzuatmen. Was zur Hölle habe ich mir dabei gedacht? Und in was bin ich hier bitte hineingeraten? *Wir werden noch viel Spaß mit dir haben,* wiederholen sich Overs Worte in meinem Kopf. Ich hoffe, das war ein merkwürdiger Witz.

FÜNF

ROSALY

»Ähm, nein!«, sage ich und starre auf den Luxus-Schlitten, der uns auf dem Parkplatz am Flughafen in Miami erwartet. Der Rest des Flugs war tatsächlich gar nicht schlecht, und ich bin halbwegs entspannt, obwohl ich meine Zeit immer noch mit diesen Idioten verbringen muss. Ehrlicherweise hatte ich sogar auf merkwürdige Art Spaß daran, den vier Männern dabei zuzusehen, wie sie sich gegenseitig mit Karten bewerfen. Selbst dass Over und Toxic mich regelmäßig »aus Versehen« mit Whiskey bekleckert haben, hat mich weniger aus dem Konzept gebracht als gedacht. Dass meine Bluse jetzt nasse Flecken hat und meine Strumpfhose zerrissen in einem Mülleimer steckt, ist in der Hitze, die uns in Miami begrüßt, sowieso egal. Aber das hier geht zu weit.

»Keiner von euch darf aktuell auch nur im Ansatz Auto fahren!«, erinnere ich. Immerhin haben sie in den letzten drei Stunden nicht nur eine Menge Alkohol getrunken, sondern zusätzlich mindestens die eine Line gezogen, die ich mitbekommen habe.

»Dürfen?« Toxic zieht eine Augenbraue hoch. Weil sein Shirt angeblich immer noch nass von meinem kleinen Missgeschick ist, steht er in seiner vollen tätowierten Pracht neben mir, mit dem Schlüssel zu dieser Karre, das T-Shirt lässig über die Schulter geworfen. »Wie niedlich. Hat sie uns gerade ernsthaft darauf hingewiesen, dass wir etwas nicht ›dürfen?‹«

»Ist sie nicht putzig?« Evil nickt. Die Kapuze auf seinem Kopf verrutscht ein Stück und gibt den Blick auf seine wirren Haare frei. »Warum haben wir das nicht viel früher gemacht, Pray?«

»Was?« Pray lächelt tatsächlich. Dabei dachte ich, sein Gesicht wäre dazu gar nicht in der Lage. Dass er jetzt so entspannt wirkt, passt überhaupt nicht zu dem Wirbelsturm, der vorhin den Passagierraum betreten hat. »Uns ein braves Mädchen an Bord geholt, das wir verderben können? Verderbt ihr nicht ständig irgendwelche Frauen?«

»Ach, das ist was anderes.« Over zuckt die Schultern. Wie Scream und Evil steckt er wieder im Hoodie mit hochgeschlagener Kapuze, obwohl es unglaublich heiß ist. Toxic hat irgendwo ein schwarzes Cap hergezaubert, das sein Gesicht verdeckt, wenn er's drauf anlegt. Pray ist der Einzige, der nur die obligatorische Sonnenbrille trägt und keine weiteren Accessoires, die ihn vor den Augen der Welt verstecken. Der beißende Geruch nach Schnaps, der die ganze Gruppe umhüllt, wird von den Temperaturen nicht unbedingt besser.

»Moment, irgendwer von euch will wirklich fahren?« Ich starre von einem zum anderen und hoffe, dass Scream sich freiwillig meldet, immerhin ist der als Einziger weder angetrunken noch high, aber der kritzelt weiter unablässig in sein Notizbuch. »Ihr wisst schon, dass das gefährlich ist, oder?«

»Gefährlich? Täubchen, du hast überhaupt keine Ahnung, was *gefährlich* bedeutet.« Evils Lippen verziehen sich zu einem Grinsen, das mir einen ungefähren Eindruck vermittelt. In diesem Moment wirkt er, als könnte er mit einem gut platzierten rechten Haken die Weltherrschaft an sich reißen.

»Bei unserem Lifestyle bringt uns was anderes wesentlich früher um als Autos.« Overs Zwinkern sehe ich auch unter seiner Sonnenbrille. Irgendwas an dieser Aussage sorgt dafür, dass sich ein wirklich ungutes Gefühl in mir breit macht.

Endlich lässt Scream das Notizbuch sinken und sieht sich um. »Ähm, wie kommen wir hierher?« Dann fällt sein Blick auf mich. »Und wer ist das?«

Ooookay, Wunsch geändert. Ich werde garantiert nicht einsteigen, wenn er sich ans Steuer setzt. Der ist ja bekloppter als alle anderen zusammen.

Pray seufzt tief. »Du glaubst doch nicht ernsthaft, dass ich dich bei einem dieser Irren mitfahren lassen würde? Ihr werdet abgeholt. Also mach dir nicht vor Angst ins Röckchen.«

Was? Das ... ist so irritierend nett von ihm. Zumindest der erste Teil. Mich wundert eigentlich, dass er überhaupt bemerkt hat, wie sehr mich die Aussicht verstört, in einem Auto zu landen, das von einem vollkommen zugedröhnten Trottel gefahren wird.

Allein beim Gedanken daran wird mir eiskalt, und gleichzeitig glaube ich, den Geruch von Rauch wahrzunehmen. Das markerschütternde Geräusch, mit dem sich Metall verformt, hallt mir in den Ohren. Mein Herz rast, und in mein Sichtfeld schleichen sich bereits die ersten dunklen Flecken. Schnell zwinge ich mich, ruhig zu atmen und die alten Bilder zu verdrängen.

»Du kannst also deine Panik auf später verschieben, Rosaly. Fürs Erste werden sich die da«, Pray wirft einen Blick zu Toxic und Over, »ausnahmsweise nämlich benehmen. Also gibt es keinen Grund für dich, Angst zu haben.« *Noch nicht.* Zumindest glaube ich, die unausgesprochene Drohung in den grauen Augen zu lesen. Warum musste ausgerechnet ihm auffallen, dass ich gerade mit etwas zu kämpfen habe, das ihn überhaupt nichts angeht?

»Aber ich hab noch was zu erledigen und werde jetzt in dieses Auto steigen. Evil!« Pray winkt. Sofort wirft Toxic ihm den Schlüssel zu, den er erstaunlich sicher auffängt, und Evil folgt seinem Befehl, ohne zu zögern.

Bevor ich fragen kann, was das werden soll, und darauf hinweisen kann, dass es immer noch verantwortungslos ist, dass er sich jetzt hinters Steuer setzt, hat Pray bereits das Handy am Ohr. Gleichzeitig öffnet er die Fahrertür des Aston Martin und steigt ein.

»Kann es sein, dass das Teil eh nur zwei Sitze hat?«, frage ich dämlich und die Männer lachen.

»Tja, da Pray sowieso direkt weiterwollte, ist das

doch auch egal, oder?« Toxic sieht nicht im Mindesten verwundert aus. Was mich nur ungefähr eine halbe Sekunde irritiert, dann hält eine Limousine mit mehr als genug Platz für die gesamte Band und mich vor uns an.

»Ist wie Streichhölzerziehen, der Verlierer fährt mit Pray«, erklärt Over. Die ausgelassene Stimmung aus dem Flieger ist verpufft. Screams Präsenz ist merkwürdig kalt und unterbindet Overs und Toxics lockere Sprüche.

Irgendwas stimmt hier gar nicht. Mit einem Schlag ist das miese Gefühl zurück, das ich schon hatte, als Henry mir von diesem Job erzählt hat. Wir steigen ein und lassen uns durch mindestens die halbe Stadt an den Strand kutschieren, bis der Wagen anhält und die Männer aussteigen. Bevor ich überlegen kann, wo ich jetzt hinsoll, wirft Over mir seinen Pullover zu.

Nutzt dieser Typ eigentlich jede Gelegenheit, um oben ohne rumzulaufen?

»Anziehen«, sagt er auf meinen irritierten Blick hin. »Es sei denn, du willst, dass gleich die ganze Welt weiß, dass du mit den bösen Buben im Strandhaus rumhängst. Das wäre für deinen Ruf als braves Mädchen bestimmt nicht gut.« Er zwinkert mir zu. Daran habe ich überhaupt nicht gedacht. Schnell ziehe ich den Pullover über. Auch wenn ich schon im klimatisierten Innenraum der Limousine schwitze. Der Hoodie verströmt den irritierenden Geruch, den ich bereits im Flugzeug an Over wahrgenommen habe. Diese Mischung aus Süß und Herb.

Over betrachtet mich. Ob er bemerkt hat, dass ich

wie eine Idiotin an seinem Pulli schnüffele? Bevor ich die Chance habe, genauer darüber nachzudenken und vorsorglich feuerrot anzulaufen, erscheint Toxics Kopf in der Tür. Er nimmt die Sonnenbrille von der Nase und gibt sie mir, während Over mir die Kapuze hochzieht. Dabei streifen seine Finger meine Wange, ganz leicht, und trotzdem reicht die Berührung aus, um mir ein wohliges Kribbeln bis in die Zehen zu schicken.

»So«, sagt Over fröhlich, als ich fertig getarnt bin. »Und jetzt folg einfach dem weißen Kaninchen, kleine Alice.«

Dabei wuschelt er sich demonstrativ durch die hellen Haare. Echt jetzt? Alice im Wunderland?

»Kaninchen?«, echoe ich und könnte mich schon wieder dafür ohrfeigen. Sonderlich klug kann ich auf diese Männer ja nicht wirken.

»Klar, wieso nicht? Immerhin nennt man die doch Rammler, und da ich für gepflegte Aktivitäten in die Richtung immer zu haben bin …« Grinsend zuckt er die Schultern und streckt mir, fast schon auffallend elegant im Kontrast zu seinen Worten, eine Hand entgegen. Toxic auf der anderen Seite folgt seinem Beispiel.

Ich schüttele den Kopf, kann mir aber ein Lachen nicht verkneifen und lasse mich von den beiden nach draußen ziehen.

Das Strandhaus ist kein Haus, sondern ein moderner Palast. Eine hohe Sichtschutzwand trennt das Grundstück von der Straße. Immerhin wird so nicht gleich um die ganze Welt gehen, dass ich mit diesen Vollidioten hier auftauche. Die Kostümierungsaktion ist also nur für die paar Schritte bis hinter diese

Wände. Schon die wenigen Meter bis zum Eingang schwitze ich mich halbtot in den vielen Sachen. Overs Pullover ist riesig und passt damit problemlos über mein Outfit.

Flankiert von den zwei halb nackten Rappern betrete ich den weißen Kies, der in einem ordentlichen Weg auf die moderne Haustür zuführt. Toxic hat sich meinen Koffer unter den Arm geklemmt. Scream geht vor uns her und tippt einen Zahlencode in ein Bedienfeld neben der Tür. Klackend springt sie auf und gibt den Blick auf einen großen Eingangsbereich mit einer Treppe frei.

Weiße Wände, schwarzer Boden.

Als ich in die klimatisierte Halle trete, atme ich erleichtert auf, reiche Toxic seine Sonnenbrille zurück, ziehe schnell Overs Hoodie aus und drücke ihn ihm in die Hand.

»Danke, du darfst dich wieder anziehen.«

Erst als mich sein dreckiges Grinsen trifft und seine azurblauen Augen hinter den dunklen Brillengläsern leuchten, wird mir klar, wie sich das anhören muss.

»Darf ich? Wie nett von dir. Aber … « Er klopft sich auf den flachen Bauch. »Ich denke, ich bleibe so.«

Toxic nickt. »Ist eh viel zu heiß für Shirts.« Beiläufig zieht er die Mütze vom Kopf und hängt sie an eine Garderobe, bevor er sich wieder an mich wendet. »Du solltest dir etwas anziehen, das weniger *feucht* ist.« Obwohl ich weiß, dass er damit den durchweichten Blazer und die Whiskeypfützen auf meiner Bluse meint, jagt mir allein die Betonung auf dem

Wort ›feucht‹ einen Schauer über den Rücken. Wie ein Raubtier kommt er auf mich zu, schiebt die Sonnenbrille hoch und enthüllt damit blitzende, hellgrüne Augen. Ich weiche ein Stück zurück und werde von Overs nackter Brust gestoppt.

»Kommst du schon wieder kuscheln? Daran könnte ich mich gewöhnen«, schnurrt er leise in mein Ohr.

Schnell mache ich einen Schritt zur Seite, um der wahnsinnigen Präsenz der beiden Männer zu entkommen.

»Seid ihr fertig? Komm, Rosaly, du wohnst im Gästezimmer.« Screams Stimme geht mir durch und durch. Ob deshalb, weil er sie bisher so selten benutzt hat, oder weil sie tatsächlich dafür sorgt, dass Over und Toxic ihr Spielchen beenden, weiß ich nicht. Ohne auf meine Reaktion zu warten, sammelt Scream den Koffer auf, den Toxic abgestellt hat, und winkt mir, damit ich ihm folge.

»Danke«, sage ich leise zu Scream, als er mich die Treppe hoch lotst und vor einer weißen Tür stehen bleibt.

»Gästezimmer.« Er deutet auf die Tür. »Bad ist nebenan. Gibt drinnen eine Durchgangstür. Den Rest des Tages hast du frei. Morgen erklärt Pray dir den weiteren Ablauf.« Ohne auf mein Nicken oder eine Antwort zu warten, dreht Scream sich um und geht.

Ooookay. Dieser Typ ist wirklich merkwürdig.

Kopfschüttelnd öffne ich die Tür und trete ins Gästezimmer. Ein schlichter, aber stilvoll eingerichteter Raum, ausgestattet mit Schreibtisch, Kleiderschrank und einem ziemlich großen Bett. An der Wand hängen ein Flachbildschirm und ein gerahmtes Tourposter von den Poets. Na toll. Sie verfolgen mich sogar bis hierher.

Seufzend streife ich den Blazer und die dreckige Bluse ab, werfe sie über den Schreibtischstuhl, hole mein Handy aus der Tasche und wähle Marcys Nummer. Nicht, weil ich mit ihr reden will, sondern damit ich etwas zu tun habe. Wenn ich lange genug nachdenke, dann komme ich nur auf die Idee, das könnte alles wirklich passiert sein. Und das ist vollkommen unmöglich.

Das Freizeichen dröhnt aus dem Hörer und ich lasse mich aufs Bett fallen.

Weich wie ein Wölkchen. Wunderbar! Die Bettwäsche verströmt einen sauberen, frischen Duft. Wenn ich das große Fenster öffne, wird sich der Waschmitteldurft sicher mit dem des Ozeans mischen. Vielleicht hat Henry recht und zumindest dieser Teil meines Jobs wird toll. Möglich wäre es ja.

Marcy nimmt nicht ab, also wähle ich stattdessen Henrys Nummer.

»Hey, du frischgebackener Zugvogel! Alles in Ordnung?« Obwohl er sich bemüht, locker zu klingen, bemerke ich die Sorge in seiner Stimme. Das verwirrt mich. Henry ist eigentlich nicht der besorgte Typ.

»Ja«, sage ich und schüttele den Kopf. Was habe ich mir dabei gedacht, meinen Bruder anzurufen, um mich von meinen verwirrten Hormonen abzulenken? Mit ihm kann ich unmöglich über das, was ich im Flugzeug alles erlebt habe, reden.

»Bin in Miami. Ist schön hier«, nuschele ich.

»Wollte dir nur sagen, dass ich gut angekommen bin. Toller Job. Danke fürs Vermitteln.« Ich fange an zu plappern, aber solange sich keine nackten, trainierten Männeroberkörper, grobe Küsse im Servicebereich und vier paar irritierend schöne Augen in mein Gequassel schleichen ...

»Wie sind deine Arbeitgeber denn so?«

Falsche Frage, Henry.

»Ach«, sage ich ausweichend. »Wie man sie sich vorstellt. Aufgeblasene, arrogante Typen mit Götterkomplex. Halten sich für unwiderstehlich und so. Was man sich eben denken kann, wenn man ihre Musik so hört.«

Henry lacht. »Du schaffst das schon.«

Wie schön, dass einer von uns beiden darauf vertraut. Ich bin mir da nicht so sicher.

»Ich muss weitermachen, Schwesterlinchen. Viel Spaß in Miami«, sagt Henry und legt praktisch im gleichen Moment auf. Noch bevor ich mein Handy weglegen kann, klingelt es und Marcys Name erscheint im Display.

»Hey Süße!«, begrüße ich sie.

»Schieß los, wie viele nackte Rapper hast du schon gesehen?« Na toll. Warum schaffen es heute eigentlich alle, mich ständig in Verlegenheit zu bringen?

»Keine, Marcy! Und das ist auch gut so. Können wir bitte über was anderes reden als über meinen Job?«

Die nächste Stunde plappert Marcy mir die Ohren voll über die letzten Dates, die sie hatte, und erzählt mir alles Mögliche. Sie lenkt mich so effektiv ab, dass ich glaube, um *dieses* Gespräch rumzukommen.

»Und jetzt schieß los! Wie toll sind sie?«

Ich seufze. Natürlich bleibt mir das nicht erspart. »Ach, so wild ist es gar nicht. Die meiste Zeit machen sie unlustige Witze, betrinken sich und spielen Karten.«

»Das hört sich aber nicht so spannend an«, sagt Marcy zweifelnd.

»Nein, ist eigentlich sogar total langweilig.«

Hinter mir lacht jemand. Ich fahre vor Schreck zusammen und drehe mich um.

»Langweilig?« Toxic lehnt lässig im Türrahmen und zieht eine Augenbraue hoch. Um seine Mundwinkel zuckt ein Lächeln. Immerhin hat er mittlerweile doch ein schwarzes T-Shirt an.

»Ähm, Marcy, ich ... muss weg.«

»Oh, gehts um heiße Kerle? Ist jetzt jemand nackt?« Ohne auf ihr Gequietsche zu achten, lege ich auf.

»Du findest uns langweilig?«, wiederholt Toxic interessiert.

»Weißt du, dass man eigentlich anklopft, bevor man im Zimmer von Fremden auftaucht?«, frage ich zurück.

Er zuckt die Schultern. »Vielleicht habe ich das ja?«

Soll ich jetzt raten? Ich entscheide, dass dieses Spielchen keinen Sinn macht, weil ich zum Schluss so oder so nicht gewinnen kann.

»Was kann ich für dich tun?«, frage ich so neutral wie möglich. Sein Blick streift mich, wandert über meinen Oberkörper und wird eine Spur dunkler.

»Eigentlich wollte ich dir das Haus zeigen, aber vielleicht genieße ich stattdessen einfach noch ein bisschen die Aussicht?«

Was? Mein Blick fällt auf die Bluse, die ich vorhin über den Stuhl geworfen habe. Oh! Hastig schnappe ich mir die Bettdecke und zerre sie nach oben, bis sie meinen BH verdeckt. Na wunderbar.

»Reg dich ab, ich hab ja gar nichts gesehen.« Er verdreht die Augen. »Also, willst du dich weiter langweilen, oder soll ich dir das Haus zeigen?«

»Ähm.« Ich drücke die Decke noch fester an mich. »Ich ...«

Toxic seufzt. »Stell dich nicht so an. Dieser Oma-BH zeigt doch eh praktisch nichts. Die Frauen auf unseren Konzerten haben meistens weniger an als du grade.«

»Oma-BH?« Ich schnaube. »Gar nicht. Der ist nur ... angemessen.« Ich schiele auf die schlichten weißen Schalen.

»Jaaa«, sagt Toxic gedehnt. »Wenn du vorhattest, mich effektiv abzutörnen, hast du's damit definitiv geschafft. Du kannst also ganz gefahrlos unter der Decke rauskriechen.«

SECHS

TOXIC

Ich muss mich beherrschen, um nicht auf den Saum der Bettdecke zu starren, die gerade so ihre prallen Brüste bedeckt. Rosaly zögert noch immer. Ihr strenger Business-Weibchen-Knoten ist jetzt nicht mehr ganz so akkurat. Vorn hat sich sogar eine Strähne gelöst, die ihr kupfern schimmernd auf die porzellanfarbenen Schultern fällt. Ihr Make-up ist ein wenig mitgenommen. Zumindest der dezente nudefarbene Lippenstift ist dem natürlichen Rot ihrer Lippen gewichen. Warum bitte pinselt sie die heller, als sie sind? Besagte Lippe beknabbert sie gerade auf eine Art, die selbst dieser ätzende BH nicht unsexy machen könnte.

»Schön, ich kann mich auch umdrehen.« Auch wenn mein Vorschlag irgendwie unnötig ist. Das Bild hat sich eh bereits in mein Hirn gebrannt, und ich muss mich wirklich anstrengen, nicht einfach zu ihr zu gehen und ihr diese lächerliche Decke wegzunehmen. Als würde ihr das irgendwas bringen, wenn sie sich unter diesem Ding verschanzt. Das Einzige, was mich gerade davon abhält, ihr sofort diesen albernen BH auszuziehen, ist die Tatsache, dass Pray es vermutlich nicht gut findet, wenn ich die kleine Miss Rogers kaum zwei Minuten nach ihrer Ankunft in unserem Strandhaus vernasche. Von wegen ›heiß wie ein Gefrierschrank‹. Rosaly ist ziemlich scharf. Trotz ihrer Versuche, das unter schlimmen Klamotten und langweiligem Make-up zu verstecken.

Einen Moment scheint sie über mein Angebot nachzudenken, dann nickt sie. Und ich gehorche brav und drehe mich um. *Scheiße, Tox, seit wann lässt du dir von irgendeinem Weibchen den Spaß am Gucken nehmen?*

Ich höre, wie sie hinter mir durchs Zimmer huscht, und werfe einen möglichst unauffälligen Blick über die Schulter. Tatsächlich bückt sie sich aufreizend langsam nach ihrem Koffer. Der hässliche BH kommt dabei glatt an seine Grenzen und wirkt plötzlich gar nicht mehr so unsexy. Sie streift auch den Rock ab und zieht aus ihrem Gepäck …

»Fertig«, sagt sie, bevor ich mich vom heimlichen Glotzen erholen kann. So gelassen wie möglich drehe ich mich nach ihr um und gebe mir wirklich Mühe, das hellgelbe Sommerkleid nicht wahnsinnig heiß zu finden. Ich schwöre, wenn ich diese Frau jemals in Schwarz sehen sollte, garantiere ich für gar nichts. Oder nackt. Noch besser wäre natürlich nackt.

»Gut.« Mein Tonfall verrät nichts von dem, was in mir vorgeht. Tatsächlich hätte ich sie mir von Anfang an, heute Morgen in diesem Flugzeug, schon am liebsten geschnappt. Eventuell hätte ich sie mir direkt mit Evil geteilt, je nachdem, wie dreckig die Fantasien der Kleinen sind. Oder auch nicht. Irgendwas sagt mir allerdings, dass mehr in dieser schüchternen Frau steckt. Leider konnte ich meine Theorie bisher noch nicht überprüfen ...

Aber vielleicht sollte ich meine Führung am Pool starten und beenden. Indem ich sie ganz aus Versehen ein bisschen zum Stolpern bringe. Immerhin könnte das das Feuer wach kitzeln, das unter ihrer braven Maske immer mal aufblitzt. Davon sollte sie nach meiner Einschätzung nämlich mehr als genug haben, wenn sie es nur zulassen würde. Mir ist natürlich nicht entgangen, wie ihr Körper auf uns reagiert, wenn wir ihr nahekommen. Oder wie hektisch sie nach dem kleinen Besuch von Pray im Servicebereich geatmet hat. Jetzt muss sie nur noch begreifen, dass es nicht verwerflich ist, uns alle zu wollen. Und dann sollte sie sich dringend ein bisschen entspannen. Momentan ist sie so verkrampft, dass sie wie eine Schaufensterpuppe wirkt. Wie schnell sich das wohl unter den richtigen Händen ändern würde? Vielleicht starte ich gleich mal einen kleinen Versuch und sorge dafür, dass sie nicht mehr guckt wie ein verschrecktes Mäuschen. Oh ja! *Toxic, du bist ein Genie!* Ich grinse in mich hinein.

SIEBEN

ROSALY

Eine Führung durch eine Strandvilla in Miami. Mit einem Weltstar. Das ist irgendwie schräg, und hätte man mir das vor ein paar Tagen gesagt, hätte ich nie geglaubt, dass mir so etwas jemals passieren würde.

Jetzt folge ich Toxic die Treppe runter, an der geräumigen Küche vorbei durch den Wohnraum, der so groß ist, dass ich meine Wohnung dreimal hineinstecken könnte. Es gibt einen riesigen Esstisch direkt am Fenster, oder eher der Glaswand, die den Blick aufs Meer freigibt. Eine moderne, chromfarbene Bar und eine Hightech-Musikanlage ragen in der entgegengesetzten Ecke des Raums auf. Der größte Teil wird von einer Kombination aus Sitzgelegenheiten belegt, die Wand dahinter wird von einer weißen Leinwand komplett verdeckt. Dass die Jungs in ihrem Wohnzimmer ein Heimkino haben, hätte ich mir denken können.

»Nett hier«, sage ich, als würde ich so was ständig

sehen. Toxic zuckt die Schultern. »Warte mal, bis wir draußen sind.«

Wie aufs Stichwort schiebt er eine der Glasfronten beiseite und gibt mir den Weg auf die Terrasse frei. Ich folge seiner Aufforderung und trete nach draußen. Weiße Steinplatten ziehen sich bis zu einer breiten Treppe, die zum Strand hinunterführt. Das Meer rauscht und die Luft riecht nach Salz und Sonne. Große Palmen umgeben das Haus und verdecken einen Teil der hohen Sichtschutzwände. Toxic lotst mich durch einen Torbogen bis zu einem weitläufigen Pool. Auch im Außenbereich gibt es eine großzügige Lounge mit bequem aussehenden Sitzmöbeln, und ein Stück weiter, in der Sonne, stehen Sonnenliegen. Ein bisschen wie in einem sehr kleinen, sehr exklusiven Hotel. Wenn jetzt noch ein Kellner mit Cocktails mit Schirmchen vorbeikommt, fühle ich mich echt wie im Luxusurlaub. Nicht dass ich je einen gemacht hätte, ich stelle mir das einfach nur so vor.

»Und, zu viel versprochen?« Toxic hat sich die Sonnenbrille wieder auf die Nase geschoben. Seine Mundwinkel zucken, als er meinen Gesichtsausdruck bemerkt. Ja, ich bin wirklich begeistert von dieser extrem coolen Poollandschaft. Hoffentlich habe ich noch Gelegenheit, das richtig auszunutzen.

»Das ist toll. Der Pool ist riesig.«

Er nickt. »Schwimmst du gern?«

Einen Moment wäge ich ab, wie wahrscheinlich es ist, das Toxic mich vollbekleidet in den Pool schmeißt. Aber vielleicht betreibt er auch einfach nur Konversation. Ganz ohne Hintergedanken. Könnte ja sein.

»Eigentlich bin ich mehr der Typ fürs entspannte Sonnen als fürs Schwimmen.«

»Sonnen? Du und dein Porzellanteint?« Es klingt ehrlich überrascht, wenn er das so sagt. Ich nicke trotzdem.

»Ja. Ich kann zwar nicht den ganzen Tag am Pool chillen und unverschämt braun werden, während sich mein Einkommen von selbst verdient, aber wenn ich die Gelegenheit dazu hätte, würde ich es definitiv tun!« Es klingt wesentlich spitzer, als es sollte.

Toxic ignoriert es und lacht. »Oh, so funktioniert das nicht. Du hast ein wirklich komisches Bild von uns.« In seinem Unterton schwingt etwas mit, was ich fast als Bedauern interpretieren würde. »Aber es kann eben nicht jeder auf Jobs in Business-Anzügen stehen und fröhlich darauf warten, sich für jeden Dollar zum Affen zu machen.«

»Und ihr tut das nicht?« Immerhin habe ich einen kurzen Bericht über eine ihrer Shows gelesen. Wenn das nicht ›sich zum Affen machen‹ in Reinkultur ist, weiß ich nicht, was ich darunter verstehen sollte.

»Nein. Der Unterschied ist: Wir kämen nie auf die Idee, irgendeinem Sesselfurzer in den Arsch zu kriechen oder irgendwen mit diesen pseudoverdeckten Schwanz-Vergleichs-Machtspielchen abzufucken.«

Wow. Bisher habe ich ja wenig mit Toxic gesprochen, aber für feinfühlige Wortwahl wird er vermutlich so schnell keinen Preis gewinnen.

»Da macht ihr lieber Live-Vergleiche auf der Bühne?« Ich ziehe fragend eine Augenbraue hoch. Ich erwarte, dass er zurückrudert, aber Toxic nickt.

»Lieber hundertmal für eine Show als einmal für diesen Unsinn.« Es klingt so überzeugt, dass ich ihm sofort glaube. Eigentlich wundert es mich nicht wirklich. Immerhin spricht der erste Eindruck von ihnen nicht unbedingt für ein Kollektiv schüchterner Goodguys.

»Aber ich wollte mit dir auf unserer kleinen Tour nicht über unser Geschäftsmodell oder Schwänze sprechen.« Er grinst. Ich werde spontan wieder rot und beiße mir auf die Unterlippe.

»Hast du eigentlich vor, jedes Mal rot zu werden, wenn jemand in deiner Nähe Schwanz oder Muschi sagt?« Toxic zieht eine Augenbraue hoch. Es wirkt spöttisch. Schnell weiche ich seinem Blick aus.

»Ähm ...«

»Ach, Kleines. Gewöhn dich besser dran. Sonst siehst du die nächsten Wochen durchgängig wie eine rothaarige Tomate aus.« Lachend dreht er sich um und geht durch eine zweite große Glasfront zurück ins Wohnzimmer.

Einen Moment zögere ich noch. Dieser Mann verwirrt mich. Wie die anderen Poets auch. Ich schüttele mich.

»Kommst du?«, ruft Toxic von drinnen, und meine Beine reagieren, bevor ich darüber nachdenken kann, ob es wirklich schlau ist, ihm weiter durch das Haus zu folgen. Aber wir waren schon am Pool, und da er mich nicht ins Wasser geworfen oder versucht hat, mich dazu zu bewegen, mein Kleid auszuziehen, beschließe ich, Toxic erst mal zumindest ein bisschen Vertrauen entgegenzubringen. Deshalb folge ich ihm ins Haus.

Dort lehnt er an einer Wand in der Diele und wartet auf mich. Über ihm hängen große gerahmte Schwarzweiß-Fotografien von Bühnenaufbauten, auf denen fünf Männer in unterschiedlichen Posen platziert sind. Konzertfotos der Poets wahrscheinlich. Sobald er mich sieht, stößt er sich ab und geht mit mir durch einen Gang mit lauter schweren Metalltüren. Die größte davon öffnet er und gibt den Blick in eine Art privates Fitnessstudio frei.

»Ich vermute zwar, dass du nicht so der Typ für Krafttraining bist, aber solange du mit uns hier rumhängst, darfst du die Geräte natürlich nutzen. Frag am besten Evil, wenn du Hilfe brauchst.«

Damit liegt er tatsächlich absolut richtig. Gerätetraining zum Selbstzweck war noch nie mein Ding. Ohne auf eine Antwort zu warten, dreht Toxic sich wieder um und geht an den anderen Metalltüren vorbei zurück in den Eingangsbereich mit der großen Treppe. Es macht mich neugierig, dass er mir nicht verrät, was es mit diesen Türen auf sich hat, aber allein sein schneller Schritt sagt mir, dass ich ihn nicht danach fragen sollte.

Zielstrebig geht er auf die Küche zu, an der wir vorhin schon vorbeigekommen sind.

»Hunger?«, fragt er. Nach den Stunden im Flugzeug und der ganzen Aufregung hatte ich total vergessen, mich um so banale Dinge wie Essen zu kümmern, also nicke ich.

»Gut. Dann kannst du mir ja helfen.« Bevor ich die Bedeutung seiner Worte erfassen kann, ist er schon in eine Schublade getaucht und zieht Töpfe hervor.

Ich starre ihn an und versuche zu begreifen, was da gerade passiert.

»Du … kochst?«, frage ich irritiert und sehe Toxic dabei zu, wie er ein paar Dinge aus dem Kühlschrank holt und sie sich neben dem Herd bereitstellt. Er grinst und schiebt die Sonnenbrille nach oben.

»Dachtest du, wir leben von Luft und Liebe?«

Eher von Hochprozentigem und weißem Pulver. Den Gedanken ignoriere ich sofort. Bisher habe ich sie ja nur auf dem Flug damit gesehen, und es ist ja möglich, dass sie abseits von ihrem Partymodus ganz anders drauf sind.

»Eigentlich dachte ich, ihr hättet für so was Personal.« Was kommt als Nächstes? Pray mit einem Staubsauger bewaffnet, auf der Jagd nach Wollmäusen? Scream, der mit Blümchenhandschuhen die riesigen Fensterfronten putzt? Bei dem Gedanken muss ich beinahe lachen. Einen dieser Gangster-Rapper bei so was Normalem wie Kochen zu beobachten, ist tatsächlich total absurd.

»Theoretisch haben wir das auch. Aber wir sind spontan hergeflogen, und unsere Haushälterin schaut erst in ein paar Tagen wieder vorbei.« Er nimmt endlich die Sonnenbrille ab und legt sie hinter sich auf die freie Arbeitsfläche.

Ah, das erklärt einiges und passt deutlich besser zu dem, was ich erwartet hätte.

»Willst du mich weiter anstarren, als hättest du noch nie einen Mann kochen sehen, oder hilfst du mir?« Jetzt klingt er eindeutig belustigt.

Ich blinzele. »Ähm. Klar.« Langsam gehe ich ein

Stück auf den Tresen zu, während Toxic schon geschäftig Messer und Schneidebrett hervorkramt.

»Was soll ich machen?«

Als ich mich nach ihm umsehe, taucht er gerade in einen weiteren Schrank und sucht nach irgendwas. »Gemüse schneiden?« Vage deutet er in Richtung der bereitgelegten Zutaten. Ich folge seiner Aufforderung. Noch bevor ich auch nur mit dem Waschen fertig bin, hat Toxic mich schon mehrfach korrigiert, was auch immer man beim Waschen von Gemüse falsch machen kann. Als ich schließlich das Messer in die Hand nehmen will, schüttelt er den Kopf.

»Ich hab noch nicht einen Schnitt gemacht!«, verteidige ich mich.

»Solltest du auch nicht. Das sieht aus, als wolltest du dir einen Finger abhacken.«

Ich verdrehe die Augen, mache einen Schritt weg von der Arbeitsplatte mit dem Brett und nehme einen großen Schluck aus meinem Glas. Toxic hat uns nach der ersten Auseinandersetzung zum Thema »Wie wäscht man Tomaten« einen leckeren, gut gekühlten Weißwein geöffnet. Als Friedensangebot. Wahrscheinlich wäre ich sonst auch schon geflüchtet.

»Gut, wie dann, du Küchendiktator?« Das Glas schiebe ich vorsorglich ein Stück näher an mein Brett heran. Ich habe die Vermutung, dass ich es in Griffweite brauche.

»Zuerst musst du das Messer so halten, dass du damit auch auf das Gemüse zielst!«

Ich schnaube. »Das weiß ich.« Zwar bin ich keine sehr begabte Köchin, aber immerhin habe ich normalerweise keine Haushälterin, die für mich kocht. Erneut greife ich nach der ersten Tomate, schiebe sie auf das Schneidebrett und setze das Messer an.

»Wahrscheinlich hast du uns beide erstochen, bevor das was wird«, kommentiert Toxic.

Wieder verdrehe ich die Augen und beginne, die Tomate zu schneiden. Eine Hand legt sich auf meine und stoppt mich mitten in der Bewegung.

»Gib das her.«

Ohne dass ich aktiv loslasse, entwindet er mir das Messer, als wäre das Ding nicht so scharf, dass man sich schon beim Angucken an der Klinge schneiden könnte.

»Wow, bist du so was wie ein Ninja? Wie hast du das gemacht?«, spreche ich den Gedanken laut aus. Das lässige Schulterzucken kann den Anflug von Stolz in seinem Gesicht nicht mindern.

»Bin gut mit Messern, weiter nichts.« Einer seiner Mundwinkel zuckt, und in seinem Blick flackert etwas, das mir einen Schauer über den Rücken jagt. »Und jetzt setz dich da drüben hin und guck dir an, wie man das richtig macht.« Er deutet mit dem Kinn auf einen der Hocker, die am Tresen der Kücheninsel stehen. So schnell ich kann, schnappe ich mir mein Glas, krabbele auf meinen neuen Platz und atme erleichtert auf. Sehr viel besser. Mit Toxic kochen ist etwa so angenehm wie über rostige Nägel laufen. Flink setzt er das Messer an und zerteilt ein Stück Gemüse nach dem anderen. In rasender Geschwindigkeit und so präzise, dass mir klar wird, warum er sich meine Versuche nicht mitansehen konnte.

»Das sieht ziemlich professionell aus.« Ich deute mit dem Glas auf ihn und seine Arbeit.

»Klar. Ich sag doch, ich bin gut mit Messern.« Er grinst mich an, und wieder funkelt es in seinen Augen. Irgendwas an dem Blick, den er mir zuwirft, lässt mich erschauern. Allerdings bin ich mir nicht sicher, ob auf die gute oder die schlechte Art.

»Soll ich's dir zeigen?«

Einen Moment zögere ich. Dann nehme ich noch einen großen Schluck Wein und rutsche von meinem Hocker, um wieder den gefürchteten Platz am Schneidebrett einzunehmen. Aber Toxic schüttelt den Kopf.

»Nicht jetzt, dann werden wir nie fertig.« Mit großer Geste schmeißt er die ersten Zutaten in die Pfanne. Öl zischt, und statt dem Messer schwingt Toxic jetzt lieber den Kochlöffel. Es wirkt wesentlich weniger elegant und irritiert mich ehrlicherweise einfach nur, ihn konzentriert mit einem Holzlöffel in einem Berg Gemüse herumrühren zu sehen. Das passt so gar nicht zu dem Typen, der vorhin aus Spaß halb nackt durch den Flughafen gelatscht ist. Allerdings passt keiner der Jungs wirklich in das Bild, das ich von jemandem mit ihrem Job habe. Oder mit ihrem Status. In Gedanken versunken beobachte ich Toxic bei seiner Arbeit, sehe zu, wie er alles Mögliche in die Pfanne wirft und mit Gewürzen hantiert. Bis er mir einen Löffel unter die Nase hält.

»Probieren!«, fordert er. Ich habe gar nicht bemerkt, dass er um die Kochinsel herumgekommen ist und sich neben mich gestellt hat. Er hätte mir den Löffel auch einfach rüberreichen können, aber stattdessen steht er jetzt erwartungsvoll neben mir und grinst. »Mund auf, Kleines.«

Wie von selbst reagiere ich auf seine Worte, öffne die Lippen und lasse zu, dass er mir den hölzernen Kochlöffel in den Mund schiebt. Ich schließe für eine Sekunde die Augen und genieße die Komposition der Gewürze. Was auch immer er da gekocht hat, es schmeckt fantastisch. Die intensiven Aromen vermischen sich zu einer echten Geschmacksexplosion. »Hm!«, mache ich genüsslich.

»Schmeckt's?«, fragt er lachend.

»Oh ja!« Ich blinzele träge. »Wahnsinn.«

»Hm«, brummt er. Plötzlich ist er mir so nah, dass wir uns beinahe berühren, und ich muss den Kopf in den Nacken legen, um ihm in die Augen sehen zu können. Unter dem Duft des Essens schwebt mir jetzt auch Toxics eigener Geruch entgegen. Klar, frisch und tatsächlich unaufdringlich.

»Ich mag die Art, wie du diese Dinge sagst.« Seine Stimme klingt rau und fährt mir wie ein elektrischer Impuls durch den Körper.

Er hebt eine Hand an meine Wange. Sein Blick gleitet zu meinem Mund und ich halte den Atem an. »Du hast da was.«

Dann spüre ich seine Lippen auf meinen. Mir entfährt ein kleines, überraschtes Geräusch. Obwohl es ein zarter, fast unschuldiger Kuss ist, entzündet er ein Feuer in mir. Ein brennendes Verlangen erfasst mich.

Nach allem, was im Flugzeug passiert ist. Nach der »Begrüßung« durch Over, Evil und Toxic und diesem Kuss mit Pray und dieser Sache mit Over ... Mein überreizter Verstand kommt nicht schnell genug hinterher, und mein Körper scheint nur darauf zu warten, erneut berührt zu werden. Deshalb wehre ich mich nicht, als Toxic mir eine Hand in die Haare schiebt und die andere auf meinen Rücken legt, um mich näher an sich und gleichzeitig auf die Füße zu ziehen.

Stattdessen erwidere ich den Kuss, genieße das Gefühl seiner Lippen auf meinen. Er schmeckt nach dem Wein, den er uns zum Kochen eingeschenkt hat. Eine perfekte Ergänzung zu den herrlichen Aromen des Essens. Ich schmiege mich an ihn, will, dass er mich drängender küsst. Doch statt meiner Aufforderung zu folgen, lässt Toxic sich Zeit, streicht sanft über meinen Rücken, spielt mit mir, neckt mich und nimmt sich sofort wieder zurück. Es ist wie ein hypnotischer Tanz, den ich nicht verstehe, aber unbedingt weiter tanzen möchte. Deshalb lege ich eine Hand in seinen Nacken, ziehe ihn näher an mich. Plötzlich spüre ich die Kücheninsel an der Hüfte. Ein vorfreudiges Kribbeln breitet sich in mir aus. Ich warte darauf, dass er mich anhebt, mich auf der Arbeitsplatte absetzt und mir das Kleid hochschiebt. Eine Hand gleitet zu meinem Hintern, wie von selbst öffnen sich meine Beine bereits einladend für ihn. Endlich intensiviert er den Kuss, es ist beinahe so, als würde er von der einen auf die andere Sekunde aufhören, mit mir zu spielen und mich jetzt verschlingen wollen. Und ich bin mehr als bereit dafür.

»Oh, hier geht's ja rund. Darf ich mitmachen?«

Nicht nur ich zucke heftig zusammen, auch Toxic weicht eindeutig erschrocken zurück.

»Hi Evil.« Ich räuspere mich und senke den Blick.

»Warum so schüchtern? Sah doch gerade sehr viel besser aus«, fragt er interessiert und schiebt sich die Sonnenbrille zurecht. Was haben die nur immer mit den Dingern?

»Seid ihr fertig damit, sie zu nerven?« Hinter Evil im Türrahmen erscheint Pray, die Arme verschränkt und die gleiche unnahbare Präsenz ausstrahlend wie heute Morgen. Er wirkt, als wäre das erst ein paar Sekunden und nicht Stunden her. Was auch immer die beiden auf ihrem kleinen Ausflug gemacht haben: Pray sieht nach wie vor taufrisch aus. Evil dagegen hängen die vorher ordentlich gegelten Haare ins Gesicht, er hat die Ärmel seines Hoodies hochgeschoben. Irgendwelche Flecken verdunkeln das Schwarz noch weiter.

»Riecht's hier nach Essen?«, brüllt Over aus der Eingangshalle.

»Ganz ungünstiges Timing!«, murrt Toxic so leise, dass nur ich ihn hören kann. Wie recht er damit hat, bestätigt die Nässe, die sich bereits zwischen meinen Beinen sammelt. Aber eigentlich sollte ich Evil dankbar sein. Wer weiß, was sonst passiert wäre. Der nette Toxic hat mich viel zu sehr verwirrt. Betont gelangweilt lehnt er sich in angemessenem Abstand an die Kücheninsel.

»Hmhm …«, mache ich und beiße mir auf die Unterlippe.

»Oh, wer hat unsere Schönheit denn schon wieder so in Verlegenheit gebracht?« Over spaziert in die Küche und zwinkert mir zu. »Hat er dir die Spezialitäten im Wunderland gezeigt, kleine Alice? Vielleicht seine Raupe?«

Ich schnaube. Wenn das hier eins ganz sicher nicht ist, dann ein Kinderbuch. »Was hast du bloß mit diesem dämlichen Vergleich?«

Over grinst, tritt an meine freie Seite, angelt nach dem Kochlöffel, den Toxic achtlos neben den Herd geworfen hat, und hantiert damit in der Pfanne herum. »Siehst du das denn nicht so? Falls dir diese Hütte und die Anwesenheit von fünf berühmten Musikern nicht reicht: Wunder kann ich dir auch anbieten. Ein bisschen Wunderland-Feeling ist doch die leichteste Übung, wenn ...«

»Over!« Wieder ist es Pray, der einhakt, bevor es noch unangenehmer werden kann.

»Ach komm, sie mag das.« Over zieht den gefüllten Löffel aus dem Topf und lächelt mich überlegen an. »Sag ihm, dass du das magst, schöne Frau!«

»Besser nicht«, murrt Toxic.

»Wenn sie Pray je sagt, was sie mag, kann ihr sowieso keiner mehr helfen«, mischt Evil sich ein.

Over zuckt die Schultern. »Auch wieder wahr.« Dann schiebt er sich seine großzügige Probierportion in den Mund und schüttelt sich. »Bäh, Tox, was soll das denn?«

»Schadet dir sicher nicht.« Toxic verdreht die Augen.

»Aber das schmeckt so gesund«, murrt Over weiter und zieht ein Gesicht, als würde Toxic ihn zwingen, Gift zu essen. Was Over vermutlich lieber täte, und bei dem ganzen Mist, den er sich so reinzieht, würde das wahrscheinlich nicht mal ins Gewicht fallen.

»Tox hat recht, wenn wir dich weiter ständig Unsinn in dich reinstopfen lassen, siehst du bis zur nächsten Show aus wie ein Mini-Wal.« Evil nimmt Over den Löffel aus der Hand und klopft ihm auf das Shirt, in etwa auf Höhe des Sixpacks, das ich bisher ja schon mehr als oft genug bewundern durfte.

»Gar nicht!« Over schiebt Evils Pranke weg und verschränkt die Arme vor dem Bauch. »A. wäre ich als Mini-Wal immer noch hübscher als ihr, und B. verbrenne ich gerne eine Menge Kalorien, wenn Rosaly mir hilft.«

»Over!« Diesmal sind es neben Pray auch Evil und Toxic, die ihn bremsen.

»Hey.« Er hebt die Hände. »Ich meinte doch nur, ich würde mich freuen, mit ihr gemeinsam ein paar Trainingseinheiten zu machen. Sie flennt bestimmt beim Training weniger rum als Pray.« Pray hat Over so schnell am Kragen gepackt, dass ich ihn nicht einmal auf uns zukommen sehe. Alle im Raum sind wie eingefroren, nur Pray wirkt wieder wie ein entfesselter Hurrikan. Problemlos drückt er Over nach unten, bis der mit der Stirn auf der Marmorarbeitsplatte liegt. Ich springe einen Schritt zur Seite, und im selben Moment streckt Toxic eine Hand nach mir aus, zieht mich zu sich und schiebt mich dann hinter seinen Rücken. So, dass er als menschlicher Schutzschild zwischen mir und Pray steht.

»Ich zeig dir gleich, wer hier flennt«, knurrt der bedrohlich, dabei greift er präzise nach Toxics Kochmesser.

Over versucht, sich aus Prays Griff zu winden. »Ist ja gut! Hör auf!«, nuschelt er, gedämpft von der Arbeitsplatte. Es klingt fast schon routiniert, als würde so etwas öfter passieren. Wo zur Hölle bin ich hier eigentlich reingeraten? Vielleicht sollte ich Henry anrufen und ihn um einen meiner alten Jobs anflehen? Denn das dumpfe, ungute Gefühl in meiner Magengegend verstärkt sich.

Ich sollte wirklich nicht hier sein. Dann doch lieber als alberner Cupcake auf einer langweiligen Messe als zwischen diesen Verrückten, oder?

Trotzdem schiele ich an meinem menschlichen Schutzschild vorbei, so gut ich kann. Spannender ist das hier auf jeden Fall. Außerdem ist es zwar schon ein bisschen her, dass ich diese Fähigkeit gebraucht habe, aber notfalls kann ich mich sicher immer noch einigermaßen wehren.

Toxic vor mir ballt die Hände zu Fäusten und wirft Evil einen Blick zu. Die beiden führen ein stummes Gespräch, dann nicken sie, als hätten sie gerade eine Art Lagebesprechung gehalten.

»Pray.« Evils Stimme füllt den Raum, ohne dass er sich Mühe geben muss. Der Tonfall ist so beruhigend, dass sogar ich mich, selbst zwischen diesen aggressiv-verwirrenden Männern, ein wenig entspannen kann.

Obwohl ich damit rechne, dass diese Urgewalt auf zwei Beinen sich von niemandem bremsen lässt, stockt Pray. Tatsächlich wehrt er sich nicht, als Evil von hinten an ihn herantritt und seine Hände langsam von Overs Shirt löst.

»Du kannst ihn loslassen«, sagt Evil so, als wäre es nur ein Vorschlag. »Kein Grund, irgendwas Dummes zu machen, okay?« Evil redet weiter auf ihn ein, jetzt so leise, dass ich es nicht hören kann, während Toxic vor mir sich ein wenig entspannt. Over rappelt sich langsam von der Tischplatte auf, richtet sich mit einer Hand die Haare und mit der anderen das Shirt. Dann lässt er sich vollkommen unbeteiligt, als wäre nichts passiert, auf einem Barhocker nieder und beobachtet Evil und Pray. Pray funkelt Over immer noch böse an, lässt sich aber von Evil aus der Küche dirigieren.

»Was war das denn?« Meine Stimme ist nicht mehr als ein Flüstern. Das Donnern in meiner Brust ist dieses Mal keins der erregten Aufregung, sondern stammt von Angst. Mir wird jetzt erst wirklich bewusst, was da gerade passiert ist. Meine Hände zittern vor Schreck. Was hätte Pray getan, wäre Evil nicht direkt dabei gewesen? Was ... und wieso? Eigentlich dachte ich, die Jungs kennen sich gut, und Over scheint mir jemand zu sein, der ohnehin ständig provoziert. Warum hat Pray also diese Nummer abgezogen?

»Das war Pray«, sagt Over, als würde das alles erklären, und zuckt die Schultern.

»Alles in Ordnung bei dir?« Toxic dreht sich zu mir um, bemerkt meinen geschockten Gesichtsausdruck und dirigiert mich zu einem der Hocker. Sobald ich sitze, reicht Over mir mein Weinglas.

»Warum ... ich meine, ich dachte, ihr seid Freunde, warum ...?« Ich suche nach Worten, finde aber keine.

Deshalb nehme ich stattdessen lieber einen ordentlichen Schluck Wein, um meine immer noch flatternden Nerven zu beruhigen.

»Tja, so ist er halt.« Over zuckt die Schultern, schnappt sich die Flasche von der Kücheninsel und gießt mir nach. Ohne einen weiteren Kommentar dazu abzugeben, durchquert Toxic die Küche, holt Besteck und drei Teller aus den Schränken, füllt sie und schiebt mir und Over jeweils einen zu. Mit dem dritten kommt er zurück zu den Hockern.

Nach dieser Aktion ist mir irgendwie der Appetit vergangen, deshalb stochere ich nur in Toxics göttlich leckerer Kreation herum. Ähnlich wie Over, der auf seinen Teller starrt und verschiedene Gemüsesorten kategorisch mit der Gabel auf die Seite schiebt.

Ich leere mein Glas und schaue betont auf die Uhr.

»Vielen Dank für das tolle Essen, ich hatte einen echt langen Tag und würde mich jetzt gerne zurückziehen«, sage ich mit aller Höflichkeit, die ich aufbringen kann. Das Augenverdrehen der beiden Männer ignoriere ich gekonnt, schiebe mich vom Hocker und verlasse die Küche. In meinem Rücken brennen zwei Augenpaare.

So unbeeindruckt ich kann, steige ich die Treppen hinauf, schlüpfe in mein Zimmer und schnappe mir meinen Kosmetikbeutel und ein sehr kurzes, transparentes schwarzes Spitzennachthemd, das ich eigentlich nur für mich eingepackt habe. Zumindest einen kleinen Teil meiner eigentlichen Persönlichkeit will ich mir noch behalten dürfen. Irgendwie dachte ich, ich würde in einem Hotelzimmer übernachten und nicht bei den Poets zu Hause. Da habe ich mich wohl getäuscht. Aber viel Auswahl bleibt mir ohnehin nicht, denn da mein Koffer so voll ist, komme ich nicht an meine anderen Pyjamas, und in meinem Zimmer ist es eh zu heiß, um zum Schlafen mehr Klamotten zu tragen. Und da ich auch nach fünf Minuten Hin- und Herdrehen am Thermostat immer noch kein besseres Ergebnis erziele, entscheide ich, dass das schwarze Negligé innerhalb dieses Raums wohl ungefährlich ist.

Nachdem ich mich in dem kleinen Bad, das an mein Zimmer grenzt, fertig gemacht habe und in mein Bett gleite, rechne ich fest damit, eine Ewigkeit an die Decke zu starren. Stattdessen schlafe ich praktisch sofort ein.

ACHT

PRAY

»Was war denn das, du Spinner?« Evil schüttelt mich am Hemdkragen wie einen unartigen Hund.

»Wenn du mich nicht sofort loslässt ...!«, knurre ich, kann die Drohung aber nicht zu Ende bringen, weil Evil nur noch fester zupackt.

»Krieg dich ein!« Er stößt mich ein Stück weiter über den Strand in Richtung Meer und versperrt mir den Zugang zum Haus. Ohne einen Versuch zu starten, an Evil vorbeizukommen, weiß ich genau, dass ich wirklich keine Chance habe, wenn er das nicht will. Meine Muskeln sind zwar kein reines Show-Objekt, aber für einen Faustkampf mit Evil ist vermutlich nicht mal der Hulk gerüstet. Trotzdem zappele ich unwillig in Evils Griff, als wäre ich ein dummes Kind und hätte die Fenster der Nachbarn eingeworfen. Und er wäre mein extrem angepisster Vater.

Nicht, dass ich das nicht von meinem wirklichen Vater eh gewohnt bin. Der Boss einer so großen Organisation ist nun mal kein Kuscheltier. Gut so. Sonst wäre ich vermutlich nie bereit gewesen, sein Imperium zu übernehmen. In unserem Job gibt es keinen Platz für Mitleid oder Sentimentalitäten.

Immer noch versuche ich, mich aus dem Griff meines Freundes zu befreien.

»Evil!«, zische ich und greife nach seinem Ellbogen. Er dreht mich geschickt so, dass ich aufs Meer starre, und presst meine Arme so fest gegen meinen Rücken, dass ich mir gleich noch mehr wünsche, einen – oder am besten alle! – dieser Idioten auf der Stelle aufzuschlitzen.

»Wenn du nicht sofort damit aufhörst, verfrachte ich dich eigenhändig zurück in deinen verdammten Slum!«, drohe ich.

»Verlockend, aber ich verzichte.« Evil lacht.

»Alter, das Täubchen geht dir echt unter die Haut. Versteh ich. Wirklich. Trotzdem: Hör auf damit, einen von uns dafür anzugehen.«

Ich knurre noch einmal, will mich aus Evils Griff winden, aber er drückt nur fester zu. Ich hasse diesen Mistkerl. Und gleichzeitig ist er genau deswegen ein Teil der Poets. Die Stimmen und Körper meiner Freunde tragen zwar wesentlich zum Erfolg der Band bei, aber für das Kerngeschäft sind die mir so was von egal. Da zählen andere Qualitäten, und in Evils Fall ist das unter anderem eiskalte, tödliche Durchschlagskraft. Der Kerl tötet schnell, notfalls sogar mit bloßen Händen. Deshalb habe ich ihn damals überhaupt aus diesem Drecksloch geholt, in dem ich ihm begegnet bin. Schon als ich ihn auf dieser siffigen Straße entdeckt habe, haben ihn diese Eigenschaften besonders ausgezeichnet. Und er kann mit Scream umgehen. Auch ein unvermeidlich wichtiger Bestandteil seines Jobs für mich. Boss hin oder her, ich brauche diesen Sack und kann ihn nicht einfach hier, mitten am Strand, erschießen. Genauso wenig kann ich ihn wieder dahin schicken, wo er herkam. Egal wie sehr ich das in diesem Moment möchte.

»Okay!«, rufe ich. Endlich löst er den Griff, und ich stolpere ein paar Schritte, kann gerade so verhindern, eine heftige Bruchlandung auf dem Sand hinzulegen. Aber immerhin hat Evil seine verdammten Flossen von mir genommen.

»Ich rufe uns ein paar Mädchen, und du hörst auf, dich wie ein testosterongesteuerter Depp zu benehmen.« Schon hat er sein Handy in der Hand und wischt darauf herum.

»Das hat überhaupt nichts damit zu tun! Ich kann nicht zulassen, dass irgendwer so über mich redet«, verteidige ich mich, aber Evil tippt ungerührt weiter. Das Rauschen des Meers macht mich ungewöhnlich unruhig. Alles in mir schreit danach, zurück ins Haus zu gehen, mir Rosaly wie ein Neandertaler über die Schulter zu schmeißen und sie bis in meine Höhle zu schleifen. Was stimmt nicht mit mir?

Schon diese Nummer im Flugzeug! Was hab ich mir dabei eigentlich gedacht? Dass ich sie ficke, bis Rogers sie bei uns auslöst, als wäre sie eine gewöhnliche Prostituierte? Ich schüttele den Kopf und konzentriere mich wieder auf Evil.

Im Licht der Abendsonne ist das Veilchen an

seinem Auge trotz der Sonnenbrille eindeutig sichtbar, und ich bin mir sicher, dass er noch mehr unschöne blaue Flecken hat. Wer konnte auch ahnen, dass diese Kanalratte, die wir vorhin besucht haben, einen harten rechten Haken hat? *Hatte, Pray!*

Bei dem Gedanken kribbeln meine Finger, als würden sie sich an das kalte Metall und das Gewicht meiner Waffe erinnern. Ich höre den Mistkerl um Gnade betteln und spüre die Hitze des Bluts, das nach wie vor an Evils Pullover klebt, noch an den Händen. Im Gegensatz zu Evil halte ich glücklicherweise nichts davon, ständig mit dem Blut meiner Opfer beschmiert durch die Gegend zu latschen.

»So.« Evil steckt das Handy zurück in die Tasche und reißt mich aus der Erinnerung. »Erledigt.«

Ich nicke langsam. Vielleicht hat er ja recht und ich kann mir dieses abnorme Verhalten aus dem Hirn vögeln. Oder mich zumindest ordentlich betäuben. Für unseren Job kann man sich keinen sentimentalen Scheiß erlauben. Und Rosaly Rogers stinkt schon aus zehn Metern Entfernung nach genau diesem Müll.

»Du solltest dich umziehen«, sage ich, klopfe Evil im Vorbeigehen auf die Schulter und rümpfe die Nase, als mir der metallische Geruch, der an ihm klebt, entgegenweht. »Und duschen.«

Nicht nur wegen den Frauen, die mit Sicherheit in Rekordgeschwindigkeit hier auftauchen. Auch, weil ich keinen Bock auf das Gejammer meines Stiefbruders habe, das zwangsläufig folgt, wenn einer von uns eine Menge Blut an sich kleben hat. Obwohl er schon ein paar Jahre zwangsweise mit mir arbeitet, hat er immer noch ein echtes Problem mit dem Zeug.

Evil schnaubt. »Kann ja nicht jeder nur dabei zusehen, wie andere die Drecksarbeit erledigen.«

Das hält er mir zu gerne vor, obwohl es natürlich nicht stimmt. Ich halte nichts davon, immer nur zuzusehen, ab und zu will ich auch selbst Hand anlegen. So wie heute.

»Tja, Kumpel, wer kann, der kann.« Grinsend steige ich die Treppe hoch und gehe über die Terrasse und durch die offen stehende Glastür bis in die Küche. Während Evil den eingesauten Pullover auszieht und an mir vorbei stapft. Over hält mitten in der Bewegung inne, als würde er damit rechnen, dass ich ihn schon wieder gegen die Arbeitsplatte donnere. Die Lust auf eine Prügelei ist mir vergangen. Aber ich genieße es trotzdem, wie viel Angst ich so schnell verbreiten kann. Selbst unter meinen Männern. Das Schneidebrett, das Over gerade in die Spülmaschine räumen wollte, tropft vor sich hin. Toxic hat ebenfalls begonnen aufzuräumen und fährt mit einem Lappen über die Herdplatte. Flüchtig registriere ich, dass Rosaly verschwunden ist. Gut. Ein Problem weniger.

»Lasst das doch für Murielle stehen.« Aber Toxic zuckt die Schultern und poliert weiter.

»Wir schmeißen eine kleine Party.« Bevor ich mehr dazu sagen kann, höre ich Evils Schritte im Wohnzimmer. Und ein glockenhelles Frauenlachen. Wie immer zügig. Wie macht er das nur? Ständig zaubert er willige Frauen aus dem Hut.

»Oh, schön!« Over grinst, schiebt das Brett in die

Spülmaschine und klappt sie zu. »Das übliche, oder Sonderwünsche?«, erkundigt er sich. Vermutlich geht er im Kopf bereits seine Drogenvorräte durch. Klar, Over legt eben viel Wert auf Qualitätssicherung unserer Ware. Auch wenn das natürlich überflüssig ist. Wenn ich schon vom Verkauf von Rauschmitteln lebe, dann verticken wir wenigstens keinen gepanschten Mist.

Ich sehe von ihm zu Tox, der wirkt nicht ganz so happy. »Wenn du was hast, was Tox wieder einen Schwanz wachsen lässt, wäre das hilfreich. Der scheint heute zur Pussy mutiert zu sein.«

»Idiot«, murmelt Toxic und glaubt wohl, ich hätte ihn nicht gehört. Evils kleine Standpauke am Strand ist das Einzige, was mich davon abhält, doch noch eine Schlägerei anzuzetteln. Dazu würde das zwangsläufig führen, denn Tox würde sich definitiv wehren, wenn ich ihn so behandele wie Over eben.

»Falscher Zeitpunkt zum Streiten! Oder wollt ihr, dass Evil die Mädels alle alleine klarmacht?«, sagt Over und steuert auf das Wohnzimmer zu, aus dem schon erste eindeutige Geräusche zu hören sind. Damit hat er wohl recht. Dass Evil lange auf uns wartet, kann ich mir auch nicht vorstellen.

Tox und ich stehen einen Moment einfach nur da und starren uns an.

»Reg dich ab, Pray. Es war nur ein Kuss. Ist doch nichts Besonderes.«

Ich sehe ihm direkt in die Augen. »Das ist es ja, was mir Sorgen macht. Wenn du sie auf dem Tresen gefickt hättest, wäre das nichts Besonderes. Seit wann hältst du dich mit so einem Kinderkram wie Küssen auf?«

In Toxics Gesicht kann ich ablesen, dass er genau weiß, was ich meine. Wir sind Arschlöcher, wir vögeln massenweise Mädchen, tauschen sie hin und her, stellen krankes Zeug mit ihnen an, aber wir knutschen nicht. Schon gar nicht zum Selbstzweck.

Betont gelangweilt zuckt Tox die Schultern. »Interpretier da doch nicht so viel rein. Ich wollte sie küssen, also habe ich das gemacht. Und laber du mir keinen Scheiß vor, du hast sie im Flugzeug auch geküsst.«

Ich knurre unwillig. Wie hat er das mitgekriegt? Eigentlich war ich mir sicher, dass das nicht so auffällig war, wie Tox jetzt tut.

»Sie hat geguckt, als hättest du in den fünf Minuten im Servicebereich versucht, sie zu entjungfern. Und ihr Lippenstift hatte sich irgendwie auf deine Lippen verirrt.«

Fuck. Daran hatte ich natürlich nicht gedacht. Ich war zu beschäftigt mit meinem gekränkten Ego, weil sie mich abgewiesen hat. Obwohl ich genau gespürt habe, dass sie Spaß daran hatte. Deshalb bin ich mir absolut sicher, dass zumindest die Sache mit ›entjungfern‹ bei der kleinen Miss Rogers schon ein wenig her ist. So, wie ihr Körper reagiert hat, weiß sie genau, was sie will. Und beim Gedanken daran, dass sie nach der Nummer mit Over jetzt auch für Tox freiwillig die Beine breitmachen könnte und mich abblitzen lässt, kriege ich heftige Lust darauf, mich doch mit ihm zu schlagen.

»Wir sind weder blind noch blöd. Hat also jeder

mitgekriegt, dass du versucht hast, sie schon bei der ersten Gelegenheit zu vögeln«, sagt Tox.

Einen Moment starren wir uns an. Dann drehe ich mich um und gehe ins Wohnzimmer. Meine Laune lässt sich mit dem Adjektiv »mies« nicht mal im Ansatz beschreiben. Auf unserem Sofa räkeln sich schöne Frauen in knappen Kleidchen, die nur darauf warten, sich von uns benutzen zu lassen. Sehr gut. Auch wenn ich mit leisem Bedauern feststellen muss, dass keine dieser Frauen mit Rosaly mithalten kann.

Schon wieder ist sie in meinen Gedanken! Das kann ich so was von gar nicht gebrauchen. Vielleicht hat Evil recht und ich kann mir diesen Schwachsinn einfach aus dem Hirn vögeln. Einen Versuch ist es wert.

Over bereitet mal wieder großzügig Lines vor. Evil gießt den Mädchen Champagner ein, setzt dann die Flasche an die Lippen einer dürren Blondine, zieht sie auf seinen Schoß und flüstert ihr etwas ins Ohr, das sie zum Lachen bringt. So, dass die prickelnde Flüssigkeit Sekunden später von ihrem Kinn in ihr Dekolleté tropft. Ohne die Reaktion der kleinen Schlampe abzuwarten, beginnt Evil, die Tropfen von ihrer Haut zu lecken.

Was für eine schwachsinnige Show. Als müsste sich irgendwer von uns tatsächlich Mühe geben, um eine dieser billigen Luder zu verführen.

Statt mich direkt zu der kleinen Party auf dem Sofa zu gesellen, mache ich erst noch einen Abstecher an die Bar und ziehe gleich zwei Flaschen Whiskey aus einer Kiste. Dann gehe ich zurück zu den anderen. Im

Vorbeigehen reiche ich Tox eine Hälfte meiner Beute. Wortlos nimmt er sie mir ab. Synchron schrauben wir die Deckel ab und lassen sie einfach fallen. Wir prosten uns zu. Die stumme Übereinkunft, heute nicht mehr über Küsse mit Rosaly zu sprechen. Ich nehme einen tiefen Schluck und bin sehr versucht, ein kleines Wetttrinken daraus zu machen. Da ich mich heute den restlichen Tag zurückgehalten und maximal halb so viel wie meine Kollegen gesoffen habe, wäre ich eindeutig im Vorteil. Aber das wäre wohl nicht der Sinn des Friedensangebots. Also belasse ich es dabei und gebe die Flasche an Over weiter, der mir dafür wie selbstverständlich einen gerollten Schein reicht. Weil ich dringend das Bild von Rosaly, die Toxic küsst, loswerden muss, zögere ich nicht lange.

Evils Tussi ist mittlerweile nackt und knetet sich selbst mit einer Hand die Möpse, während sie zwischen Evils Beinen kniet und ihm mit der anderen geschickt die Hose öffnet.

Eine braun gebrannte Brünette nimmt mir den Schein ab und bedient sich ungeniert an Overs Koksvorräten, bevor sie sich zwischen Over und mich aufs Sofa fallen lässt. Sie streckt eine Hand nach mir aus, und ich überlege tatsächlich kurz, ihr auszuweichen. Es wäre so einfach, sie auf Overs Schoß zu schieben und abzuwarten.

Ich entscheide mich dann aber dagegen und ziehe sie stattdessen an mich. Ich greife unter ihr Shirt, gleite ohne Umwege zu ihren Brüsten und beginne, sie zu massieren. Die kleine Schlampe stöhnt künstlich. Es widert mich an, weil es nicht annähernd so gut klingt wie die einladende Symphonie aus perfekter, akustischer Extase, die Over Rosaly im Flieger entlockt hat.

Frustriert schiebe ich sie von mir und reiche sie doch an Over weiter, der ihr einfach gleich den Rock hochschiebt.

Evils Kleine lutscht ihm mittlerweile hingebungsvoll den Schwanz. Die Geräusche, die sie dabei macht, zehren an meinen Nerven. Noch mehr gefaktes Billig-Porno-Gestöhne. Na klasse. Schnell schnappe ich mir die Whiskeyflasche, die Over auf dem Tisch abgestellt hat. Vielleicht wird's ja besser, wenn mein Kopf zu beschäftigt damit ist, betrunken und high zu sein, statt sich mit Denken zu befassen.

Die Brünette öffnet gerade Overs Hose, während er ihren Slip zur Seite schiebt. Ich öffne eine Schublade im Couchtisch und ziehe eine Hand voll Kondome heraus, die ich zielsicher nach Over und Evil werfe, bevor ich einen weiteren tiefen Zug aus der Flasche nehme.

»Seit wann siehst du nur zu?« Scream ist aus dem Nichts erschienen und setzt sich neben mich. Neben ihm auf dem Boden nimmt ein Mädchen Platz, das so Gothic aussieht, dass ich erwarte, sie Blut trinken zu sehen. Genau Screams Typ. Die Vermutung bestätigt sich, als mein Blick über sie streift und das dicke Halsband mit der Kette registriert, die locker in Screams Fingern endet. Devot ist sie also auch noch. Ja, absolut Screams Typ.

»Mach ich doch gar nicht.« Zur Betonung stelle ich die Flasche weg und winke einer hübschen Blondine mit Püppchengesicht und Schmollmund. Sie trinkt gerade entspannt mit drei weiteren Mädels Champagner, als wäre es das Normalste der Welt, dabei zuzusehen, wie andere fröhlich herumvögeln. Zumindest Over und die Brünette sind jedenfalls schon voll bei der Sache. Sie hüpft auf ihm herum, wirft die Haare in den Nacken und stöhnt, als würde sie erwarten, einen Preis für den besten Live-Porno zu gewinnen. Und stört sich null daran, dass Over parallel mit einer bisher unbeschäftigten ultraheißen Frau mit schwarzem Pixie-Cut knutscht.

Die hübsche Blondine steht zögerlich auf, senkt den Blick und beißt sich schüchtern auf die Unterlippe. Fuck, ja. Hat sich gelohnt, einen Moment zu warten und nicht gleich die Porno-Brünette zu ficken.

»Komm her, Baby«, locke ich und strecke eine Hand nach ihr aus. Im Hintergrund dreht Evil sein Mädchen um und schiebt sie auf Tox zu. Overs Tussi kommt lautstark, und der gibt den Platz auf seinem Schwanz sofort routiniert an die Kurzhaarige weiter.

Die Blondine macht zögerlich einen Schritt auf mich zu und blinzelt mich unter gesenkten Liedern an. Ich stehe auf, überbrücke den Abstand und ziehe sie an mich. Ehe die schüchterne Schönheit protestieren kann, fasse ich ihr unters Shirt. Wie auf Knopfdruck fallen all ihre Hemmungen. Sie packt mich am Kragen, zieht mich zu sich. Ich spüre, wie ich sofort steinhart werde. Keine Sekunde zu früh. Sie schiebt mich zurück auf meinen Platz, öffnet meine Hose und geht vor mir auf die Knie. Ihr Schmollmund gleitet an meiner Erektion auf und ab. Ihre Zunge tanzt auf so perfekte Art an mir entlang, die dafür sorgt, dass ich tatsächlich vergesse. Sogar vergesse, was ich eigentlich vergessen wollte.

Ich packe sie an den Haaren, zwinge sie, mich vollständig aufzunehmen, und ignoriere ihr Würgen. Es ist mir egal, ob sie es mag. Oder ob ich ihr damit die Luft abschnüre. Ob ihr irgendwas davon gefällt, interessiert mich nicht. Sie ist mir egal. Ja, gut so! So sollte das sein. Ich ficke ihren Mund hart und unnachgiebig. Sie würgt, keucht und wimmert, bis ich mich in ihr entlade. Dann stoße ich sie von mir. Hustend am Boden, eine Hand an ihrem Hals, als würde ihr das dabei helfen, zu atmen. Die Tränen, die über ihr Gesicht laufen, kümmern mich nicht. Ich bin ein Arschloch. Und das ist gut so.

Um mich herum tobt das Chaos. Scream und sein Gothic-Mädchen veranstalten irgendeinen kranken Scheiß. Ich sehe mir lieber nicht so genau an, wer da an welchen Körperteilen verschnürt ist und … Fuck, blutet das Vampirmädchen da aus einem Schnitt über ihrer linken Brust so stark, dass der Mist sogar auf den Teppich tropft?

Hastig drehe ich mich weg und sehe gerade noch, wie Evil die heulende Blondine aufhebt, zurück zum Sofa führt und sie an sich zieht, als wäre ich der Bösewicht in dieser Nummer. Selbst schuld, wenn sie glaubt, ich würde nicht checken, dass sie mir die Schüchterne nur vorspielt.

Als ich wieder einigermaßen zu mir komme, habe ich definitiv genug für heute. Da der letzte Höhenflug langsam abklingt, sehe ich mich träge im Raum um. Tox und Evil knutschen noch mit je zwei Frauen. Das ist neu und muss was mit unserer kleinen Miss Rogers zu tun haben. Sie bringt alles durcheinander. Stört mich gar nicht. Überhaupt nicht. Schnell wende ich mich ab, um mich nicht weiter darüber aufzuregen. Over ist mitten auf dem Sofa einfach eingepennt, offensichtlich unter der dritten Tussi, denn Miss Pixie kuschelt ein Stück weiter mit der Brünetten. Stattdessen hat er die Stirn auf der Schulter eines mir vollkommen unbekannten Weibchens liegen und wirkt so friedlich, dass ich glatt ein wenig neidisch bin. Schon wieder. Bevor dieses Weichei in mir noch auf dumme Gedanken kommen kann, stehe ich auf.

Schwankend kämpfe ich mich vom Sofa hoch. In den nächsten Minuten wird garantiert der Crash einsetzen, und da ich mein persönliches Maximum an Drogen für die Woche erreicht habe, kann ich nicht riskieren, Over in einer halben Stunde um noch mehr Stoff anzubetteln.

Ich teile alles mit meinen Kumpels, aber in dem Moment, in dem das High abflaut, würde ich nicht mal meinem schlimmsten Feind wünschen, in meiner Nähe zu sein. Deshalb wanke ich aus dem Wohnzimmer, bevor ich irgendwas richtig Dummes tun kann.

»Hey, wo willst du denn hin, Mann?«

Ich ignoriere die Rufe und versuche die Treppe hochzukommen, ohne mich böse auf die Fresse zu legen. Gar nicht so einfach.

»Pray!«

Ich drehe mich um und kriege gerade noch den Handlauf zu fassen, bevor ich die halbe Treppe wieder nach unten fallen kann. Scheiße, bin ich dicht.

»Was?«, grummele ich und muss mehrfach blinzeln, um zu erahnen, wer da am Fuß der Treppe steht. Trotzdem bin ich mir nicht sicher, ob es Tox oder Over ist. Oder vielleicht Evil? Ich hab keine Ahnung.

»Geht's dir gut?«

»Fantastisch«, sage ich und wünsche mir, ich wäre nicht zu sehr im Arsch, um einen Schuh nach diesem Trottel zu werfen. »Glaubst du das wirklich?« Die Stimme hallt so an den Wänden wider, dass sie verzerrt genug ist, um mir auch keinen Hinweis darauf zu liefern, wer die verschwommene Gestalt am Treppenende ist.

»Absolut.« Selbst ich kann hören, dass ich lüge. Trotzdem drehe ich mich um, schwanke die Treppe weiter hoch und erreiche wie durch ein Wunder tatsächlich mein Zimmer, bevor mich das richtige Tief erwischt.

NEUN

RAVENNA

Drei Jahre zuvor

»Ist das alles?« Ich werfe Drug einen prüfenden Blick zu. Er mag unsere Straßenverkäufer schon länger koordinieren, aber ich bin mir immer noch nicht sicher, ob ich ihm voll und ganz trauen kann. Und bei der Summe, mit der er heute hier aufschlägt, kann ich gerade so unseren Anteil an den Boss bezahlen. Da verdient niemand von uns wirklich etwas dran. Wenn er den Rest einfach selbst genommen oder unter der Hand weitervertickt hat, um die Kohle einzustecken …

Ich greife nach der versteckten Schublade unter meinem Schreibtisch. Zwar bin ich natürlich sowieso bewaffnet, aber das Gefühl, jederzeit noch etwas mehr Optionen aus dem Hut, oder in diesem Fall dem Tisch, ziehen zu können, beruhigt mich.

»Rav!« Eine Tür wird aufgeschlagen und donnert krachend gegen die Wand. Wie gut, dass wir uns für unsere Geschäfte ein paar gammelige Büros gesucht haben, bei denen sich niemand über laute Geräusche wundert.

»Was?«, fauche ich und durchbohre Drug, die kleine Ratte, weiter mit Blicken, statt meinen hereinrennenden Bruder zu beachten.

»Ich muss dich sprechen. Jetzt.« Der eindringliche Tonfall in Henrys Stimme gefällt mir gar nicht. Irgendwas läuft hier schief. Verdammt schief.

»Wir reden später.« Ich deute mit dem Kopf auf die Tür. Das lässt sich Drug nicht zweimal sagen. Im schlimmsten Fall kann er sich jetzt eine glaubhafte Geschichte einfallen lassen, oder die Beweise verstecken, falls er mich wirklich bescheißt. Aber darum kann ich mich später kümmern.

Ich wende mich Henry zu.

»Was machst du denn hier für einen Alarm? Ich war gerade beschäftigt!« Auch wenn die meisten kleinen Fische annehmen, Henry hätte hier das Kommando, weil sie mich vermutlich nicht so einfach in dieser Position akzeptieren würden, weiß zumindest er ganz genau, welchen Stellenwert er hat.

»Rav, das ... es ...« Henry keucht, ringt nach Luft. Meine Güte, was hat der denn angestellt? Musste er zwischendurch einen Marathon laufen?

»Sie ... Sie haben dich.«

Verdammt! Die bescheuerte DEA ist uns schon länger auf der Spur, aber ich dachte nicht, dass die in-

kompetenten Trottel tatsächlich fähig sind, mir gefährlich zu werden.

»Wie schlimm ist es?«, frage ich, obwohl Henrys Gesichtsausdruck bereits alles sagt. Ja, sie haben mich. Und zwar mit allem drum und dran. Aber: Wie?

»Wie haben sie das angestellt?«, frage ich meinen Bruder, der immer noch nach Luft schnappt.

»Keine Ahnung.« Er schüttelt den Kopf. »Ist das jetzt wichtig? Wir ... müssen dich da rauskriegen.«

Das habe ich schon erwartet. So lange, wie die DEA schon herumschnüffelt, musste ich mir einfach einen Notfallplan zurechtlegen, falls das blinde Bürokratie-Huhn doch mal ein Korn findet. Und sieh an: Das war eine wirklich vorausschauende Entscheidung von mir.

»Lass jemanden herausfinden, was die vorhaben.« Ich würde ungern mit Kanonen auf Spatzen schießen. Wenn die Drogenfahndung mir nur ein paar kleine Deals nachweisen kann, bekommen wir das so geregelt. Wenn sie allerdings genau wissen, was ich hier tue, und das beweisen können ... dann wird das wirklich unangenehm. Die eine oder andere meiner Straftaten würde dafür sorgen, dass ich den Rest meines Lebens im Knast verbringe. Darauf kann ich verzichten. In dem Fall würde ich auf meinen Notfallplan zurückgreifen.

Henry nickt. »Schon dabei.«

Sehr gut. Immerhin denkt er mit. Praktisch zeitgleich fliegt die Tür erneut auf und Bit kommt hereingeeilt.

»Es sieht gar nicht gut aus, Boss«, sagt er zu Henry. »Die haben Raven ziemlich am Sack.« Ich hebe eine Augenbraue, aber Bit scheint sich nicht daran zu stören,

dass die Metapher technisch keinen Sinn macht. Auch die Art, wie er den Namen ausspuckt, mit dem mich alle hier ansprechen, gefällt mir nicht. Sieht allerdings so aus, als wäre das gerade mein kleinstes Problem.

»Rav?« Henrys fragender Blick sagt mehr, als eine lange Reihe von Worten es könnten.

Ich atme tief durch und nicke. »Okay.«

»Wie lange?« Tatsächlich gehe ich nicht davon aus, dass die DEA bereits vor der Tür steht. Wenn sie wissen, wer ich bin, müssen sie mich erst noch finden und dann anrücken. Also … sollte ich genug Zeit haben, einfach unterzutauchen. Der falsche Pass liegt griffbereit unter der Waffe in meinem Schreibtisch.

»Ein paar Stunden, denke ich«, bestätigt Bit meine Vermutung. Gut. Das reicht. Ich ziehe die Schublade auf, schnappe mir den Pass und wende mich wieder Henry zu. Mir fällt erst jetzt auf, dass ich bereits stehe. Mein Körper scheint eine Art Autopilot-System gestartet zu haben, so oft bin ich den Plan durchgegangen, den ich für diese Situation gemacht habe.

»Löst den Standort hier auf, lasst alles verschwinden.« Darauf wäre Henry sicher auch selbst gekommen. Nur fühle ich mich besser dabei, die Instruktionen herunterzubeten, statt mich blind darauf zu verlassen. Mein Bruder neigt schon immer zu Übersprungshandlungen. Und bevor er auf die schwachsinnige Idee kommt, sich selbst zu stellen, um von mir abzulenken …

»Schick mir die nächsten Zug- und Busverbindungen, Bit.« Erst mal muss ich raus aus der Stadt, idealerweise aus dem Land. Von da aus kann ich mich dann an einen netten Ort absetzen. Ich schiebe einen gamme-

ligen Sessel zur Seite und gebe damit den Blick auf den Wandtresor frei. Auch wenn Drugs paar Kröten von heute mich nicht wirklich weit bringen würden: In diesem Schätzchen lagert ein weit größerer Teil unseres Einkommens. Für genau diesen Fall. Ich werde über einen Seitenausgang verschwinden und einige Straßen weiter in den nächstbesten Bus zum Bahnhof steigen. Beiläufig ziehe ich mein Handy aus der Hosentasche und werfe es Henry zu.

»Einer der Kuriere soll das irgendwo loswerden. Am besten schiebt er es irgendwem am Flughafen in den Koffer.« Je weiter wir die Fahnder von mir weglocken, desto besser. Und wenn die so blöd sein sollten, zu denken, ich würde mich per GPS so einfach finden lassen, dann kann ich das immerhin zu meinem Vorteil nutzen. Wir ...

»Was ist denn hier los?« Mir rutscht glatt die Handtasche mit dem Geld aus den Fingern.

»Was machst du hier?«, frage ich zurück. Im Türrahmen steht Rosaly. Sie sollte nicht hierherkommen. Ich habe es ihr verboten. Das ist kein Ort für ein Mädchen wie sie. Ich kenne diese Leute, kann mich verteidigen und habe längst aufgehört zu zögern. Aber meine Schwester ... würde nicht einmal darüber nachdenken, auch nur die am wenigsten verwerflichen Dinge auf meiner umfangreichen Liste an Straftaten zu tun.

Sie ist einfach nicht für diese Welt gemacht. Und deshalb sollte sie, verdammte Scheiße noch mal, nicht hier sein!

»Ich wollte ... ähm ... morgen ist Mums Geburtstag,

und …«, druckst sie herum. Schnell winke ich ab. Für so etwas habe ich jetzt wirklich keine Zeit.

»Verschwinde, Rosaly!« Mein Tonfall lässt selbst Henry zusammenzucken, und in den Augen meiner Schwester schimmern Tränen. Es tut mir leid, dass ich sie so angehen muss, aber sie muss dringend abhauen. Sie sieht mir zu ähnlich, als dass die Polizisten nett mit ihr umgehen würden, wenn sie sie hier erwischen. Obwohl ich mein Haar dunkler trage und nicht in unserm natürlichen Kupferton: Wir sind nach wie vor Zwillinge. Und das sieht man leider, da kann ich mir die Haare färben, wie ich will. Wir sehen trotzdem aus wie exakte Kopien.

»Nein!« Sie verschränkt die Arme vor der Brust und schüttelt den Kopf. Verdammt! Ich habe jetzt keine Zeit für Anflüge von Bockigkeit. Schon gar nicht, wenn die DEA sie dafür verhaften könnte, dass sie hier ist.

»Bitte, Rosaly, verschwinde! Du musst von hier …« Sie schüttelt erneut energisch den Kopf und funkelt mich an. Damit unterbricht sie mich mitten im Satz. Verdammt! Heute ist echt nicht der Tag, an dem sie anfangen sollte, mich infrage zu stellen.

»Geh, bitte!«, bettele ich noch mal, schnappe mir meine Handtasche vom Boden und schiebe den Pass hinein.

»Henry erklärt dir alles, wenn die Situation sich … bessert. Aber jetzt musst du mir vertrauen und einfach verschwinden. Zu Mum nach Hause. Sorg dafür, dass dich so viele Menschen wie möglich bei ihr sehen.« Rosaly runzelt die Stirn.

»Wieso?«

Es wundert mich, dass ich sie überhaupt darum bitten muss. Meine Schwester ist ein vorbildliches Mitglied unserer Kleinstadt und spielt jeden Tag die Samariterin für ihre Nachbarn. Das ist gut. Ich wusste, dass es zum Vorteil werden würde, dass Rosaly so ein Engelchen ist. Gut, dass sie in ihrem niedlichen Städtchen Kirchenfeste plant, ständig ehrenamtlich im Altersheim herumhängt und sich um praktisch jeden einzelnen Bewohner dieses Orts persönlich kümmert. Solange sie das beweisen kann, kann sie wohl kaum gleichzeitig hier vor Ort gewesen sein, um einen Drogenring zu leiten. Damit hat sie ein passendes Alibi, damit die Cops sie nicht verdächtigen, mit in der Sache drin zu hängen. Das sollte bedeuten, sie ist fürs Erste sicher. Zumindest, wenn sie von hier verschwindet und brav die Klappe hält, sobald die Beamten sie befragen. Das haben wir geübt. Und sie schafft das. Vorausgesetzt, sie geht jetzt.

»Hau einfach ab!«, brülle ich. »Niemand braucht dich hier! Geh zu Mum und leb dein tolles Leben.«

Ich weiß, dass das unfair ist. Henry und ich haben uns das hier selbst zuzuschreiben. Wir wollten unbedingt in die Großstadt. Wo uns das hinführen würde, hätten wir eigentlich ahnen müssen. Haben wir leider nicht. Das ist nur nicht das Problem unserer Schwester. Sie hat alles richtig gemacht. So war sie schon immer.

»Aber ... Rav?« Rosaly blinzelt hektisch und schüttelt den Kopf. »Nein! Ich ... Das ist nicht fair.« Ist es nicht, da hat sie recht. Mir fehlt nur die Zeit, ihr alles zu erklären. Und wenn ich sie verletze, verschwindet sie. Das ist erst mal das Wichtigste. Die Scherben aufsam-

meln und das mit ihr klären kann ich später noch. Wenn sie in Sicherheit ist.

»Verpiss dich endlich, Rosaly. Sei Mamis nettes Mädchen und schwing deinen Arsch zurück in dein putzig rosarotes Leben!«

Jetzt hält sie die Tränen nicht länger zurück. Sie starrt mich an, den Mund leicht geöffnet, der Blick ungläubig. Es versetzt mir einen heftigen Stich, so mit ihr umzugehen. Ein verdächtiges Brennen schleicht sich in meine Augen, und ich muss meine gesamte Selbstbeherrschung aufbieten, um den feuchten Schleier wegzublinzeln. Ich liebe meine Schwester. Wirklich. Aber genau deshalb muss ich das hier tun.

Sie schüttelt noch einmal den Kopf, dann dreht sie sich um und geht. Gut. Ein Problem weniger. Ich zwinge mich, tief durchzuatmen, bevor ich mir eine Sekunde gönne, um meine Emotionen unter Kontrolle zu bekommen.

»Ich nehme den Hinterausgang«, sage ich dann zu Henry. Meine Stimme zittert nur minimal. Zwar bin ich mir sicher, dass Henry es bemerkt, aber es ist mir egal. Statt mich weiter in meiner eigenen Schwäche zu suhlen, konzentriere ich mich wieder auf den Plan.

»Das war fies, Rav. Musstest du so zu ihr sein?«

Ich seufze. »Ja. Leider. Das kläre ich später. Es war wichtig, dass sie verschwindet. Sie darf auf keinen Fall …« Auf dem Weg zur Hintertür folgt mir Henry, Bit dicht hinter ihm tippt auf einem Smartphone herum und kümmert sich um die Verbindungen oder darum, einen der Kuriere zu erwischen, der mein Handy fachmännisch entsorgt.

Ich strecke die Hand nach der Klinke aus. Dumpf ertönt von draußen das Quietschen eines Reifens. Metall scheppert. Na perfekt. Jetzt renne ich auch noch direkt in einen Unfall. Mir bleibt nichts anders übrig, als zu hoffen, dass niemand von den betroffenen Fahrern die Polizei ruft. Sonst schnappt mich die DEA doch schneller als gedacht. Energisch pflücke ich die altersschwache Hintertür auf und kassiere dafür ein Seufzen von Bit.

»Ich hab das Ding gestern erst repariert, Raven! Wäre super, wenn du sie ganz kurz in den Angeln lassen könntest.«

Ich verdrehe die Augen.

»Warum? Dann wärst du doch arbeitslos.« Immerhin ist Bit eine Art Mädchen für alles. Den Job muss ich nicht mehr vergeben, wenn er nicht auch erfüllt wird. Gut, oder Henry muss den Job nicht mehr vergeben. Jetzt wohl Henry. Fuck. In dem Durcheinander hatte ich noch keine Gelegenheit dazu, zu realisieren, dass ich gerade eine ganze Menge Arbeit einfach in die Tonne trete. Nur weil irgendwer meinte, er muss bescheuerte anonyme Tipps an die verdammten Cops schicken, verliere ich alles.

Einen winzigen Moment erwäge ich die Alternative. Ich könnte, statt ins Ausland zu flüchten, nach dem Boss suchen. Vielleicht hat der eine Chance, mich rauszuboxen oder mich in einer anderen Stadt auf dem gleichen Niveau wieder einzusetzen. Mein Reich muss ja nicht zwingend Indianapolis sein. Aber leider habe ich lange versucht, den Boss ausfindig zu machen. Ohne Erfolg. Er scheint ständig die Standorte zu wechseln und nur mit seinem engsten Kreis zu teilen, wo er sich gerade aufhält. Wer ihn tatsächlich mal zu Gesicht bekommt, lebt meistens nicht lange genug, um darüber zu berichten.

Also keine Option.

Scheiße.

»Rav!« Henry schiebt mich weiter, weil ich immer noch dumm rumstehe. Vermutlich nimmt er an, dass ich gleich, wie üblich, einen Streit mit Bit anzetteln könnte. Dafür habe ich jetzt keine Zeit, da hat mein Bruder recht.

»Geh schon!«, fordert er.

Gerade will ich etwas Patziges erwidern, da fällt mein Blick auf den Unfall, der diesen ohrenbetäubenden Lärm verursacht hat. In meinen Ohren rauscht es so laut, dass ich nicht mehr verstehen kann, was Henry sagt.

Zwei Autos sind ineinander gefahren. Ein riesiger Range Rover, der gerade den Rückwärtsgang einlegt und mit quietschenden Reifen um die nächste Ecke biegt. Auch den registriere ich kaum. Mein Blick klebt an dem zweiten Unfallfahrzeug. Ein eisiger Schauer jagt mir über den Körper. Es fühlt sich an, als würde ich bis zu meinem Kern einfach einfrieren. Selbst mein Herz vergisst, was es tun sollte.

»Rav?« Henry schnipst mit den Fingern vor meinen Augen. Hat er das denn nicht gesehen? Hat er es … bilde ich mir das …?

Nach wie vor starre ich an ihm vorbei auf den unkenntlichen Klumpen aus Metall, der an einer Haus-

wand festhängt, als hätte ein Riese den Kleinwagen zu einem Ball zusammengeknüllt.

Aus den kläglichen Überresten ragt Rosalys Nummernschild.

Meistens habe ich den Schlaf eines betrunkenen Faultiers. Was eigentlich verwunderlich ist. Aber in diesem Haus ... in dieser Atmosphäre, die so unfassbar aufgeladen mit roher Männlichkeit ist, scheine ich das vergessen zu haben. Nachdem mich dieser alte Albtraum, den ich schon eine Ewigkeit nicht mehr hatte, doch noch eingeholt hat, bin ich mir sicher, dass ich so schnell nicht wieder einschlafen werde.

Stattdessen spüre ich die Tränen auf den Wangen, fühle mein rasendes Herz und kämpfe gegen die aufsteigende Panik an. Was schwierig ist, solange ich schwachsinnig im Bett liege und die Decke anstarre. Das wird wohl kaum dabei helfen, meine Dämonen wieder in ihren Käfig zu sperren.

Obwohl ich diese alten Wunden sonst gut im Griff habe, schaffe ich es heute einfach nicht, die Kontrolle über mein rasendes Herz zurückzugewinnen. Irgendwas an diesen Männern scheint die verdammten Geister der Vergangenheit aufzuwecken.

Mein Magen grummelt und unterbricht meine Gedanken. Da mir vorhin nicht unbedingt nach Essen war, auch wenn Toxic fantastisch kocht, habe ich wirklich Hunger.

Toxic. Sein zarter Kuss, diese sanfte Berührung in der Küche. Die Art, wie er mich im Flugzeug angesehen hat, nachdem er mit nacktem Oberkörper neben mir saß und mir »aus Versehen« Whiskey über die weiße Bluse gekippt hat. Und dann dieser Blick, als er mein Zimmer betrat … Alles in mir glüht. War ich gerade mental noch von den alten Schatten gefangen, rast mein Herz jetzt aus völlig anderem Grund. Vielleicht sollte ich mir wirklich etwas Ablenkung gönnen. Toxics Lippen sind vermutlich gut darin, meine Dämonen zum Schweigen zu bringen. Und seine Hände. Bei der Erinnerung daran, wie sich sein Körper an meinem angefühlt hat, presse ich unwillkürlich die Beine zusammen. In meiner Mitte hat sich bereits die Feuchtigkeit gesammelt. Nur bei dem Gedanken an ihn! Ich muss komplett wahnsinnig sein.

Ja, ich gebe zu, ein Teil von mir will sich vor ihnen allen ausziehen und mit laszivem Blick mit dem Hintern wackeln. Aber diese Frau existiert nicht mehr! Die habe ich nicht in New York, sondern wesentlich früher zurückgelassen.

Dieser Kuss von Pray im Flugzeug und das, was ich Over danach tun ließ …

Das Kribbeln zwischen meinen Beinen nimmt zu. Scheiße. Ich habe wirklich keinen Bedarf danach, mich hier, im Gästebett dieser von sich überzeugten Arschlöcher, selbst anzufassen. Auch wenn die Hitze in meinem Unterleib gerade eine völlig andere Sprache spricht.

»Mist«, fluche ich leise. Ein kurzer Blick auf mein Handy verrät mir, dass es erst halb vier ist. Mitten in der Nacht. Trotzdem springe ich aus dem Bett und gehe die Treppe hinunter. Ich brauche dringend Schokolade. Oder irgendwas anderes mit ganz viel Zucker. Das würde garantiert meine Verwirrung etwas dämpfen. In der Küche angekommen, zerre ich die Schränke auf und wühle im Kühlschrank, aber es ist weit und breit nichts zu entdecken, was auch nur ansatzweise helfen könnte, meine Nerven zu beruhigen.

Wie kann man ein fucking Weltstar sein und nicht mal Schokolade im Haus haben?

Liegt wahrscheinlich daran, dass diese arroganten Mistsäcke ihre Ernährung wohl größtenteils auf weißes Pulver und Alkohol beschränken.

»Was suchst du denn?«, fragt Over hinter mir. Ich zucke zusammen, kann aber gerade noch verhindern, mich aus Reflex zu ihm umzudrehen. Bloß kein Augenkontakt. Das kann nicht gut ausgehen.

Was macht er denn um die Zeit hier? Schlafen die nie?

»Wenn du mir sagst, was du suchst, kann ich dir helfen.« Dieses Mal drehe ich mich doch zu ihm um. Helfen. Als würde einer von denen wirklich wissen, wie so was geht. Er lehnt an der Kücheninsel, die Arme über dem Bandlogo auf seinem T-Shirt verschränkt. Natürlich tragen sie ihr eigenes Fan-Merch. Hätte ich mir denken können. Es hätte mich nicht gewundert, wenn seine schwarze Jogginghose genauso mit dem Logo verziert wäre.

Eigentlich sollte es wohl merkwürdig sein, ihn statt in seiner üblichen Gangster-Aufmachung so zu sehen. Aber hier, in der Küche im Strandhaus in Miami, in Jogginghose und Barfuß wirkt er einfach wie ein ganz normaler, höllisch heißer Typ mit unfassbar blauen Augen. Einen Moment überlege ich tatsächlich, wie Pray wohl in dieser Hose aussehen würde, und muss mir ein Lachen verkneifen.

Overs freundliches Lächeln verwirrt mich zusätzlich. Ist es möglich, dass er ... nett sein will? Quatsch! Ich drehe mich wieder um, wühle weiter in den Schränken und ignoriere Over. Jedenfalls, bis sich eine Hand auf meine legt und mich davon abhält, die nächste Tür zu öffnen. Ich spüre seinen warmen Atem im Nacken, eine federleichte Berührung an meiner Hüfte.

»Komm schon, sexy Girl, sag mir, was du suchst.«

Ich verdrehe die Augen und versuche, das Kribbeln auf meiner Haut nicht zu beachten.

»Das ist schräg, wenn du so was sagst. Ich bin kein kleines Mädchen mehr. Genau genommen bist du jünger als ich.« Auch wenn das jüngste Mitglied der Poets laut seinem Wikipedia-Eintrag nur unwesentlich nach mir geboren ist, kann ich mir den Kommentar nicht verkneifen.

»Soll ich dir ein Geheimnis verraten?« So wie er es ausspricht, klingt es, als hätte er etwas extrem Unanständiges gesagt. Dieser Tonfall bringt mich total aus dem Konzept. Eigentlich müsste ich meine Hand wegziehen, die immer noch unter seiner auf dem Türgriff liegt. Aber ich kann nicht. Bleibe einfach starr stehen und verfolge die unterschiedlichen Grade an Hitze, die er verursacht. Selbst diese winzige Berührung an der Hüfte fühlt sich viel zu intensiv an.

Ich nicke mechanisch. Vielleicht lässt er mich dann ja los.

»Ich stehe auf ältere Frauen. Vor allem auf Rothaarige in winzigen Negligés.«

Ach verdammt! Das hatte ich total vergessen. Welcher Teil von mir dachte, das wäre gar kein Problem, wenn ich in einem Hauch von nichts in die Küche stürme? Die Hand an meiner Hüfte wandert langsam zum Saum meines schwarzen Spitzennachthemds.

»Schoki«, presse ich hervor und zwinge mich, ruhig zu atmen. Over stoppt mitten in der Bewegung.

»Was?«

»Das habe ich hier gesucht! Schokolade. Süßkram. Irgendwas mit Zucker.«

Sein Lachen streichelt mir über den Nacken, bevor er mich endlich loslässt. »Wie gut, dass du stattdessen mich gefunden hast! Ich bin auch süß, aber ganz ohne Kalorien.« Er zwinkert mir zu und ich verdrehe die Augen. Eilig verschränke ich die Arme vor der Brust, um wenigstens den Ausschnitt ein bisschen zu verdecken, und schüttele hektisch den Kopf.

»Weißt du, es gibt Leute, die machen sich nichts aus Kalorienzählen. Und es gibt sogar Menschen, die tatsächlich essen!«, sage ich, als müsste ich ihm das erklären.

»Machst du jetzt doch einen auf Lehrerin?« Er grinst und in seinen Augen funkelt es. Was geht nur in diesem kranken Kopf vor? »Dafür wüsste ich nämlich einen besseren Ort! Und den würde ich dir wirklich gerne zeigen.« Schon wieder dieser anzügliche Tonfall.

»Ich verzichte auf Dinge, die du mir zeigen

kannst!«, sage ich hastig. Ein freches und irgendwie bedrohlich wirkendes Grinsen legt sich auf seine Lippen. Sofort kriecht eine Gänsehaut über meine Arme.

»Das«, sagt er und mustert mich ungeniert, »werden wir noch sehen.«

Ich straffe die Schultern, löse mich von der schützenden Schrankwand im Rücken und versuche, in einem möglichst weiten Bogen um ihn herumzugehen. Er folgt mir mit den Augen durch den Raum. Als ich durch mein Ausweichmanöver in Richtung Diele gehe, seufze ich erleichtert auf. Das war knapp.

Dann packt mich jemand am Handgelenk. Als ich aufsehe, blicke ich wieder in dieses verdammte Azurblau.

»Over!«, warne ich und versuche mich von ihm loszumachen.

»Komm schon, ich führe dich nur zum Süßkram.« Er hält zwei Finger der freien Hand hoch, als würde ich auf einen albernen Schwur vertrauen.

»Wirklich?«, frage ich misstrauisch. Over nickt. »Ja, du weißt doch: Die dunkle Seite hat immer Cookies.«

»Und du versuchst nicht mehr, mich dazu zu überreden, lieber an dir zu knabbern?« Ganz egal, was er jetzt sagt, ich würde ihm sowieso nicht glauben. Er ist wohl nicht der Typ, der einen Korb einfach so akzeptiert, und ich erinnere mich lebhaft daran, wie einfach er mich im Flugzeug dazu bringen konnte, ihn tun zu lassen, was auch immer er will.

Er legt den Kopf schief, scheint zu überlegen. »Das kann ich nicht versprechen, aber ich würde einen kurzen Waffenstillstand akzeptieren. Du provozierst mich nicht dazu, und ich lasse brav meine hübschen Fingerchen bei mir, okay?« Zur Untermalung hebt er die Hände und wackelt mit den Fingern.

»Okay«, sage ich langsam, weil mir tatsächlich kein Gegenargument mehr einfällt und die Aussicht auf eine ordentliche Portion Zucker wirklich verlockend ist. Wieder greift Over nach meinem Handgelenk, dieses Mal ziehe ich ihm gleich den Arm weg. »Hey, du hast gesagt, deine Finger bleiben bei dir! Vor zwei Sekunden!«

»Ups!« Als müsse er sich selbst daran erinnern, schiebt er die Hände in die Hosentaschen und neigt den Kopf zu einer albernen kleinen Verbeugung. »Entschuldigt vielmals, Teuerste, wenn Sie mir jetzt bitte folgen würden!« Ich verdrehe die Augen, gehe aber neben Over her die Treppen hoch über einen Flur mit dunklem Parkettboden. Er öffnet eine der weißen Türen, die rechts und links abgehen, und bedeutet mir, einzutreten.

Sieh mal einer an, wenn er will, hat er glatt so was wie Manieren! Erstaunlich. Ich komme seiner Aufforderung nach, dann tritt er ebenfalls ein, schließt mit einem leisen Klacken die Tür und schaltet das Licht an. Sofort bin ich mir sicher: Ihm zu folgen war ein böser Fehler!

Das hier ist eindeutig ein privater Raum. Vermutlich Overs Zimmer. Die Wand gegenüber besteht hauptsächlich aus Glas. Links von mir entdecke ich ein ziemlich komplex aussehendes System aus Bildschirmen, über die leuchtende Zahlenreihen jagen, Tastaturen und etwas, das aussieht wie eine Werkbank für

Techniknerds. Rechts von mir geht eine Tür ab. Daneben stehen ein Schrank und ein Bücherregal, in dem sich dicke Wälzer stapeln. Die Titel, die ich auf den ersten Blick erkenne, lassen mich vermuten, dass es ausschließlich irgendwelche Fachbücher sind.

Ganz hinten steht ein riesenhaftes weißes Bett mit zerwühlter, schwarzer Bettwäsche. Auf dem Boden liegen verstreute Unterlagen. Entweder ist hier ein Rudel Ordner explodiert oder Over hat ein merkwürdiges Verhältnis zu Papier.

Der einzige Platz, an den man treten kann, ohne auf Büchern, Dokumenten oder irgendwelchen schimmernden Metallteilen zu stehen, ist ein rundes Stück vor dem Bett, an dem man den hellen Parkettboden erkennen kann. Auf der Bettkante steht ein aufgeklappter Laptop.

»Ooookay«, sage ich gedehnt. Over schiebt ein paar Zettel mit den Füßen zur Seite und taucht dann in seinem Schrank ab.

Ich bleibe stehen und überlege noch, was er jetzt von mir erwartet, was ich also besser auf keinen Fall tun sollte. Hätte ich gewusst, dass mich diese Aktion direkt in sein Zimmer verfrachten würde ... Was? Will ich mir selbst erzählen, ich wäre ihm dann nicht gefolgt?

Bevor ich mich entscheiden kann, einfach zu verschwinden, taucht Over wieder aus seinem Schrank auf.

»Komm, setz dich! Wenn ich schon meinen Geheimvorrat mit dir teile, will ich im Gegenzug wenigstens ein bisschen Gesellschaft dafür!«

»Geheimvorrat?«

Over wedelt mit einer Tafel Schokolade und einer Packung Cookies. Das Bündel, das er in der anderen Hand hält, wirft er mir zu. Ich fange es umständlich auf. Eine Jogginghose und ein dunkelgrauer Hoodie.

»Ernsthaft?«, frage ich und halte den Pullover hoch, bis der peinliche Aufdruck in Overs Richtung zeigt. »Hast du das echt nötig?« Um sicherzugehen, dass ich mich nicht verlesen habe, drehe ich das Ding noch einmal zu mir. Nein, absolut richtig gesehen. Über die komplette Brust ziehen sich weiße Buchstaben. *Fuck me, i'm famous!*

»Gehört zum Image.« Er zuckt die Schultern und grinst. »Normalerweise wehrt sich kaum eine gegen ein so offenes Angebot.« Wieder gleiten diese unverschämt blauen Augen an mir auf und ab. »Und jetzt zieh das Ding endlich an, sonst werte ich das als Provokation und beende den Waffenstillstand sofort.«

Ich blicke an mir herunter und bemerke, dass der zarte Stoff meines Nachhemds verrutscht ist und aufreizend viel Haut an der falschen Stelle zeigt. Prompt laufe ich rot an und steige schnell in Overs Sachen. Natürlich sind sie zu groß. Aber das ist gut so. Je weniger sexy, desto besser.

Langsam folge ich der Spur, die Over halbwegs freigeräumt hat, und bleibe unschlüssig vor seinem Bett stehen. Er greift nach dem Laptop, klappt ihn zu und wirft sich schwungvoll auf die Matratze. Dann klopft er auf den freien Platz neben sich. Einen Moment überlege ich ernsthaft, mich lieber auf den Boden zu setzen. Aber mir gefällt der Gedanke nicht, freiwillig vor ihm zu hocken. Das würde vermutlich nur seine Fantasie anregen. Außerdem wäre ich dann direkt auf Augenhöhe mit seinem ... Nein! Kommt absolut nicht infrage!

Zögernd lasse ich mich auf dem Bett nieder. Sorgfältig darauf bedacht, ihm nicht zu nahe zu kommen.

»Hör auf, so unterwürfig zu gucken. Und wenn du weiter so an deiner Unterlippe knabberst ...« Er beendet den Satz nicht, aber in seinen Augen kann ich deutlich erkennen, was dann passiert. Hastig höre ich damit auf. Und setze mich stocksteif und kerzengerade hin. Over lacht.

»Hey, keine Angst. Fingerchen bleiben schön hier.« Wieder hebt er sie zum Beweis an. »Auch wenn ich glaube, dass ich das ganz gut ohne ...«

»Over!«, quieke ich erschrocken.

»Entspann dich mal! Du hast nur ›nicht anfassen‹ gesagt, nicht, dass ich nicht über Anfassen reden darf«, verteidigt er sich und bringt mich damit tatsächlich zum Lachen. Ich löse meine verkrampfte Haltung, folge seinem Beispiel und lümmele mich so auf sein Bett, dass wir genug Abstand haben.

»Du hast mich mit dem Versprechen auf Schokolade hergelockt, die habe ich auch noch nicht gekriegt!« Aus einem seltsamen Reflex heraus stupse ich ihm mit einem Finger gegen die Brust. Er fängt meine Hand ab und funkelt mich an. »Provokation Nummer drei.« Der raue Klang seiner Stimme weckt das kleine Glühen, das seit unserer Begegnung in der Küche darauf wartet, wieder anzuspringen. Hastig senke ich den Blick. Erst als sein Daumen meine Unterlippe streift, bemerke ich, dass ich sie schon zwischen die Zähne gezogen habe. Oh, oh. Behutsam gleiten seine Finger weiter, bis seine Hand an meiner Wange liegt. Ich sehe auf und blicke direkt in seine leuchtend blauen Augen. Lust schimmert darin, und in mir zieht es zur Antwort sehnsüchtig. Wie gerne will ich ihm einfach nachgeben. Es wäre so leicht, ihn zu küssen. Mich von ihm küssen zu lassen und ihm dann dieses peinliche Shirt herunterzureißen.

Ich bin kein Groupie! Ich bin seine verdammte Angestellte. Ich sollte das also wirklich nicht wollen. Unter gar keinen Umständen sollte ich das *so sehr* wollen. Außerdem habe ich doch schon Pray und Toxic geküsst. Wie kann ich also darüber nachdenken, jetzt auch noch Over zu küssen? Ich bin keine Schlampe. Bestimmt nicht. Und trotzdem will ich es. Unbedingt.

Langsam schiebe ich mich rückwärts, verpasse die Bettkante und lande schmerzhaft auf dem Boden. Huch! Ich rappele mich auf und weiche Overs amüsiertem Blick aus.

»Ähm ... ich ... äh ... danke!«, stammele ich, springe auf und fliehe aus seinem Zimmer. Sein Lachen folgt mir bis in die Eingangshalle.

ZEHN

ROSALY

Mit rasendem Herzschlag stolpere ich am Strand entlang, laufe, als könnte ich vor meinem eigenen bescheuerten Verlangen wegrennen. Der Himmel färbt sich über mir an den Kanten schon hell.

Wie spät ist es eigentlich? Werde ich in den Wochen bei diesen Männern überhaupt mal richtig schlafen? Vermutlich nicht. Erst als dieses Ziehen in mir sich beruhigt, bleibe ich stehen, um keuchend nach Luft zu schnappen. Mein Herz schlägt immer noch wie wild. Deshalb lasse ich mich einen Moment in den Sand sinken und starre aufs Meer, bis in meiner Brust, meinem Bauch und meinem Kopf wieder Ruhe herrscht.

Dann rappele ich mich langsam auf, klopfe die Hose ab und sehe mich um. Nur Sand und Meer. Wenn ich wüsste, wie weit ich gelaufen bin, wäre das vielleicht hilfreich. Ratlos lasse ich den Blick über die Häuser gleiten, die die Strandpromenade säumen.

Jemand tippt mir auf die Schulter.

Quietschend mache ich einen Satz nach vorne, rutsche auf dem feinen Sand weg und lande auf allen vieren vor einem paar Sportschuhen.

»Oh wow, das war ja einfach.« Dieses dreckige Lachen erkenne ich sofort. Brummend kämpfe ich mich hoch und ignoriere die Hand, die in meinem Sichtfeld erscheint. »Eigentlich dachte ich, es bräuchte ein wenig mehr, bis du vor mir kniest.«

Als ich endlich wieder auf den Füßen ankomme, glühen meine Wangen heftig. Trotzdem zwinge ich mich, aufzusehen. Evil trägt einen dunklen Hoodie und hat sich die Kapuze ins Gesicht gezogen, und obwohl es nicht wirklich hell ist, blitzt mir darunter eine Sonnenbrille entgegen. Was haben die nur ständig mit ihren peinlichen Brillen ohne Sonne weit und breit? Und dann noch hier am Strand, wo ihn sowieso niemand sehen kann.

»Witzig«, murre ich und klopfe mir den Sand von den Knien. »Ist das Overs Pullover?« Sein Tonfall ist plötzlich frei von jeder Belustigung, sondern erschreckend eisig.

»Nein!« *Viel zu schnell, Rosaly!* Ohne ihm in die Augen sehen zu können, weiß ich, dass er mir nicht glaubt. Wie auch? Ich hätte mir nicht mal selbst geglaubt.

Beherzt greift Evil mir in den Nacken. Ich quieke erschrocken, winde mich in seinem Griff, aber weil er mich mit der anderen Hand an der Schulter gepackt hat, kann ich ihm nicht ausweichen, egal wie sehr ich zappele. Was wird das jetzt?

»Ganz ruhig«, raunt er amüsiert in mein Ohr. »Ich werde dir dafür schon nicht deinen hübschen Hintern versohlen. Zumindest nicht hier am Strand.«

Ich schlucke hart. Das hat er nicht gerade wirklich gesagt. Sein herber Geruch steigt mir in die Nase und sorgt dafür, dass mir schwindelig wird. Als würde er meine Reaktion nicht bemerken, schiebt Evil ungerührt seine Hand weiter und fährt unter den Kragen des Sweatshirts, zieht ihn nach oben. Er schielt an mir vorbei und lässt den Stoff wieder los. Overs Hoodie rutscht zurück an seinen Platz.

»Komisch, dass du meinst, das wäre nicht Overs Pullover. Merkwürdigerweise steht sein Name drin.« Endlich gibt er mich frei, und ich taumele hastig einen Schritt von ihm weg.

Oh, na super. Das war ja einfach für ihn. Warum zur Hölle schreibt Over seinen Namen in seine Klamotten?

»Wieso denn das?«, frage ich tatsächlich laut, bevor ich mich daran hindern kann. Evil grinst.

»Weil er das Ding liebt und es ständig irgendwo im Backstagebereich rumfliegt. Damit notfalls selbst die Reinigungstruppe später weiß, wo das Teil hingehört, hat er es, für alle Fälle, beschriftet. Machen wir öfter mal. So kommen unsere Sachen meistens doch wieder bei uns an, falls wir sie mal irgendwo vergessen.«

Das klingt erstaunlich logisch, setzt allerdings voraus, dass man es schafft, ständig Zeug überall rumliegen zu lassen. Aber ich habe Overs Zimmer gesehen. Wenn er immer so chaotisch ist …

»Ah«, mache ich.

»Dass du also genau diesen heiligen Hoodie anhast, wundert mich wirklich. Selbst wenn wir alle mitbekommen haben, dass du ihn schon rangelassen hast: Seine Klamotten verleiht er normalerweise nicht. Zumindest nicht einfach so.«

Was soll ich dazu sagen? *Ja, hat er mir geliehen, weil ich sonst nur im Spitzennachthemdchen mit ihm auf seinem Bett Schokolade gefuttert hätte.* Wohl kaum.

»Es ist nicht das, wonach ...«, setze ich an, aber Evil lacht schon und schüttelt den Kopf. »Versuchs gar nicht erst mit dem alten Spruch.« Er sieht mich eindringlich an und schiebt dafür sogar die Sonnenbrille so weit aus dem Weg, dass ich ihm in die Augen sehen kann. Allerdings fällt mein Blick nicht zuallererst in das tiefe Schokoladenbraun seiner Iris, sondern auf die dunklen Ringe, die so tiefe Schatten werfen, dass ich mich frage, wie mir die unter der Brille entgangen sein können. Die erweiterten Pupillen erklären allerdings, wozu er die abgedunkelten Gläser braucht, und auf der linken Seite zeichnet sich etwas ab, das aussieht wie ...

»Was ist denn da passiert?«, frage ich und strecke die Hand aus. Er zuckt kaum merklich, als ich die sich langsam verfärbende Haut streife.

»Gar nichts.« Hastig schiebt er die Sonnenbrille zurück. Seine Miene ändert sich schlagartig von amüsiert zu undurchdringlich.

»Das sieht nicht aus wie nichts.« Und bei der Laune, die Pray gestern Abend noch hatte ... Immerhin hat er Over ja auch angegriffen. Und Evil ist danach mit ihm rausgegangen. Hat ... War Pray das? Ich verkneife mir die Frage. Wenn diese Männer sich gegenseitig grün und blau schlagen, geht mich das wirklich nichts an.

Evil greift nach meiner Hand und schiebt sie sanft, aber bestimmt weg. »Gehört zum Job. Und ich rate dir, dich da nicht einzumischen.«

Nicht einmischen? Natürlich. Ich sehe ständig weg, wenn Menschen in meiner Nähe verletzt werden. Die Jungs sind zwar eigentlich nichts weiter als meine Chefs, trotzdem macht mich diese Antwort unruhig. Außerdem frage ich mich, was er damit meint, wenn er sagt, das gehöre zum Job. Dass er sich als Musiker von seinem Bandkollegen verprügeln lassen muss, kann ja wohl kaum dazugehören! Bevor ich ihn darauf hinweisen oder nachfragen kann, geht er an mir vorbei.

»Jetzt komm. Wenn du nicht willst, dass die ganze Villa mitkriegt, dass du im Morgengrauen in Overs Pullover mit mir vom Strand hereinspazierst, dann solltest du dich beeilen.« Einen Moment bleibe ich stehen und starre ihm nach.

»Los jetzt. Wenn ich dich hierlasse und du dich verläufst, zieht Pray mir die Eier lang. Darauf verzichte ich gerne. Die brauche ich nämlich noch.« Er zwinkert mir zu. »Außerdem will ich nicht, dass Tox denkt, dass Over und ich schon unseren Spaß mit dir hatten, ohne ihn zu fragen. Er nervt immer fürchterlich, wenn man ihn nicht mitspielen lässt.«

Toxic wird …? Was? Wird …? Sind sie …?

»Heißt das, ihr …?« Ich schlucke hart und schließe die Augen, bevor ich die Frage stelle, die sich in meinem Kopf zusammenballt wie ein Gewitter. »… Ihr teilt euch Frauen?«

Evil grinst schräg, als ich ihn endlich anblinzele.

»Wen meinst du mit *ihr*? Mich und Tox?«

Ich nicke.

»Oder ich und der Rest der Band?«

Wieder nicke ich.

»Korrekt.«

»Was davon?«, frage ich, weil die Antwort ziemlich schwammig ist.

»Wenn du nicht anfängst zu laufen, statt zu quatschen, findest du's schneller raus als gedacht.«

»Wer sagt dir, dass ich da mitmachen würde?« Ich bleibe krampfhaft an Ort und Stelle stehen und versuche, überlegen auszusehen. Was mir wohl ziemlich misslingt, wenn ich Evils Grinsen sehe. Mit einem einzigen langen Schritt ist er bei mir, legt mir wieder die Hand ans Kinn und dirigiert meinen Blick nach oben. Die andere platziert er, wie beiläufig, am Bund von Overs Jogginghose, die auf meinen Hüften ein wenig zu weit nach unten gerutscht ist. Sofort reagiert mein Körper auf ihn. Evils Nähe löst einen Rausch aus, den ich so niemals erlebt habe. In meiner Mitte kribbelt es heftig.

»Du«, sagt Evil leise und verringert den Abstand noch ein wenig mehr. Seine Lippen schweben knapp über meinen. Mein Herz vergisst zu schlagen. Ich starre ihn an und hoffe gleichzeitig, dass er die letzten Millimeter überbrückt und dass er mich einfach wieder loslässt.

»Du verrätst es. Schon gestern im Flugzeug, erinnerst du dich?« Ohne dass er erklären muss, was er damit meint, weiß ich, dass er auf unser »Kennenlernen« anspielt.

»Deine Augen, die Gänsehaut auf deinen Armen. Die roten Wangen. Die hier …« Er streift hauchzart mit seinen Lippen über meine, berührt mich kaum und jagt mir trotzdem einen Schauer über den Körper, der sich als pochendes Verlangen zwischen meinen Beinen einnistet. Das scheint ein Dauerzustand zu werden.

»Die Tatsache, dass du in Overs Sachen vor mir stehst und mich das hier tun lässt.« Er verändert die Position der Hand an meiner Hüfte ein wenig, fährt spielerisch unter den Bund. Nur ein paar Millimeter, aber es reicht, um das Feuer in mir noch mehr anzufachen. »Und mich praktisch anbettelst, einfach weiterzumachen.« Die Finger gleiten ein kleines bisschen tiefer, erreichen den Rand meines Slips. Ich sollte ihn wegstoßen und wegrennen. So schnell ich kann. Aber ich tue es nicht. Ich stehe nur da. Spüre, wie sich das Verlangen in mir steigert, und kann nicht glauben, dass ich ihn das wirklich tun lasse.

»Es macht dich an, wenn du darüber nachdenkst, nicht nur in Overs Bett zu landen, sondern auch in meinem.« Seine Finger wandern ein kleines bisschen tiefer, gleiten unter die zarte Spitze. Ich keuche und halte die Luft an, um bloß keine weiteren Geräusche zu machen.

»Und in Toxics.« Wieder gleitet er ein Stück nach unten.

»Oder in Prays.« Sein Daumen trifft auf meine pochende Perle und entlockt mir ein leises Keuchen. Er streicht mit zwei Fingern ganz sanft, quälend langsam durch meine klatschnasse Spalte. Ich kippe das Becken ein wenig und dränge mich ihm entgegen. Evil lacht rau.

»Und du bist schon so wunderbar feucht, obwohl ich dich kaum angefasst habe.« Noch einmal streifen mich seine Lippen.

Dann löst er sich von mir, tritt zwei Schritte zurück und schiebt die Hände in die Hosentaschen. Ich blinzele, starre ihn an und frage mich, ob das sein verdammter Ernst ist. Und ob ich das wirklich beinahe zugelassen hätte. Was zur Hölle ist nur los mit mir?

ELF

EVIL

Glücklicherweise trage ich diese schicke Jogginghose. In meinen üblichen Jeans würde es meine Latte keine fünf Sekunden mehr aushalten. Wahrscheinlich hätte ich Henry Rogers' Schwester dann einfach in aller Öffentlichkeit mitten auf dem Strand gevögelt. Schon so kostet es mich all meine Willenskraft, das nicht zu tun. Pray würde mich garantiert umbringen, wenn ich das tue. Immerhin hat er erst vor einer Woche ein paar Cops geschmiert, um den letzten kleinen Spaß dieser Art nicht in einer Anzeige enden zu lassen. Nicht, dass uns Kleinigkeiten wie ›Erregung öffentlichen Ärgernisses‹ abschrecken würden, aber wenn die Polizeiakte dick genug wird, schnüffelt noch jemand rum. Das können wir nicht gebrauchen. Eigentlich wollte ich mich mit der Aktion auch gar nicht selbst aufgeilen.

Hat ja hervorragend geklappt.

Aber es hat mich einfach zu sehr gereizt, zu sehen, ob ich mit meiner Vermutung recht habe. Oder na ja, zu fühlen eben. Allerdings hat es mich überrascht, *wie* richtig ich liege. Wahrscheinlich hätte ich keine zwei Minuten gebraucht, um sie kommen zu lassen. So nass, wie sie war. Mein Ständer wird noch eine Spur härter. Na super. Wenn ich so weitermache, habe ich gleich die Latte des Jahrhunderts und darf sie nicht benutzen. Leider war der Versuch, sich an diesen Mädchen heute Nacht abzureagieren, wohl doch nicht so erfolgreich wie gehofft.

»Gehen wir«, sage ich und drehe mich um. Nur ein paar Schritte, dann sehe ich mich nach ihr um. »Los jetzt!« Ich wähle meinen Tonfall so streng wie möglich, was mir nach der Nummer eben echt schwerfällt. Vielleicht sollte ich es einfach riskieren. Es ist früh. Außer ein paar Joggern kommt hier vermutlich niemand vorbei. Das könnte ich wirklich verschmerzen. Oder ich werfe Rosaly zum Abkühlen ins Meer. Und mich gleich mit.

Sie sieht mich immer noch an, als könnte sie nicht glauben, dass ich sie einfach so stehen lasse. Grade als ich die Option mit dem Meer ernsthaft in Erwägung ziehe, erwacht sie aus ihrer Starre und folgt mir. Ihre Wangen glühen, und dieser Schimmer in ihren Augen ... ein Anblick, der mir verdammt gut gefällt. Vielleicht sollte ich das öfter tun. Die bösen Blicke, mit denen sie mich durchbohrt, sprechen jedenfalls eindeutig dafür. Ich tue, als würde ich sie überhaupt nicht bemerken, und schlendere in aller Seelenruhe zurück zum Strandhaus. Beeilen brauchen wir uns jetzt nicht mehr. Zumindest Pray schläft nie lange, egal was er am Tag vorher so angestellt hat. Selbst wenn er heute vermutlich einen mörderischen Kater hat, merkt man es ihm, wie immer, wahrscheinlich nicht im Geringsten an. Bei Tox bin ich mir sicher, dass der genauso hellwach ist wie ich. Immerhin haben wir nach Prays Abgang noch ein wenig weitergefeiert. Bevor ich die Frauen rausgeworfen habe und endlich in mein Zimmer verschwunden bin, um den Dreck von gestern runter zu waschen und wenigstens einen Moment zu schlafen. Scream hat, wie meistens, sogar noch hinter uns aufgeräumt. Als ich durchs Wohnzimmer nach draußen gegangen bin, war von unserer kleinen Party nichts mehr zu sehen.

Wenn ich mit meiner Vermutung richtigliege, sind jedenfalls die meisten der Jungs eh schon im Haus unterwegs. Aber die kleine, süße, spießige Rosaly hat mir ja gerade bewiesen, dass sie überhaupt kein Problem damit hat, sich in ihr eigenes Verderben zu stürzen. Also gebe ich mir auch nicht besonders viel Mühe, unauffällig zu sein, und gehe mit ihr einfach durch die offene Terrassentür ins Haus. Direkt neben Pray, der mit seiner üblichen ›ich bin so angepisst, ich könnte die ganze Welt in Brand stecken!‹-Miene am Esstisch sitzt. Er lässt das Tablet sinken, als wir reinkommen, löst aber den Blick nicht vom Bildschirm. »Wird Zeit, dass du endlich zurückkommst. Wir müssen dringend noch …«

Ich räuspere mich, bevor Pray irgendwas ausplaudern kann, was Rosaly besser nicht hören sollte. Nachdem ich jetzt so schön viele Dinge im Kopf habe, die ich mit ihr anstellen will, wäre es jammerschade, wenn Pray sie vorher erschießen müsste. Was definitiv möglich ist, wenn sie etwas hört, das nicht für ihre zarten Ohren bestimmt ist. Ob Pfand oder nicht, Rogers Schwester hin oder her, sobald sie uns gefährlich werden könnte, wird Pray keine Sekunde zögern. Und ich genauso wenig.

»Dir auch einen wunderschönen guten Morgen«, sage ich betont fröhlich.

»Warum so gut gelaunt? Hast du dein Frühstück heute bei …« Pray reißt sich endlich vom Display los und sieht auf. Dann entdeckt er Rosaly, und sein Blick verdüstert sich.

»Guten Morgen, Rosaly.« Er mustert sie, mustert mich. Natürlich fällt ihm auf, dass sie Overs Sweater trägt. »Lässt du uns einen Moment allein?« Es ist keine Frage. Unter seinem Blick färben sich ihre Wangen schon wieder rosa. Sie nickt und eilt aus dem großen Wohnraum. Vermutlich ist es ihr ganz recht, von mir wegzukommen. Diese kleine Nummer am Strand dürfte sie ziemlich irritiert haben. Ich grinse in mich hinein. Ich mag es, wenn ein Plan funktioniert.

Wir sehen ihr hinterher, bis sie über die Treppe nach oben verschwindet. Dann wendet Pray sich wieder an mich.

»Willst du mir erklären, warum sie um fucking fünf Uhr morgens mit dir vom Strand kommt? In Overs Pullover?«

Ich zucke die Schultern und gähne. »Was willst du von mir? Mir einen Vortrag darüber halten, warum ich das nicht tun darf? Oder eine Einladung fürs nächste Mal?« Unter Prays glühendem Blick lasse ich mich auf einen freien Stuhl am Tisch sinken und verschränke die Arme vor der Brust.

»Gebt ihr wenigstens ein paar Tage Zeit, bevor ihr diese Nummer mit ihr abzieht. Und sie wird auf gar keinen Fall von einem von euch angetatscht, ohne dass sie es erlaubt, klar?«

Ich ziehe eine Augenbraue hoch. »Sag bloß, du willst sie beschützen, Boss?« Würde mich nicht wundern. Die Kleine hat es ihm wohl irgendwie angetan.

Ein Muskel an seinem Kiefer zuckt.

»Ja«, sagt er ruhig. »Rogers will sie in einem Stück wiederhaben, und ich will ihm nicht erklären müssen, dass ihr seine Schwester mental zerstört habt. Sie ist kein bezahltes Mädchen, Evil.«

Ich verdrehe die Augen. Der tut so, als wüsste ich das nicht. Und als hätte ich je Frauen bezahlen müssen. »Als ob dich interessiert, was Rogers will. Du willst nicht, dass wir ihr wehtun. Verstanden. Wird gemacht. Obwohl damit ein paar sehr reizvolle Optionen wegfallen. Zufrieden?« In Gedanken kürze ich die in meiner Fantasie bereits existierende sexy To-do-Liste um eine beträchtliche Anzahl an Punkten. Zu schade aber auch, dass Pray denkt, er müsste ausgerechnet sie schützen.

»Ja. Jetzt hol dein Blut gefälligst wieder zurück in dein Hirn, wir haben zu arbeiten!«

»Kannst du heute nicht mal Tox damit quälen?« Mir reicht das blaue Auge von dem verdammten Drecksack von gestern eigentlich. Ich hasse es, wenn ich bei unseren Konzerten aussehe, als hätte ich mich grade mit einer Horde Straßenhunde geprügelt.

»Wir müssen Scream mitnehmen, also wärst du mir lieber als Tox«, sagt er düster. Oh wow. Irgendwer hat ein richtig großes Problem. Pray lässt Scream nicht oft von der Leine. Wenn er heute drüber nachdenkt ... Ein extrem ungutes Gefühl breitet sich in mir aus.

»Was hast du vor?«

»Ein paar Bekannte besuchen. Und reden. Hoffentlich.« Prays Miene verrät mir, dass er davon ausgeht, dass es dabei nicht bleibt. Super.

»Dann gehe ich wohl mal vorsorglich den Verbandskasten checken.« Ich stehe auf.

»Und weck Over.« Toll. Noch eine meiner Lieblingsaufgaben.

»Schon wach«, nuschelt es hinter mir, und Over schlurft an Pray vorbei in die Küche. Mit halb geschlossenen Augen schwankt er auf die Kaffeemaschine zu. Na ja, ›wach‹ würde ich das nicht nennen. »Moralpredigt erst nach dem Frühstück.« Die Maschine springt fauchend an, kurz darauf lässt Over sich mit einer riesigen Tasse auf den freien Stuhl mir gegenüber fallen, die Augen immer noch halb geschlossen. Er sieht aus, als würde er gleich vornüberkippen und einfach auf dem Esstisch weiterschlafen.

»Oh Mann, unser Täubchen hat dich ziemlich fertiggemacht, hm?«, frage ich grinsend. Möglicherweise bin ich ein ganz klein wenig neidisch. Nur ein bisschen.

»Vögeln auch erst nach dem Frühstück!« Overs gequälter Gesichtsausdruck bringt sogar Pray zum Lachen.

»Seit wann denn das?« Das sind ganz neue Töne,

so was habe ich von Over noch nie gehört. Er zuckt die Schultern und nimmt einen Schluck Kaffee.

»Seitdem seine Betthäschen in seinem Lieblingspullover rumlaufen.« Tox kommt aus der Küche und stellt vor mir und Pray je eine dampfende Tasse ab.

»Sie ist kein Betthäschen.« Over schüttelt den Kopf. »Außerdem lief da gar nichts.«

Jetzt hat er unsere volle Aufmerksamkeit. Niemand von uns würde freiwillig zugeben, eine Frau, die wir wollen, nicht in die Kiste gekriegt zu haben. Aber irgendwie ist Rosaly halt keins unserer üblichen Spielzeuge.

»Wie, da lief nichts?«, frage ich also.

ZWÖLF

OVER

Evil sieht mich an, als hätte ich ihm erzählt, dass auf unserer Terrasse eine Flotte Raumschiffe gelandet ist.

»Na, da lief nichts.« Ich unterdrücke ein Gähnen und ignoriere das dringende Bedürfnis, wieder in mein Bett zu kriechen. Von meinem hämmernden Schädel bis zu dem ekelhaften Gefühl, ein beschissener Versager zu sein, drängt mich alles dazu. Wie schön wäre es, mich einfach vor der Welt zu verstecken und darauf zu warten, dass mein Körper den ganzen Rotz, den ich mir – schwachsinnig, wie ich bin – die letzten vierundzwanzig Stunden reingezogen habe, verarbeitet. War ja auch schön blöd von mir. Aber damit hätte ich rechnen müssen, und um angemessen vor mich hin zu leiden, habe ich keine Zeit. Natürlich nicht. Wir haben ja nicht mal die Zeit, mal anständig zu pennen. Nachdem Prays Abgang gestern meinen kleinen Powernap beendet hat, habe ich die halbe Nacht vor flimmernden Bildschirmen verbracht, um Prays Masterplan umzusetzen. Jedenfalls, bis ich mir nur schnell Wasser aus der Küche holen wollte. Rosaly hat meine ganze Planung durcheinandergebracht. Und nach ihrem fluchtartigen Abgang war es einfach zu bequem in meinem Bett.

Durch die Zimmerdecke dringt wildes Geschrei zu unserer kleinen Versammlung. Scream und die Gothic-Tussi. Wir verdrehen kollektiv die Augen. Dumme Idee! Ich massiere mir die pochenden Schläfen. Eine Stunde schlafen würde vermutlich helfen. Oder acht.

»Ich komme da nicht mit.« Tox sieht genauso verwirrt aus wie Evil. »Du leihst ihr deinen Pulli, ohne dass du sie fickst?«

Die Tischplatte sieht sehr verlockend aus. Vielleicht tut die es ja auch für ein kleines Schläfchen. »Jaha!«, murre ich. »Soll ich euch eine technische Zeichnung machen, wie so was geht? Einfach nett sein?«

»Nett?« Evils Blick ist eindeutig und spricht aus, was alle denken: ›Du bist komplett bescheuert!‹. Tja, vielleicht haben sie damit sogar recht.

»Ja. Normale Menschen machen so was. Schlag's in einem Wörterbuch nach, oder frag Google. Mir egal.« Ich stelle meine Tasse auf den Tisch und stehe auf. »Ich gehe jetzt Prays bösen Weltherrschaftsplan umsetzen.«

»Warum klingt das immer größenwahnsinnig, wenn er das sagt?«, beschwert sich Pray. Ich winke ab und lasse die drei Idioten mit ihren Spekulationen zurück. Ziemlich sicher haben sie mir absolut kein Wort geglaubt.

Gähnend gehe ich nach oben. In meinem Zimmer angekommen schiebe ich mir die Kopfhörer auf die Ohren und vertiefe mich in die Anzeigen der Bildschirme.

DREIZEHN

ROSALY

Das ist albern! Ich kann nicht die ganze Zeit dumm hier rumsitzen und warten. Auf *was* eigentlich? Darauf, dass ihre Hoheit Prinz Pray mich zurückruft? Immerhin bin ich kein Hund. Und auch nicht sein Besitz. Ich bin nur eine simple Angestellte.

Die vier der fünf Männer geküsst hat, für die sie arbeitet. Und die komischerweise nicht im Hotel, sondern bei ihren Bossen zu Hause wohnt. Jaaaa, klar.

Dass mich die Jungs mit in die Villa genommen haben, habe ich bisher noch für Zufall gehalten. Aber bei genauerer Betrachtung scheint mir das schon irgendwie auffallend merkwürdig.

Ich streiche mein hellrosa Sommerkleid glatt und beäuge die weißen Bikiniträger, die darunter hervorblitzen. In einem Haus voll testosterongesteuerter Idioten will ich auf alles vorbereitet sein. Auch darauf, unbeabsichtigt im Pool zu landen.

Einen Moment wäge ich noch ab, dann straffe ich

die Schultern und gehe zur Tür. Vielleicht wird es Zeit, einen Teil meines alten, nicht ganz so braven Ichs auszugraben? *Bisher hast du sie doch nur geküsst? Gut, bis auf diese kleine Sache mit Over im Flugzeug, aber hey, was ist schon dabei?* Ich schüttele den Kopf, um die Stimme zu vertreiben. Nein. Gar keine gute Idee. Ich habe zu lange gebraucht, um mir das biedere Prinzesschen anzutrainieren, da werde ich nicht bei der ersten Gelegenheit in alte Muster verfallen. Kommt überhaupt nicht infrage. Das hatte ich alles bereits. Brauche ich nicht noch mal. Keine One-Night-Stands für die artige Rosaly. Keine nackten Rapper für die artige Rosaly, und schon gar kein Knutschen mit dem Boss. Oder ein Quickie mit dem anderen Boss. Oder …

Ach, verdammt.

Wem mache ich hier eigentlich was vor? Evil hat recht. Ich bin eine kleine Schlampe und irgendwie scharf auf sie alle. *Bravo, du Freak, jetzt hast du deine dunkle Seite schneller aus ihrem Karton geholt, als du blinzeln konntest.*

Ich steige die Treppen hinunter und versuche, den Kampf in meinem Inneren zum Schweigen zu bringen. Wie konnten die Poets mich so schnell so nachhaltig verwirren?

»Weiß jeder, was er zu tun hat?« Pray kommandiert schon wieder lautstark in die Runde. Offensichtlich haben sie ihre supergeheime Lagebesprechung beendet. Oder sonst was, für das mich Pray unbedingt aus dem Wohnzimmer schicken musste. Dieser Tonfall, in dem er seine Bitte formuliert hat … Was sollte das? Glaubt er, er kann mich einfach so herumkommandieren? Die ständigen Machtdemonstrationen von diesem Mistkerl gehen mir langsam echt auf die Eierstöcke. Vielleicht wird es doch Zeit für diesen anderen Teil von mir, mal klarzustellen, dass sie mich nicht einfach rumschubsen können, wie es ihnen gerade passt.

»Ah, Rosaly! Genau richtig«, begrüßt er mich, als ich das Wohnzimmer betrete. Mein Haar trage ich heute offen, es streift bei jedem Schritt über meine Oberarme und kitzelt meine Haut. Das sollte mir eigentlich Kommentare zu Lehrerinnen und Sekretärinnen ersparen. Mein Blick fällt auf den Tisch, an dem sich die Männer versammelt haben. Drei. Toxic, Evil und Pray. Über uns rumpelt etwas.

Alle Augen gleiten gleichzeitig zur Decke.

»Würdest du Scream sagen, dass wir so bald wie möglich loswollen, Evil?« Prays Worte klingen schon wieder kein bisschen nach einer Bitte, auch wenn er sie so formuliert.

»Ungern.« Evil seufzt und verschränkt die Arme vor der breiten Brust. Der Ausdruck auf seinem Gesicht kann selbst von der Sonnenbrille nicht verdeckt werden. Es ist eindeutig abzulesen, dass er das wirklich nicht tun möchte. Irgendwo in mir legt sich ein merkwürdiger Schalter um. Immerhin bin ich die Einzige, die dafür bezahlt wird, sich von Pray herumkommandieren zu lassen, wenn mich nicht alles täuscht.

»Welches Zimmer?«, frage ich. Evil starrt mich an und schüttelt den Kopf. Toxics grüne Augen weiten sich und er springt hastig von seinem Stuhl. Nur Pray sitzt immer noch da, wie der Pate, nur mit offenem Hemd und unfassbar sexy. Nein! Nicht sexy.

Schleimig und herrisch! Das Grinsen, das sich über seine Lippen zieht, jagt mir einen Schauer über den Rücken.

»Ich geh schon!« Evil rennt an mir vorbei, bevor ich ihn daran hindern kann. Was …? Traut er mir nicht zu, seinen Kumpel in einem Stück aus seinem Zimmer zu locken? Ja, ich mag vier der fünf Poets geküsst haben, aber das war … ein Versehen. Jedes Mal.

»Ähm …!«, setze ich an, drehe mich um und will Evil folgen. Da packt mich eine große Hand mit tätowierten Knöcheln an der Schulter. Die Berührung auf meiner nackten Haut bringt mich dazu, auf der Stelle zu erstarren. Elektrische Impulse schießen von seiner Hand weiter nach unten. Etwas in meinem Bauch macht einen kleinen Salto.

»Bleib hier.« Es klingt weich und dieses Mal tatsächlich wie eine ernst gemeinte Bitte. Dass es Toxic ist, ausgerechnet der überall tätowierte Toxic, der so mit mir spricht, irritiert mich. Keine Unanständigkeiten, keine Flirtversuche. Außerdem wirkt er irgendwie besorgt. Ein zartes Flattern in meiner Brust bäumt sich auf und mischt sich mit der Hitze, die meine Haut auf- und abstreift.

»Warum …?« Aber ich habe keine Ahnung, was ich eigentlich sagen wollte. Ich beiße mir auf die Unterlippe, suche nach Worten.

Toxic schüttelt den Kopf. »Geh einfach niemals auch nur in die Nähe von Screams Zimmer. Klar?« Über uns schreit eine Frau. Gellend und qualvoll. Ich schaudere. »Seid ihr sicher, dass sie keine Hilfe braucht?«, frage ich vorsichtig.

Hinter uns lacht Pray schallend auf.

»Oh, Kleines, sie ist bei Scream. Da kann ihr keiner mehr helfen. Schon gar kein so zartes Wesen wie du.« Die Hand an meiner Schulter dirigiert mich zum Tisch und bugsiert mich auf einen Stuhl. »Ich habe gehört, du warst mit Evil laufen. Dann hast du sicher Hunger!« Ohne meine Antwort abzuwarten, verschwindet Toxic in die Küche.

Und ich bleibe alleine mit Pray zurück. Auch wenn Toxic nur wenige Schritte entfernt ist und garantiert jedes Wort und jede Bewegung im Essbereich mitbekommt, ist mir das unangenehm. Aber ich bin froh, dass die Durchgänge zwischen Diele, Wohn-Essbereich und Küche alle offen sind und keine Türen haben. In einem geschlossenen Raum allein mit Pray würde ich vermutlich durchdrehen. *Wie im Servicebereich des Fliegers.*

Sofort setzt mein Fluchtreflex ein. Zusammen mit dem Wunsch, diesem Sturm von einem Mann zu beweisen, dass er gar nicht so eine Urgewalt ist, wie er denkt. Egozentrischer Sack. Evil, Toxic und Over mögen mich alle, auf ihre eigene Art, zum Schmelzen bringen. Aber Pray. Pray macht mich wütend. So wütend, dass es an den zarten Wänden meiner mühevollen Fassade kratzt.

»Tox hat recht«, sagt Pray, ohne von seinem Tablet aufzusehen, auf dem er schon wieder herumtippt. »Du wirst dich auf keinen Fall in Screams Reichweite aufhalten.«

Wieso klingt alles, was dieses Arschloch sagt, wie ein unumgänglicher Befehl?

»Und wenn nicht?«, frage ich provokant. Mir reicht dieses ständige Alphamännchen-Gehabe. Hat Toxic nicht erst gesagt, ihm sind Schwanzvergleichs-Machtspielchen zu peinlich und deshalb macht er so was nicht? Wie kann er da freiwillig mit Pray abhängen?

»Dann muss ich dir wohl beibringen, Anweisungen zu befolgen.« Dieses Mal hebt Pray den Blick vom Tablet. Das Grau seiner Augen wirkt wie ein mächtiger Strudel, der alles mit sich in die Tiefe reißen will. Aber so leicht werde ich mich nicht von diesem Typen einschüchtern lassen.

»Ich sagte dir schon mal, dass ich von dir sowieso nichts lernen kann, oder?«, frage ich betont gelangweilt und spiele mit einer Haarsträhne herum. Warum kitzelt dieser Mann immer diese Seite in mir?

»Mutige Behauptung für jemanden mit so unschuldigen Augen.« Ähnlich unbeeindruckt hämmert er weiter auf seinem Tablet herum. Unschuldig. Wenn der wüsste. Ich verkneife mir ein Lächeln.

»Schwache Antwort für jemanden mit so übersteigertem Ego. Kompensierst du mit diesem Gehabe eigentlich irgendwas?« Zack, da ist ja der weniger brave Teil von mir. Na klasse. Hektisch senke ich den Blick und versuche, wieder den Wechsel zum schüchternen Mädchen zu schaffen. Aber Pray ist bereits aufgesprungen. Er hat den Tisch schneller umrundet, als ich gucken kann. Automatisch springe ich auf. Sitzen bleiben würde heißen, mich freiwillig in eine schwächere Position zu begeben. Und das kann er vergessen.

Ein Hauch Überraschung zuckt über sein Gesicht.

Doch Pray fängt sich so schnell wieder, dass ich mir das auch eingebildet haben könnte.

»Du hast es nicht anders gewollt«, grollt er. Ich straffe die Schultern und schiebe das Kinn vor. Vergessen ist die schüchterne Rosaly, die brav in der Masse untertaucht. Dieser Kerl bringt einfach das Schlechteste in mir zum Vorschein, und er hat nichts Besseres verdient, als das auch auszubaden.

»Du kannst mir überhaupt nichts.« Die Überlegenheit in meiner Stimme ist total unangebracht. Pray zuckt mit einer Augenbraue, als wolle er mir das direkt unter die Nase reiben.

»Weißt du eigentlich, wie falsch du damit liegst, kleine Rosaly?«

Ich verdrehe die Augen.

»Nein, *kleiner Pray*, das tue ich nicht. Und ganz nebenbei glaube ich dir auch nicht.« Ich betone den bescheuerten Spitznamen, um ihm klarzumachen, dass ich keine Lust habe, mich von ihm so nennen zu lassen. Seine Augen verengen sich, und ich rechne fest damit, dass er mich jeden Moment angreift. Mein Körper geht wie von selbst in die antrainierte Haltung, die es mir ermöglicht, bei einem Angriff sofort zu reagieren. An dem amüsierten Ausdruck, der kurz über sein Gesicht huscht, sehe ich, dass er es bemerkt. Aber wenn dieser Kerl glaubt, er hat es mit einem süßen, wehrlosen Spielball zu tun, dann täuscht er sich.

»Pass auf, was du sagst«, zischt er und kommt mir dabei so nah, dass mir sein Duft in die Nase steigt. Herb, fast schon aufdringlich männlich. »Wenn du mich provozierst, hilft dir der niedliche kleine Selbstverteidigungskurs, dem du vermutlich diese süße Abwehrhaltung verdankst, auch nicht weiter.«

Selbstverteidigung. Beinahe entlockt er mir damit ein Lachen. Oh, wenn es das nur wäre. Pray hat nicht die geringste Ahnung, wo ich diese Reaktion tatsächlich gelernt habe.

Sein Gesicht kommt meinem gefährlich nah. Ich zwinge mich, das Flattern in meinem Bauch und die Hitze auf meiner Haut zu ignorieren. *Du willst nichts von Pray. Gar nichts. Such dir einen der anderen aus, aber auf gar keinen Fall diesen besitzergreifenden Mistsack.*

»Wir wären dann so weit!« Evils Stimme durchschneidet die Spannung zwischen uns. Unwillkürlich trete ich einen Schritt zurück.

»Gut.« Pray nickt, wendet den Blick aber nicht von mir ab. Das Grau in seinen Augen tobt so heftig, dass ich glaube, einen kalten Windzug auf meinen Armen zu spüren.

»Tox, pass gut auf sie auf. Ich habe nachher mit ihr noch eine Rechnung offen.« Der Tonfall, den Pray in diese Worte legt, verursacht mir eine Gänsehaut. Und ein Kribbeln im Bauch. Verdammt. Wie kann die Stimmung hier nur ständig so geladen sein?

Ich zwinge mich, den Blick von Prays Augen zu lösen und die Hitze zu ignorieren, die sich in meinem ganzen Körper ausbreitet. Toxic nickt Pray zu, und als ich mich nach Evil umsehe, begegne ich dem gleichen versteinerten Gesichtsausdruck. Fast, als würden die beiden sagen wollen: oh, oh.

Na super. Was dieser Ausdruck zu bedeuten hat,

will ich lieber nicht so genau wissen. Bevor ich mich vorsorglich außer Prays Reichweite bewegen kann, schlingt er einen Arm um meine Hüfte und zieht mich an sich. Mit der freien Hand schiebt er mein Haar zurück. Er beugt sich zu mir und sagt, so leise, dass nur ich ihn hören kann: »Du wirst dir nachher wünschen, nicht so frech gewesen zu sein.«

Ich straffe die Schultern, lege die Hände an seine Brust und will ihn wegschieben, aber Pray bleibt so unbeeindruckt stehen wie ein Fels in einer lauen Sommerbrise.

»Wenn du mir Angst machen willst, musst du dir schon mehr einfallen lassen.« Ich verstärke den Druck meiner Hände. Dieses Mal lässt er zu, dass ich ihn von mir schiebe. Einer seiner Mundwinkel hebt sich kurz, bevor er sich umdreht und mit Evil in der Eingangshalle verschwindet.

Einen Moment sehe ich den beiden noch nach, dann löse ich mich aus meiner erstarrten Haltung und wende mich an Toxic.

»Was sollte das denn?«

Er seufzt, macht aber keine Anstalten, mir zu antworten.

»Außerdem: Warum sollst du auf mich aufpassen? Ich komme alleine klar. Du hast doch bestimmt was anderes zu tun.« Der Gedanke, die nächsten Stunden gezwungenermaßen mit Toxic zu verbringen, gefällt mir nicht. Immerhin hat er mich gestern schon auf diese hypnotische Art geküsst. Ich bin mir sicher, dass ich mich nicht wehren würde, wenn er es noch einmal versucht. Und genau davor habe ich Angst.

»Das glaube ich dir, aber Anweisung vom Boss ist Anweisung vom Boss.« Toxic grinst schief. Was irgendwie deplatziert wirkt an dem riesigen, tätowierten Rapper. Insbesondere, wenn man im Hinterkopf hat, welche dreckigen Worte er normalerweise auf der Bühne und für ihre Songs so benutzt. Allein der Gedanke jagt mir ein merkwürdiges Kribbeln durch den Körper. Vielleicht sind das aber auch die Reste von Prays nervtötender Präsenz.

»Na toll«, murre ich. Toxic lacht.

»Komm schon, so schlimm ist das doch nicht. Gestern in der Küche hattest du auch kein Problem damit, mit mir alleine zu sein.« Da trifft er tatsächlich einen Nerv. Meine Lippen kribbeln immer noch, wenn ich an den Kuss denke. Und dann habe ich einfach ... diese Berührung von Over heute Nacht, der hauchzarte Kuss von Evil am Strand. Evils Andeutung, dass sie sich Frauen teilen ... Wäre das wirklich eine Option für mich? Mich von diesen Jungs teilen zu lassen, wie das letzte Steak vom Grill?

Nein! Ich sollte ja noch nicht mal mit einem der Poets schlafen. Geschweige denn mit mehr als einem. Aber ich weiß, dass ich mir etwas vormache. So, wie mein Körper auf diese Männer reagiert, ist das wohl eindeutig.

Mit einem einzigen großen Schritt steht Toxic dicht vor mir. Langsam, fast zärtlich streicht er mir eine Haarsträhne hinters Ohr, als wolle er Prays groben Griff an exakt dieser Stelle ausgleichen. Oder vergessen machen. Ganz sanft streifen seine Finger meine Wange und jagen mir einen Schauer nach dem anderen durch den Körper. Nachdem Evil mich vorhin am Strand so angeheizt hat, ist jede Faser in mir in Alarmbereitschaft. Ich spüre, wie sich erneut die Hitze zwischen meinen Beinen sammelt.

Toxics Lippen schweben über mir. Mein Blick gleitet von seinen grünen Augen zu dem schönen Mund und zurück. Sollte ich ...? Bevor mein Verstand eine klare Entscheidung treffen kann, reagiert mein überreizter Körper bereits. Ich strecke mich und küsse ihn.

VIERZEHN

PRAY

»Was sollte das denn schon wieder?«, meckert Evil mich an, kaum habe ich den Motor dieses lächerlichen schwarzen Kombis gestartet. Sofort vermisse ich das satte Schnurren des Aston Martin, aber da wir uns deutlich vom teuren Pflaster von Key Biscayne entfernen werden, würden wir damit nur unnötig auffallen.

Ich ignoriere Evils Gemecker. Auch Screams interessierter Blick, den ich im Rückspiegel auffange, bringt mich nicht dazu, mich ihnen zu erklären. Wozu sollte ich?

Außerdem will ich nicht zugeben, dass Evil recht hat. Mir geht dieses Mädchen wirklich zu sehr unter die Haut. Eigentlich müsste Rogers Schwester mir ziemlich egal sein. Ist sie aber nicht. Und das geht mir echt gegen den Strich. Ich sollte sie als Pfand sehen und habe nichts Besseres zu tun, als sie in Gedanken auf alle möglichen Arten zu nehmen. Bravo, Pray. Du wirst dein Imperium wegen einer Frau verlieren, wenn du zulässt, dass sie sich in deinen Kopf schleicht.

Ich trete das Gaspedal noch weiter durch. Evil neben mir flucht, als wir scharf um eine Kurve biegen.

»Spinnst du jetzt total?« Er starrt mich an.

»Ich habe keine Ahnung, was du meinst«, knurre ich und überlege ernsthaft, mit ihm nachher mal wieder eine Einheit Nahkampftraining zu machen. Gerade juckt es mich wirklich in den Fingern, für Evils nächstes Veilchen verantwortlich zu sein. Aber für unser aktuelles Vorhaben kann ich weder Rache- noch Sex-Fantasien brauchen. Jetzt sollte ich fokussiert sein und erledigen, was erledigt werden muss.

»Können wir uns einfach auf den Job konzentrieren?«, frage ich also.

Aber Evil schüttelt den Kopf. Am liebsten würde ich die Stirn gegen das Lederlenkrad schlagen, so frustrierend ist das alles. Warum habe ich mich auf diesen beschissenen Deal eingelassen? Hat Rogers darauf gehofft, dass Rosaly uns von innen zerfrisst? Gerissenes Arschloch. Damit liegt er vielleicht sogar richtig.

»Glaubst du ernsthaft, ich spaziere seelenruhig mit dir durch die Gegend, wenn du so drauf bist?« Evil mustert mich. Offensichtlich auf der Suche nach einem Anzeichen dafür, wie nah am Abzug ich heute unterwegs bin. Ich verdrehe die Augen. Da rutscht einem einmal die Knarre aus, und schon wird man ständig nebenbei therapiert.

»Reg dich ab, Evil. Ich bin total konzentriert. Alles bestens.«

Evil schnaubt. Natürlich glaubt er mir nicht.

Würde ich selbst auch nicht. Dann zuckt er zusammen.

»Scheiße, Pray, die Ampel war rot!«

Ich zucke die Schultern.

»Voll konzentriert!«, knurrt Scream vom Rücksitz. Den Rest des Wegs ignoriere ich ihre Sticheleien und konzentriere mich darauf, nicht doch noch die Cops auf uns aufmerksam zu machen. Das können wir grade echt nicht gebrauchen.

Als ich den Wagen endlich vor der verlassenen Lagerhalle parke, sieht Evil aus, als würde er mich gleich umbringen. Tja, kann ich ihm irgendwie nicht verdenken.

»Musst du eigentlich immer fahren wie eine blinde Wildsau auf Speed?«, motzt Scream beim Aussteigen, während wir uns die silbernen Metallmasken überziehen, die unsere Gesichter verdecken. Da es möglich ist, dass unsere heutigen Gesprächspartner mit dem Leben davonkommen, ist es notwendig, diese Dinger zu tragen. Wie immer sind wir sichergegangen, dass sie bereits am Treffpunkt auf uns warten. Es muss ja einen Vorteil haben, wenn man einen Technikfreak im Team hat, der problemlos alles und jeden überwachen kann.

Unsere Tarn-Identität als Musiker mag gut funktionieren, am besten versteckt man sich vor aller Augen. Je auffälliger, desto besser. Das hat mein Dad schon immer gesagt. Also benehmen wir uns als ›die Poets‹ so auffällig, dass keiner genauer hinsieht. Wir könnten offen auf der Bühne erzählen, was wir eigentlich treiben, und niemand würde uns ernst nehmen. Aber dieses Leben birgt einige Nachteile.

»Wäre doch langweilig, wenn nicht?« Meine Stimme wird bereits vom Metall der Maske gedämpft und klingt fremd. Ein weiterer Vorteil dieser Dinger. Ich kann nicht verhindern, dass meine Mundwinkel zucken. Immerhin habe ich mir echt Mühe gegeben, gesittet zu fahren.

Beide brummen nur undefiniert, bevor sie sich ohne weitere Widerworte neben mir postieren. Mit einem Griff versichere ich mich, dass meine Beretta an ihrem üblichen Platz im Hosenbund steckt. Natürlich tut sie das. Auch Evil checkt die Positionen seiner versteckten Waffen. Nur Scream steht einfach da und starrt auf die Lagerhalle.

»Bereit?«, frage ich pro forma. Meine Begleiter nicken. Ich straffe die Schultern, setze meinen besten Bossblick auf und gehe mit großen Schritten auf die Halle zu. Die Tür stoße ich auf und ignoriere das metallische Scheppern, mit dem sie gegen die Wand donnert. Gegen die brütende Hitze draußen ist es hier drinnen beinahe eisig. Ich widerstehe nur mit Mühe dem Drang, mein Sakko enger zu ziehen. Keine Schwäche zeigen, Pray. Im diffusen Licht der alten, flackernden Neonröhren entdecke ich den Grund unseres »Besuchs« sofort.

Der kleine speckige Mann, der zwischen zwei Gorillas steht, die das Wort »Bodyguard« vermutlich noch nicht mal schreiben können, grinst überheblich und steckt sich lässig eine Kippe an.

»Wie schön, dass Sie es einrichten konnten«, sagt er und stößt dabei eine Dunstwolke aus, die gemächlich in Richtung Decke treibt.

Was bildet sich dieser Sack eigentlich ein? Das hier ist mein Meeting, und dieses Arschloch arbeitet für mich. Nicht andersrum. Am liebsten würde ich ihm das sofort demonstrieren, indem ich ihm seine Zigarette ganz tief in den Rachen ramme. Oder sie ihm auf dem Handrücken ausdrücke. Ja. Beides hervorragende Ideen.

Evil neben mir ist so angespannt, dass ich genau weiß, dass er nur auf mein Zeichen wartet, um seine eigene Meinung zu diesem Drecksack kundzutun.

»Wie du dir vorstellen kannst, bin ich deutlich weniger erfreut, dass ich es einrichten musste, Rob.« Eine höfliche Anrede spare ich mir. Das wäre zum einen ohnehin Heuchelei, zum anderen soll diese Kanalratte nicht glauben, sie wäre wichtig. Für mich sind diese Typen nichts weiter als Transportmittel, die sich unauffällig durch Städte und ganze Länder bewegen und meine Waren transportieren. Wie Ratten die Pest im Mittelalter, verbreiten auch diese dreckigen Nager Tod und Verderben. Nur wesentlich lukrativer.

»Mir wurde zugetragen, dass eine unserer Lieferungen deutlich dezimiert wurde«, erkläre ich weiter, verschränke die Arme vor der Brust und mustere den Fleischberg auf Beinen. Das Hemd hat Mühe, die Massen an Fett zu überdecken, und spannt bedrohlich am Bauch. Möglicherweise ist das seine Geheimwaffe und er will uns mit seinen Knöpfen erschießen. Sein halb ergrautes Haar hängt ihm fettig ins Gesicht. Ja, Robert Brooks gehört schon immer zu den besonders unangenehmen Vertretern meiner kleinen Ratten. Ein peinlicher Goldzahn blitzt auf, als er lächelt.

»Dafür kommst du mit gleich zwei Schoßhunden?«, stichelt Brooks. Das drohende Geräusch, das Scream ausstößt, macht es schwierig, zu behaupten, ich hätte keine ›Hunde‹ dabei.

»Na du scheinst dich ja heute auf Gorillas zu verlassen.« Ich zucke die Schultern und gebe Evil ein Zeichen. Aber Scream ist schneller. So viel schneller, dass es selbst mir beinahe entgeht, wie er die Waffe zieht, den beiden Kolossen direkt zwischen die Augen schießt und die Pistole zurück unter den Pullover steckt. Sekunden später sacken Brooks Begleiter zusammen. Scream hat nicht mal mit der Wimper gezuckt. Seine Hände sind bereits wieder entspannt in die Taschen geschoben, und er mustert die beiden Leichen, als wären sie nichts weiter als ein abstraktes Gemälde in einer schrägen Galerie.

Robert Brooks starrt auf die Körper, als würde ihm erst jetzt klar, dass die Sache wirklich ernst ist. Erschrocken quietschend tritt er einen Schritt zurück, um seine Schuhe vor dem sich ausbreitenden Blut am Boden zu schützen. Dabei fällt ihm die glühende Kippe aus dem Mund. Trottel. Hat er noch nicht verstanden, dass ein Tröpfchen Blut an den Schuhen gleich sein geringstes Problem sein wird?

»Also«, sage ich ruhig und bewege mich auf Brooks zu, der immer weiter zurückweicht. »Was hast du uns zu unseren Verlusten zu sagen, Rob?«

Brooks springt an mir vorbei. Sofern man das bei seiner Masse so nennen kann. Aber Evil und Scream versperren ihm zuverlässig den Weg.

»Wo willst du denn hin?« Irgendwo in die eisige

Kälte meiner Stimme schleicht sich ein Hauch Belustigung. Und ich gebe mir nicht besonders viel Mühe, das zu verbergen. Brooks wird es sowieso niemandem mehr erzählen. Langsam scheint diesem Idioten das klar zu werden. Er quiekt wie ein aufgeregtes Ferkelchen und rennt in vollem Lauf, oder unter normalen Menschen eher Schritttempo, auf die kleine Lücke zwischen Evil und Scream zu. Aber so leicht machen die beiden es ihm natürlich nicht. Evil macht einen Schritt zur Seite und greift unbeeindruckt nach Brooks. Mit einer einzigen Bewegung dreht er der Ratte die Arme auf den Rücken und zwingt ihn mit einem gezielten Tritt auf die Knie. Neben ihm zückt Scream zwei lange Messer. Obwohl ich das irre Grinsen auf seinem Gesicht natürlich nicht sehen kann, weiß ich, dass es da ist.

»Ah, du bleibst also doch noch.« Mit wenigen Schritten stehe ich vor dem Mistkerl und funkele auf ihn herab. Scream tritt neben mich und spielt mit einer der Klingen, als müsse er sich ernsthaft aufwärmen.

»Das trifft sich gut. Mein Kumpel hier sucht schon lange ein neues Spielzeug.« Ich deute auf Scream, der auf eine Art lacht, die selbst mir Gänsehaut verursacht.

»Ich würde dir also empfehlen, ihm keinen Grund zu geben, mit dir spielen zu wollen. Du kannst mir wirklich glauben, Rob, das würde dir nicht gefallen.« Auf widerwärtige Weise macht es mir Spaß. Es gefällt mir, wie sich dieser Wurm vor mir windet, wie seine Augen langsam feucht werden und er mich ansieht, als wäre ich sein schlimmster Albtraum. Überraschung: Damit liegt er goldrichtig.

»Also, Robbie, hast du uns was zu sagen?«

Zur Unterstützung drückt Evil ihm die Handgelenke fester zusammen und bringt Brooks damit noch einmal zum Aufquietschen. Es würde mehr Spaß machen, wäre der Kerl nicht so leicht zu brechen. Seine Unterlippe bebt bereits, und seine feuchten Glupschaugen pendeln zwischen mir und Scream hin und her, kleben kurz an den Klingen und richten sich wieder auf mich.

»Ich … ich … also, ich … kann das erklären!«, stammelt der Fettsack. Langsam fängt er an, mich ernsthaft zu langweilen. Ich gebe Evil ein Zeichen und trete einen Schritt zur Seite, um Scream Platz zu machen.

Scream setzt die Messer an und zieht sie gemächlich durch Brooks billigen Anzug. Der Stoff färbt sich sofort rot. Das helle Quieken, das Brooks ausstößt, hallt von den Wänden wider.

»An deiner Stelle würde ich mich beeilen«, informiere ich ihn. Wie auf Kommando platziert Scream die Klingen neu.

»Ich frage dich, weil ich so nett bin, jetzt noch einmal: Wo ist unsere Ware?«, wiederhole ich. Dieses Arschloch kann mir nicht ernsthaft erzählen, er hätte eine riesige Lieferung Waffen und mehrere Kilo Kokain verloren. So was verliert sich ziemlich schlecht.

Brooks windet sich in Evils Griff, aber die Ratte hat keine Chance.

»Gut! Aufhören! Ich … also …«

Die nächste halbe Stunde singt der Fettsack wie ein dressierter Kanarienvogel. Natürlich war er selbst ›gar nicht beteiligt‹ daran, uns zu beklauen. Ich glaube ihm kein Wort. Aber immerhin habe ich jetzt ein paar

Namen. Und dieser Arsch darf noch einen letzten Job für mich erledigen.

»Pass auf, Robbie«, sage ich dicht vor dem blutenden, heulenden Penner am Boden, während Scream seine Klingen an einem Fetzen von Brooks' Anzug sauber wischt.

»Ich hab heute meinen großzügigen Tag.« Gelogen. Aber das macht für ihn sowieso nur einen kleinen Unterschied: Ein paar Stunden leben mehr oder weniger. Wenn diese Schabe ihren Job allerdings einmal richtig macht, schafft er uns damit eine Menge Probleme vom Hals.

»Deshalb hast du die Option, diesen Fehltritt wiedergutzumachen. Bis heute Abend lieferst du mir die Verantwortlichen. Und ihr gleicht schön unsere Verluste aus. Sonst werden wir euch finden, egal wo ihr schäbigen Kakerlaken euch versteckt. Und beim nächsten Mal wird mein Kumpel da ...«, ich deute auf Scream, »dir wirklich wehtun. Verstanden?«

Brooks nickt heftig. Blut tropft aus etlichen Schnitten. Aus einem läuft ihm sogar ein Rinnsal ins Auge. Das muss unangenehm sein. Gute Arbeit. Ich schenke Scream ein anerkennendes Nicken, bevor ich Evil ein Zeichen gebe, damit er den Kerl loslässt. Einen Moment glaube ich, Evil würde zögern, aber nur den Bruchteil einer Sekunde später folgt er meiner Aufforderung dann doch. Dafür werde ich trotzdem ein Wörtchen mit ihm reden.

Brooks kriecht auf allen vieren auf die Tür der Lagerhalle zu, versucht stolpernd, sich aufzurichten, und landet auf dem dicken Bauch.

Ich gehe ungerührt in Richtung Ausgang. »Bis später, Robbie.« Im Vorbeigehen trete ich ihm ›versehentlich‹ auf die Hand. Ein Knochen knackt unter meinem Fuß. Brooks schreit gequält auf. Dass er nach Screams kleiner Einlage überhaupt noch dazu fähig ist und sich nicht schon längst heiser gebrüllt hat, wundert mich. Na ja, das können wir notfalls nachholen.

Mit dem ersten Schritt nach draußen betrachte ich mein Hemd und die verteilten Blutspritzer, die sich wie ein Muster darüber verteilen. Dummerweise hat auch mein Anzug ein paar Flecken abbekommen. Deshalb nehme ich Scream so ungern mit. So viel Spaß er an diesen Dingen hat, genauso eine riesige Sauerei macht er dabei.

»Scream, würdest du …« Ich deute auf die Lagerhalle, bevor ich den Kofferraum öffne und ein Shirt aus einer vorbereiteten Reisetasche herausnehme, das ich gegen meine blutigen Sachen tausche. Je ein weiteres Shirt reiche ich Evil und Scream. Letzterer hat bereits das Handy am Ohr und telefoniert mit Garcia. Unser ›Manager‹ hat tatsächlich wesentlich mehr zu managen als Auftritte, Tour-Termine und so einen Unsinn.

Evil schält sich aus dem Sweater und wirft ihn in die Tasche.

»Musste das wieder sein, dass du so wild mit deinen Spielzeugen fuchtelst?«, murrt er und untersucht einen oberflächlichen Schnitt an seinem Unterarm. Ja, manchmal ist Scream ein wenig unachtsam, wen er da gerade erwischt.

»Bin abgerutscht. Reg dich ab. Ist nur 'n Kratzer.« Scream steckt das Handy in die Hosentasche. Einen

Moment starrt er den sauberen Stoff in meiner Hand an, dann seufzt er, zieht ebenfalls den Hoodie aus und ersetzt ihn mit dem schwarzen Shirt. Wortlos steigen wir in den Wagen, nehmen hinter den getönten Scheiben die Masken ab und stopfen die Dinger zurück ins Handschuhfach.

»Ruf Over an und sag ihm, er soll Brooks überwachen«, weise ich Evil an, bevor ich den Motor anlasse. Er wählt schon, ehe ich den Satz zu Ende gesprochen habe. Aber außer dem Freizeichen höre ich nichts.

»Wo zur Hölle steckt der Idiot?«

FÜNFZEHN

ROSALY

Ich versinke vollkommen in diesem Kuss. Auch wenn ich nicht weiß, was ich mir dabei gedacht habe: Es fühlt sich unglaublich gut an. Dieses Mal halten wir uns nicht mit zarten, unschuldigen Küsschen auf. Unsere Lippen öffnen sich synchron. Toxics geschickte Zunge tanzt um meine, spielt mit mir, lockt mich und zwingt mich zu einer Reaktion. Ganz anders als Prays harter, verlangender Kuss, der genauso fordernd und grob war wie Pray selbst. Das hier ist einfach nur schön, und es weckt einen Hunger auf mehr. Schon wieder. Ich dränge mich ihm entgegen, schiebe ihm eine Hand in den Nacken und intensivere den Kuss noch weiter. Wie von selbst gleiten meine Finger unter den Saum des Shirts. Streifen über seine definierten Bauchmuskeln. Sie fühlen sich genauso perfekt an, wie ich es gestern bereits vermutet hatte.

Toxic stößt einen überraschten Laut aus und entlockt mir damit ein kleines Lächeln. Offensichtlich hat er nicht damit gerechnet, dass ich so offensiv sein könnte. Tja, falsch gedacht. Wie zur Bestätigung lasse ich die Hand noch weiter nach oben gleiten und taste mich an ihm vor, als würde ich mir jeden Zentimeter seines Körpers einprägen wollen.

Langsam, fast fragend spielt Toxic mit dem Saum meines Kleids, bevor er vorsichtig eine federleichte Berührung an meinem Oberschenkel platziert. Sofort jagt eine wohlige Wärme von seiner Handfläche aus über mich hinweg. Seine Finger sind ein wenig rauer, als ich es von einem Rapper erwarten würde. Und als die von Evil. Ich schüttele den Gedanken ab.

In aufreizend kleinen Kreisen arbeitet er sich weiter nach oben. Ich wackele mit der Hüfte, presse mich enger an seinen starken Körper und spüre, dass ihn das hier genauso anmacht wie mich. Seine Erregung presst sich gegen mich. Zumindest muss *er* definitiv nichts kompensieren, stelle ich zufrieden fest. Weil es sich viel zu gut anfühlt, zu spüren, welche Wirkung ich auf ihn habe, kann ich nur mit Mühe der Versuchung widerstehen, einfach seine Hand zu greifen und zu meiner feuchten Mitte zu führen. Damit er spürt, dass mein Körper genauso heftig auf ihn reagiert.

Einen Moment steht die Zeit still. Selbst unsere wild tanzenden Zungen scheinen innezuhalten. Dann packt er mich am Hintern, hebt mich mühelos hoch und trägt mich ein paar Schritte. Sanft, beinahe vorsichtig lässt er mich mit dem Rücken aufs Sofa sinken. Der weiche Stoff gibt unter mir nach, und ich spüre die Bewegung der Sitzfläche, als Toxics Gewicht sich darauf niederlässt. Er berührt mich kaum, stützt sich so ab, dass ich nicht unter seinem massiven Körper gefangen bin. Die Hand liegt immer noch an meinem Hintern, schiebt sich mit meinem Kleid langsam nach oben. Sanft fährt er mir über den Bauch, Stück für Stück weiter, bis er meine Brüste erreicht und mir das Bikini-Oberteil abstreift. Die hauchzarte Berührung an meinen steifen Nippeln entlockt mir ein Aufstöhnen, das Toxic mit seinen Lippen erstickt. Ich winde mich unter ihm. Will seine Hände überall auf meinem Körper fühlen können. Vor allem aber will ich ihn in mir spüren.

Langsam löst er sich von mir und sieht mir tief in die Augen.

»Ich will dich nicht bedrängen. Es …« Bevor er weitersprechen kann, greife ich ihm wieder in den Nacken und küsse ihn erneut. Dieses Mal so verlangend, dass es keinen Raum mehr für Missverständnisse geben kann. Ein leises Keuchen entringt sich seiner Kehle. Ich will ihn.

Als hätte ich das mit diesem Kuss nicht bereits deutlich genug gemacht, zerre ich Toxic das Shirt über den Kopf. Er lacht leise, hilft mir dabei, ihn von dem Stoff zu befreien, und zieht mir in einer einzigen geschickten Bewegung das Kleid aus. Es landet neben uns auf dem Boden. Das Bikini-Oberteil segelt sofort hinterher.

Sein Blick gleitet über meinen Körper. Neugierig, entzückt und irgendwie … hungrig. Wow. Selten hat mich jemand so sexy angesehen.

»Du bist wunderschön, Kleines.« Seine Augen sind plötzlich dunkel und spiegeln sein Verlangen fast so eindeutig wie die Beule in seiner Hose. Zur Antwort strecke ich eine Hand aus, öffne den Knopf seiner Jeans und streife parallel meine Flipflops von den Füßen.

Sekunden später kniet Toxic nur noch in schwarzen Boxershorts über mir. Wieder sucht sein Blick meinen, als würde er um Zustimmung bitten. Diese Zurückhaltung ist irgendwie süß. Als hätte er Angst, er könnte eine Grenze überschreiten, wenn er das letzte Stück Stoff entfernt. Alles in mir verglüht bereits vor Lust. Das ertrage ich nicht viel länger. Das Bikinihöschen ist zwischen meinen Beinen so durchnässt, dass es vermutlich Flecken auf dem teueren Sofa hinterlässt.

Wieso zögert er? Worauf wartet er?

»Bist du dir ganz ...«, setzt er an, bricht aber mitten im Satz ab, denn mir reicht diese sanfte Zurückhaltung jetzt wirklich. Ich drücke mich vom Sofa hoch, küsse ihn, streife ihm die Shorts ab und schiebe ihn weiter, bis er nackt vor mir sitzt. Ohne auf sein Aufkeuchen zu achten, ziehe ich die Schleifen meines Höschens auf und lasse den Stoff einfach zu Boden fallen. Dann klettere ich auf seinen Schoß, krabbele dicht an ihn heran. Meine Mitte reibt über seine Spitze und entlockt uns beiden ein Stöhnen. Ich positioniere mich, will mich gerade auf ihn herabsinken lassen, da packt Toxic eine meiner Pobacken. »Stopp!«

Erschrocken starre ich ihn an. »Was?«

Hat er wirklich vor ... Aber statt mich von sich zu schieben, hält er mich an Ort und Stelle fest, angelt an mir vorbei und das Schaben einer Schublade ertönt.

Grinsend taucht er wieder vor mir auf und lässt mich nur kurz los, um das Kondomtütchen aufzureißen und sich das Gummi routiniert überzustreifen. Oh! Sehr berechtigter Stopp. Natürlich will ich sicher nicht das Risiko eingehen, dass mich einer der Poets schwängert. Oder mir sonst was an ihm holen. Wer weiß schon, wie viel an den Gerüchten über die ganzen Groupies tatsächlich dran ist … Meine Gedanken stoppen jäh, als Toxic mich schwungvoll mit dem Rücken zurück auf das Sofa befördert. Dann gleitet er in mich. Langsam. Vorsichtig. Als könne er mich verletzen. Ich schlinge die Beine um ihn, ziehe ihn näher an mich. Obwohl seine Größe beeindruckend ist, warte ich vergeblich auf den Schmerz, mit dem ich gerechnet habe. Stattdessen trifft er einen Punkt in mir, der mich schon bei der ersten Berührung aufstöhnen lässt. Er bewegt sich zögerlich. Das reicht mir nicht. Ich will ihn richtig. Ganz. Ohne diese verdammte Vorsicht. Also sehe ich ihm direkt in die Augen.

»Du wirst mir nicht wehtun«, sage ich fest. »Und du musst dich nicht zurückhalten.« In seinem Blick flackert es. Er glaubt mir nicht. »Also hör auf zu spielen und fick mich richtig.«

Einen Moment huscht Überraschung über sein Gesicht. Dann lacht er leise und küsst mich. Nicht mehr langsam, sondern genauso fordernd und verlangend, wie ich ihn zuvor geküsst habe. Sehr viel besser!

»Das …«, er löst sich atemlos von meinen Lippen, »… hättest du nicht sagen sollen.«

Ohne auf meine Antwort zu warten, stößt er in mich. Ich stöhne auf, umklammere ihn fester mit den

Beinen, recke mich seinen Stößen entgegen. Keine Spur seiner Zurückhaltung mehr. Er nimmt mich so hart, dass ich glaube, Sternchen zu sehen, und schickt mich damit in ungeahnte Sphären. Seine Lippen finden meine Nippel. Diese kleine Berührung reicht aus, um mich in tausend Einzelteile zerspringen zu lassen. Nur wenige Stöße später stöhnt auch Toxic heiser auf und entlädt sich pulsierend in mir. Bevor er sich schwer atmend neben mir auf die Sitzfläche rollt. Der Geruch von Schweiß, Latex und Sex mischt sich mit Toxics speziellem Duft. Eine betörende Mischung, die meine Mitte erneut verräterisch ziehen lässt.

Er streckt eine Hand aus und streicht mir eine klamme Haarsträhne aus den Augen. Sein Grinsen ist ansteckend.

»Das war ...« Er scheint nach Worten zu suchen.

»Ziemlich nett?«, schlage ich vor und zwinkere ihm frech zu, dafür ernte ich ein dunkles Lachen. »Unerwartet«, korrigiert er mich.

»Und verdammt sexy.«

Wir blinzeln. Das war weder Toxics noch meine Stimme. Ich blicke auf und sehe azurblaue Augen, die uns betrachten. Darunter glänzt ein amüsiertes Zahnpasta-Lächeln.

Stöhnend vergrabe ich den Kopf in einem Sofakissen. Das kann jetzt nicht wahr sein.

»Seit wann stehst du da?«, fragt Toxic und hört sich nicht im Mindesten beschämt an. Tatsächlich klingt er nicht mal überrascht.

»Und warum?«, nuschele ich in das Kissen. »Noch nie was von Privatsphäre gehört?«

Over lacht. Seine nackten Füße tapsen über den Marmorboden. Offensichtlich hat er seinen Platz an der Wand zur Küche also verlassen.

»Privatsphäre?« Aus Overs Mund hört es sich an, als wäre es etwas absurd Exotisches. »Wenn du nicht willst, dass jemand zusieht, habe ich einen Tipp: Lass dich beim nächsten Mal nicht in unserem Wohnzimmer flachlegen. Außerdem ...« Obwohl ich nach wie vor versuche, mich in dem Kissen zu verstecken, bemerke ich, dass Overs Stimme auf diese raue Art leiser wird. Der Tonfall, den er anschlägt ... Ich schaudere. Es ist der gleiche, den er verwendet hat, als er in der Küche so dicht hinter mir stand.

Verdammt! Eigentlich sollte die kleine Nummer mit Toxic ein wenig Druck herausnehmen. Dafür sorgen, dass mein Körper nicht mehr so unter Hochspannung steht. Trotzdem kribbelt mir Overs Stimme auf der Haut, jagt eine neue Welle aus Hitze zwischen meine Beine.

»... war das zu heiß, als dass ich hätte wegsehen können. Und ich hätte dich vermutlich sowieso bis oben gehört«, schnurrt Over leise. Ich spüre seinen Atem auf der nackten Schulter. Oh oh! Viel zu nah! Definitiv viel zu nah! Einen Moment überlege ich, ob ich näher an Toxic rutschen soll, um von Over wegzukommen, aber auf der anderen Seite ist Over zumindest immerhin noch angezogen. Deshalb funkele ich ihn über die Schulter böse an.

»Würdest du jetzt aufhören, mich anzuglotzen?«, motze ich. Aber Over schüttelt grinsend den Kopf. »Da wäre ich doch schön blöd. Die Aussicht gefällt mir nämlich ziemlich gut.«

Ich schnaube und taste auf dem Boden nach meinem Kleid und meinem Höschen. Dabei bin ich gezwungen, mich aufzurichten. Schnell schiebe ich mir einen Arm quer über die Brüste, um wenigstens das Nötigste zu verdecken.

»Das kannst du dir eigentlich auch sparen. Hab eh alles gesehen. Sogar, wie schön sie auf und ab hüpfen, wenn du dich hart vögeln lässt. Also gibt's keinen Grund mehr, schüchtern zu sein.« Sein anzügliches Grinsen sorgt dafür, dass ich puterrot anlaufe. Na herrlich. Das war so absolut nicht geplant. Das hätte definitiv nicht passieren dürfen. Und Over hätte schon gar nicht dabei zusehen sollen.

»Spanner«, murre ich. Aber Over zuckt die Schultern und grinst nur weiter dämlich vor sich hin. »Tja, sorry.« Er hebt abwehrend die Hände und tritt tatsächlich einen Schritt zurück, sodass ich mich vollständig aufsetzen und meine Sachen am Boden aufsammeln kann. Obwohl er ohnehin schon alles gesehen hat, achte ich weiter darauf, dass ich mich, so gut es geht, verdecke. Geistesgegenwärtig setzt Toxic sich hinter mir auf und legt seine Hände auf meine Brüste. So verdeckt er sogar mehr als mein Bikinioberteil. Erleichtert atme ich auf.

»Danke.«

Toxic zwinkert mir zu.

»Oh, Runde zwei?«, fragt unser ungebetener Gast. Es klingt wesentlich interessierter, als es sollte. Immerhin geht das Over so oder so nichts an. »Dieses Mal hätte ich ein paar Regieanweisungen.« Er wackelt mit den Augenbrauen und lässt seinen Blick ungeniert an mir hoch und runter wandern.

»Er nervt«, murre ich in Toxics Richtung. Der zuckt nur die Schultern, rückt näher an mich heran und verändert die Position seiner Hände. Statt weiter heldenhaft die Aussicht auf meine Brüste zu versperren, beginnt er, sanft mit meinen Nippeln zu spielen. Ich beiße mir auf die Unterlippe, um das Stöhnen zu unterdrücken, das sich meine Kehle hinaufwindet. Einmal mögen wir versehentlich vor Overs Augen Sex gehabt haben, ein zweites Mal passiert mir das garantiert nicht. Auch wenn es zwischen meinen Beinen schon wieder verdächtig glüht und Toxics Härte mich eindeutig auffordernd in den Rücken stupst. Braucht dieser Mann denn gar keine Pause?

»Findest du?« Die raue Stimme an meinem Ohr macht meine aufwallende Erregung nicht besser. Was zur Hölle ist nur mit meinem Körper los? Müsste ich mich nicht eigentlich in Grund und Boden schämen? Stattdessen finde ich es ... irgendwie heiß, dass Toxic mich so ungeniert unter Overs glühendem Blick befummelt. Wow. Das ging schnell. Das ist selbst für meine dunkle Seite eine heftige Nummer!

Und Over steht viel zu nahe. Tatsächlich hat er sich nur knapp einen Schritt von mir wegbewegt. Die Spannung in der Luft macht das natürlich nicht besser. Toxics geschickte Finger massieren meine Brüste weiter und schicken glühende Hitzewellen durch meinen Körper. Dieses Mal kann ich das Stöhnen nicht unterdrücken.

»Fuck. Das ist so heiß.« Overs Augen sind dunkel und er setzt diesen unwiderstehlichen Schlafzimmerblick auf. So sexy. Toxics Lippen treffen mich an der Schulter, wandern zu meinem Nacken.

»Hmmmm …« Ich neige den Kopf, um Toxic leichteren Zugang zu meinem Hals zu verschaffen. Over hat recht. Das ist wirklich heiß. Von einem Mann berührt zu werden und gleichzeitig von einem anderen, der einen mindestens so sehr begehrt, bewundert zu werden, ist berauschend. Wunderschön und einfach unglaublich erotisch. Es fühlt sich wahnsinnig verboten und zur selben Zeit seltsam richtig an.

Ich versinke in dem tiefen Dunkelblau, das Overs Augen angenommen haben, und genieße das Gefühl von Toxics Händen auf meinen Brüsten.

Dann überbrückt Over den letzten Meter und presst seine Lippen auf meine. Während Toxic meinen Nacken liebkost. Das ist so verrückt. Aber ich habe gar keine Zeit, weiter darüber nachzudenken. Das Gefühl, den beiden Männern auf diese Weise nahe zu sein, lässt meinen Verstand aussetzen. Overs Kuss ist wie er. Selbstbewusst, frech, ein bisschen unverschämt, sehr direkt und wahnsinnig sexy. Wie von selbst öffne ich meinen Mund. Sofort gleitet seine Zunge hinein. Ich stöhne heftig an seinen Lippen, als Toxic einen meiner Nippel zwischen den Fingern rollt. Mein Rücken biegt sich durch. Overs amüsiertes Lächeln kann ich an meinem Mund spüren, bevor er den Kuss weiter intensiviert. So sehr, dass mir davon schwindelig wird. Was tun sie nur mit mir?

Mein Körper jedenfalls ist schneller als mein Kopf

und lässt sich voll und ganz in die Berührungen fallen. In mir brodelt eine Kombination aus kribbelnden Empfindungen und sengender Hitze. Habe ich je etwas gefühlt, das so intensiv war? Ich erinnere mich nicht mehr daran. Ohne dass ich begreife, was ich tue, strecke ich eine Hand nach Over aus, vergrabe sie in seinem Shirt und ziehe ihn näher an mich.

Ein überraschter Laut entfährt ihm. Toxics leises Lachen streift meinen Nacken.

»Ja«, schnurrt er. »Ich war auch ziemlich erstaunt, aber unser schüchternes Mädchen ist ein kleines Raubkätzchen.« Statt zu antworten, zieht Over mich an sich. Der Kuss wird so heiß, dass ich spüre, wie meine Wangen glühen. Dann lösen sich seine Lippen von meinen. Ein frustrierter Laut entfährt mir. Over grinst, zwinkert mir zu und lässt sich zwischen meinen Beinen auf die Knie sinken. Das ... was?

»Darauf habe ich mich schon gefreut!« Er klingt, als würde sich tatsächlich gerade ein Wunsch für ihn erfüllen, allein damit, dass er vor mir auf dem Boden kniet und meine vor Feuchtigkeit glänzenden Schamlippen mustert. »Dann wollen wir mal schauen, ob das genauso wird, wie ich es mir vorstelle.« Wieder zwinkert er mir zu und senkt seine Lippen auf meine pulsierende Mitte. So selbstbewusst wie sein Kuss ist auch die Art, wie er mich leckt. Frech, wild und viel zu gut. Stöhnend werfe ich den Kopf in den Nacken und begegne Toxics Mund, der bereits darauf wartet. Finger kreisen auf meinen Nippeln, der intensive Kuss und die Zunge, die geschickt in langen Schlägen an mir entlang gleitet und meine pochende Perle massiert, bringen mich beinahe um den Verstand. Ich spüre die Welle der Lust, die sich rasend schnell in mir aufbaut. Meine Finger krallen sich in Overs Haar, was ihn nur noch weiter anspornt. Er verstärkt den Druck auf meiner Klit und lässt mich heftig explodieren. Alle meine Muskeln verkrampfen sich. Der Höhepunkt will einfach nicht abebben. Und die Tatsache, dass Over trotz meiner zitternden Beine nicht aufhört und mich weiter mit der Zunge bearbeitet, macht es nicht besser.

Wieder und wieder lässt er mich zerspringen und wartet keine Sekunde, um mich auch nur durchatmen zu lassen. Erst als ich keuchend um Gnade flehe und meine Beine von seinen Schultern rutschen, lässt er von mir ab.

Alles in mir ist weich und wattig. Meine Lider klappen automatisch zu. Bin ich müde …

»Sieht aus, als hätte es ihr gefallen«, mutmaßt Over. Ich brumme leise und Toxic lacht. »Hört sich ganz so an«, bestätigt er. Mein Kopf wird auf ein Kissen gebettet, jemand deckt mich zu und dann hüllen mich vier Arme ein.

SECHZEHN

ROSALY

»Was soll das werden?« Prays Stimme schneidet durch unseren friedlichen Moment.

»Was denn?«, murrt Over, und Arme ziehen mich fester gegen einen trainierten, eindeutig nackten Männerkörper. Was …? Mein Verstand hängt irgendwo zwischen dem wohlig-weichen Gefühl in meinen Gliedern und den beiden Männern, an die ich mich gerade kuschele.

»Was brüllst du denn so rum?« Ich blinzele, schließe aber die Augen sofort wieder, weil ich so oder so nur gegen einen nackten, tätowierten Oberkörper starre, und nehme mir fest vor, Pray dafür zu erschlagen, dass er uns stört. Dabei war es gerade so schön, die Nähe der beiden noch ein wenig zu genießen. Es hat sich fast schon ein bisschen angefühlt, als wäre das hier mehr als Sex.

»Was macht ihr da?«, fragt Pray erneut, dieses Mal

bedrohlich leise. Der Körper hinter mir reagiert zuerst und richtet sich langsam auf.

»Reg dich ab, Mann.« Over gähnt, und ein zweiter Arm schlingt sich um mich.

»Wonach sieht's denn aus?«, nuschelt Toxic in meine Haare.

»Das will ich ja grade von euch wissen!« Pray zornt herum wie ein Kleinkind, dem man seinen Lutscher abgenommen hat. Ich seufze, gähne noch einmal und blinzele erneut. Dieses Mal setze ich mich auf, bevor Toxics Brust mich wieder ablenken kann.

»Wer hat gesagt, dass dich das was angeht?«, frage ich um einen möglichst neutralen Ton bemüht, streiche mir die Haare glatt und halte mit der anderen Hand die Decke so fest, dass sie meine nackten Brüste bedeckt. Overs leises Lachen dringt vermutlich sogar bis zu Pray. Dieses Mal werde ich nicht dabei zusehen, wenn dieser Sack sein übersteigertes Ego an seinen Kollegen abreagiert.

Evil steht nur einen Schritt von Pray entfernt und mustert ihn.

»Kann man euch nicht alleine lassen, ohne dass ihr eure Schwänze in alles steckt, was sich bewegt?« Pray ist so rot vor Wut, dass ihm vermutlich gleich Dampf aus den Ohren steigt. Ich verdrehe die Augen.

»Und du weißt woher, dass sie das haben?« Ich ignoriere die Tatsache, dass zumindest Toxic und ich vollkommen nackt und dass Overs Haare auffallend verstrubbelt sind.

»Ach, kuschelt ihr einfach nur so aus Spaß nackt und ...«, Pray deutet auf Over, »... was auch immer das da soll?« Der schneidende Blick aus den grauen Augen wird noch kälter, bis ihre Farbe mich an die Klingen von Toxics Messern erinnert. »Und du siehst einfach seit Neuestem standardmäßig aus, als hätte dich irgendwer in den Himmel gevögelt?«

Meine Wangen laufen rot an, trotzdem zwinge ich mich zu einem spöttischen Gesichtsausdruck und hebe eine Augenbraue. »Sag bloß, du weißt, wie das aussieht? Oh, warte, du verbringst ja so viel Zeit mit deinen Freunden. Da musst du morgens schon die eine oder andere echt glückliche Frau gesehen haben. Nur kamen die vermutlich nie aus deinem Bett.«

Einen Moment ist es still. Alle Männer im Raum halten die Luft an. Wahrscheinlich könnte man eine Stecknadel fallen hören. Toxic richtet sich auf und zieht mich näher an sich, während Over ebenfalls hastig seine Position ändert und sich so aufsetzt, dass sein Körper mich vor Pray abschirmt. Würde er sich ernsthaft für meine Frechheit schon wieder von seinem Boss vermöbeln lassen? Was haben die eigentlich für ein krankes Verhältnis miteinander?

Pray starrt mich noch einen Moment böse an, dann zucken seine Mundwinkel. »Was auch immer ihr mit ihr gemacht habt: Tut's weiter, bis sie sich endlich den Stock aus dem Hintern zieht.« Dann dreht er sich um und verschwindet in der Küche. Evil bleibt zurück und sieht zwischen Over, Toxic und mir hin und her.

»Ihr feiert hier eine kleine Party, sobald wir zur Tür raus sind?« Er hebt eine Augenbraue. Seine Augen funkeln belustigt. Im Gegensatz zu Pray wirkt er kein bisschen sauer.

»Gut. Ich hatte befürchtet, unser Täubchen wäre schüchtern. Wie schön, dass ihr so schnell den Gegenbeweis aufstellen konntet!« Das Grinsen schleicht sich sogar hörbar in seine Worte und er zwinkert mir zu.

Endlich löst sich die Anspannung und wir lachen.

»Dass du so lebensmüde bist, Pray zu provozieren.« Toxic schüttelt den Kopf und macht sich von mir los, um seine Klamotten vom Boden aufzusammeln.

»Er hat irgendeinen Narren an unserem Täubchen gefressen«, stellt Evil fest und mustert mich. Ausnahmsweise ohne Sonnenbrille, kann ich ihm tatsächlich mal in die Augen sehen. Das Veilchen, das mir heute Morgen schon aufgefallen ist, hat einen ungesund dunklen Farbton angenommen. Wieder frage ich mich, ob es von Pray stammt. Aber Evil, der massige Muskelprotz mit dem Engelsgesicht, sieht nicht aus, als müsste er sich von dem kleineren, drahtigeren Pray tatsächlich verletzen lassen. Vermutlich könnte Pray ihm nicht mal ernsthaft wehtun, wenn er es darauf anlegen würde. Aber dann schleicht sich das Bild der sturmfarbenen Augen in meine Gedanken. Das wilde Wirbeln darin und dieser Abgrund, den ich jedes Mal sehe, wenn ich Prays Blick begegne …

»Wie kommst du darauf? Ich schätze eher, er kann mich nicht leiden.« Ich zucke die Schultern. Es ist mir echt egal, ob Pray mich mag. Wirklich. Warum sollte mich das auch interessieren? Immerhin habe ich gerade eine Art ziemlich schrägen Dreier mit zwei der Poets gehabt. Und das war der absolute Wahnsinn. Also: Warum dann Gedanken an Pray verschwenden?

Die Jungs lachen synchron.

»Ach, mach dir nichts vor, schöne Frau. Wenn das nicht so wäre, würde er nicht jedes Mal ausflippen, wenn einer von uns deinen hübschen Körper antatscht.« Over dreht sich zu mir um und grinst schief. In einer Hand hält er mein Kleid. Wo auch immer er das hergezaubert hat. »Das sollte ich behalten. Steht dir eh nicht. Zu brav. Außerdem siehst du ohne viel besser aus.«

Ich verdrehe die Augen und greife danach, aber Over zieht es weg und hält es über seinen Kopf. Schnaubend krabbele ich auf seinen Schoß und strecke die Hände nach meinem Kleid aus.

»Ja, genauso hatte ich mir das vorgestellt.« Over grinst verzückt. Erst jetzt fällt mir auf, dass sich die Decke natürlich längst verabschiedet hat und ihm meine Position eine erstklassige Aussicht auf meine nackten Brüste gewährt.

Sofort jagt ein Schauer durch meinen Körper. Der dunkle Blick, den Over mir zuwirft, sorgt dafür, dass meine Mitte bereits wieder zu prickeln beginnt. Auch unter mir regt sich eindeutig etwas.

Oh!

Wie konnte ich nur vollkommen nackt einfach so auf seinen Schoß klettern und erwarten, dass ... was? Dass er mir mein Kleid zurückgibt? Dass er aufhört, sich wie ein Teenager zu benehmen? Dass er das nicht irgendwie genießen könnte? Dass er mir nicht sofort an die – nicht vorhandene – Wäsche geht?

Ich schlucke, blinzele und starre einfach nur auf sein schiefes Grinsen, das sich langsam, aber bestimmt meinen schon wieder harten Nippeln nähert.

Im Bruchteil einer Sekunde entscheide ich, mich nicht vor Evil von Over auf diese Art berühren zu lassen ... Das wäre mir garantiert unangenehm. *Aber damit, dich von ihm lecken zu lassen, während Toxic dich befummelt, hattest du kein Problem? Heuchlerin.*

Ich verdränge den Gedanken hastig und schiebe mich von Overs Schoß hoch. Nicht durchdacht. Die Decke landet vollständig auf dem Sofa und enthüllt meine ganze unbekleidete Pracht.

»Huch!« Schnell bücke ich mich nach meinem Bikini auf dem Boden und bemerke viel zu spät, was für einen Anblick ich so bieten muss. Mein nackter Hintern in Evils Richtung gestreckt, die Brüste mit den aufgerichteten Nippeln wunderbar den anderen beiden präsentiert. Schon wieder schießt mir die Hitze in die Wangen. So schnell ich kann, schnappe ich mir den Bikini, zerre das Höschen an seinen Platz und binde die Schleifen im Eiltempo neu. *Notiz an mich selbst: in ihrer Nähe nichts mehr tragen, was sich so leicht aufziehen und so langsam wieder anziehen lässt!* Auch das Oberteil bekomme ich nicht mit dem ersten Versuch sofort geschlossen. Verdammt. Der Verschluss springt unter meinen Fingern davon, und ich muss mich verrenken, um ihn wieder zu fassen zu kriegen. Zwei Hände greifen zu, nehmen mir das Metallstück ab und schließen die Haken. Ich sehe über die Schulter und begegne Evils fast schwarz wirkenden Augen.

»Danke«, sage ich mechanisch und kann mich einfach nicht von seinem Blick lösen. Was ist nur los mit mir? Wie ... Warum sehne ich mich jetzt danach, auch noch von Evil berührt zu werden? Warum würde ich gerne zurück aufs Sofa sinken und zulassen, dass ich die Nähe von Over und Toxic zeitgleich genieße? Was zur Hölle reitet mich, dass ich mir nichts sehnlicher Wünsche, als mich wieder in die Arme der Männer zu flüchten?

»Denk nicht so viel nach. Lass dich einfach fallen und genieß es«, raunt Evil mir ins Ohr, die Finger immer noch um den Verschluss meines Bikinis gelegt. Sein Atem streift mich im Nacken und mein Körper reagiert schon wieder mit pochendem Verlangen. Wie ist das möglich? Muss das nicht langsam mal aufgebraucht sein?

»Ich ... glaube nicht ...«, beginne ich, aber Evil haucht mir einen Kuss in den Nacken, der mich erschauern lässt und spontan dafür sorgt, dass ich vergesse, was ich sagen wollte.

»Du brauchst gar nichts glauben. Wir wissen, was wir tun, und wir können dir zeigen, wozu dein hübscher Körper so fähig ist. Du musst uns einfach nur vertrauen und aufhören, dir ständig selbst im Weg zu stehen.«

Wie schon am Strand liest Evil in mir wie in einem verdammten Buch.

»Dein Körper verrät dich. Von der ersten Sekunde an, Täubchen. Du willst es. Du willst *uns*.« Das letzte Wort kommt ihm so über die Lippen, dass ich fast vermute, er hätte besonders viel Spaß daran.

Ich schlucke hart gegen die Kombination aus aufsteigender Panik und wachsender Lust.

»Du irrst dich«, sage ich. Meine Stimme klingt rau und verrät sofort, dass ich lüge. Dennoch schiebe ich die nächsten Worte nach. »Das hier …«, ich deute auf das Sofa, sehe von Toxic zu Over und ignoriere den warmen Atem in meinem Nacken. So gut ich kann jedenfalls. »… war … nett, aber ich habe keinen Bedarf, es zu wiederholen.« Dicke, fette, monsterhafte Lüge. Zwischen meinen Beinen zieht es bereits wieder. Over grinst und leckt sich über die Lippen. Allein diese Geste bringt alles in mir zum Kribbeln. Die Erinnerung daran, was diese Zunge in mir auslösen kann …

Ich schaudere wohlig und atme tief durch, um den Gedanken zu verjagen. Und das Kribbeln. Und dieses warme Ziehen in mir, das darum bettelt, das sofort noch einmal zu tun. Ja, der unartige Teil von mir ist voll in seinem Element. Aber der existiert nicht mehr. Die Frau, die praktisch alles für Geld, Macht und vor allem ihr Überleben getan hätte, habe ich hinter mir gelassen. Deshalb muss ich das hier beenden. Denn diese Jungs bezahlen mich. Sie sind meine Chefs. Gar keine gute Idee, Sex mit ihnen zu haben. Nicht mit einem von ihnen und schon gar nicht mit allen. Ich habe mir vorgenommen, das nie wieder zu tun. Daran werde ich mich halten.

Genau in dem Moment, in dem ich diesen Entschluss fasse, schiebt Evil zielsicher seine Hände in mein Höschen.

Dieses Mal nicht vorsichtig, langsam und unerträglich quälend wie am Strand, sondern mit einer einzigen, gezielten Bewegung. Ohne Vorwarnung, ohne das geringste Zögern, dringt er mit zwei Fingern in mich ein.

»Ich wusste doch, dass du schon wieder so herrlich

feucht bist«, gurrt er in mein Ohr. Meine Lider flattern, als er beginnt, sich in mir zu bewegen. Evils Finger sind genauso flink wie gestern vermutet. Er trifft spontan den richtigen Punkt. Stöhnend werfe ich den Kopf in den Nacken und schließe die Augen.

»Dieser Ton wird mein neues Lieblingsgeräusch!« Overs Grinsen brauche ich nicht zu sehen. Man hört seiner Stimme immer genau an, wenn er lächelt. Irgendwie süß. Evils Finger lenken mich von dem Gedanken ab.

»Du meinst den hier?«, fragt Evil zurück und stößt wieder gegen diesen köstlichen Punkt in mir, um mich erneut aufstöhnen zu lassen.

»Ganz genau. Klingt doch herrlich.« Das Grinsen hat sich jetzt aus Overs Stimme verabschiedet. Der Tonfall ist rauer, intensiver und würde mir garantiert sengende Hitze zwischen die Beine schicken, wenn das nicht schon Evils tanzende Finger erledigen würden. Meine Knie werden weich.

Ein paar Arme schlingen sich um mich, ziehen mich gegen eine durchtrainierte Männerbrust und Lippen treffen auf meine. Frech, etwas zu selbstbewusst. Die beiden wissen genau, was sie da tun. Evils gezielte Bewegungen jagen mir einen wohligen Schauer nach dem anderen über den Körper, und Overs Kuss steigert die Hitze in mir. Seine Hände drücken sich in meinen Hintern, und er öffnet meine Beine noch weiter, um Evil besseren Zugang zu gewähren. Ich spüre die Erregung der beiden deutlich gegen mich drängen. Am Bauch und im Rücken kann ich fühlen, wie sehr sie mich begehren. Zwei schöne Männer, die ausgerechnet mich wollen.

Evils Daumen nimmt auf meiner Perle Platz und massiert mich. Alles in mir schreit nach mehr. Obwohl es sich unfassbar gut anfühlt und ich ja eigentlich gerade erst Sex mit Toxic hatte, wünsche ich mir nichts mehr, als dass einer der beiden mich endlich nimmt.

»Das ist wirklich wahnsinnig heiß«, kommentiert Toxics Stimme von irgendwoher. Sieht er uns zu?

»Klar«, brummt Evil neben meinem Ohr. »Und das geht noch besser.« Evil krümmt die Finger, verändert den Winkel und entlockt mir einen kleinen, überraschten Schrei, als er mich mit der nächsten Bewegung ganz gezielt an den Rand einer neuen Explosion schickt. Ich verliere endgültig den Halt und taumele gegen Over, der mich auffängt und leise lacht.

»Kriegst du weiche Knie, schöne Frau?«, gurrt er sanft und packt mich fester.

»Oh Gott«, keuche ich, als Evil erneut den Winkel verändert.

»So ähnlich«, bestätigt Over und lacht noch einmal leise, nur um mich dann wieder intensiv und verlangend zu küssen. Sofort zerfließe ich vollkommen zwischen ihm und Evil. Und trotzdem ist es nicht genug. Ich muss einen von beiden spüren. Jetzt.

Ich biege den Rücken durch, dränge mich Over entgegen und reibe mich an Evils Hand. Evil folgt meiner Aufforderung, stößt tiefer in mich, und Over fährt mit den Fingern durch meine Haare, um seine Lippen dann zu meinem Hals gleiten zu lassen.

Lippen, Hände, Berührungen überall. Ich

schmelze zwischen den beiden zu einer kleinen Pfütze aus Wachs und Lust. Warum habe ich mich eigentlich dagegen gewehrt? So toll, wie das hier ist, hätte ich am besten sofort das Höschen für die Männer runterlassen sollen.

»Willst du mehr?«, fragt Evil rau.

»Hmmm«, mache ich zur Antwort, weil ich nicht mehr herausbringe.

»Ist das ein Ja?« Overs Belustigung müsste mich eigentlich stören, aber bevor ich überhaupt dazu komme, darüber nachzudenken, wendet er sich mit seiner Frage schon an Evil. »Du glaubst auch, das war ein Ja, oder?«

Evils Brummen in meinem Rücken klingt eindeutig nach Zustimmung. Mit einem Mal sind die massierenden Finger aus meiner Mitte verschwunden. Ich blinzele, schnaube frustriert und will mich zu Evil umdrehen, um ihn zu fragen, was das soll.

Over grinst mich an, mustert mich und nickt. »Sie guckt so genervt. Das war also definitiv ein Ja.« Dann hebt er den Arm, streicht mir eine Strähne hinter das Ohr und lächelt mich an. Ein Finger streift über meine Wange. Sacht, fast schon zärtlich. Irritierend sanft für das, was gerade hier läuft. Das kann ... Was? Diese Männer verwirren mich vollständig. Wie können die mich nur ständig so aus der Fassung bringen? Diese winzige Berührung ist so viel intimer als das, was wir bisher geteilt haben. Auf seltsame Weise sogar intimer als der Moment, an dem sich Over zwischen meine Beine gekniet und mich mit der Zunge verwöhnt hat. Das ist gleichzeitig unheimlich und wunderschön.

»Wen von uns willst du zuerst, schöne Frau?«

Ich schlucke. Zuerst. Heißt das, sie werden mich so oder so beide nehmen? Will ich das? Ganz sicher? Mein Blick irrt kurz durch den Raum, und ich entdecke Toxic, der grinsend auf dem Sofa sitzt und uns beobachtet. Immer noch vollkommen nackt. Es scheint, als hätte er definitiv Spaß daran, uns zu beobachten. Aber auch die Körper der anderen Männer sprechen eindeutig dafür, dass ihnen dieses Spiel gefällt.

»Hm?«, mache ich, um mir Zeit zu verschaffen. Noch hat mein Kopf nicht begriffen, was hier gerade passiert. Mein Körper allerdings ist absolut dabei.

»Oder gleich wir beide?« Evils Stimme ist so dunkel, dass er mir damit einen heftigen Schauer über den Rücken jagt.

Beide? Auf einmal? Wie soll das …? Selbst dieser andere Teil von mir hat keine Erfahrung damit, gleichzeitig mit zwei … Ich reiße die Augen auf und will gerade hektisch den Kopf schütteln, als Over schon lacht. »Zu schnell, Kumpel. Sie ist eindeutig überfordert.«

»Hm«, gurrt Evil und lässt seine Finger zurück zwischen meine Beine gleiten, um sie sanft durch meine immer noch feuchte Spalte zu schieben.

»Es wird dir gefallen, das kannst du mir glauben. Wir werden dafür sorgen, dass es ganz fantastisch für dich wird. Vertrau uns.«

Einen Moment denke ich darüber nach, aber ich weiß nicht, was ich dazu sagen soll. Will ich das wirklich? Wie würde das funktionieren? Ähnlich wie vorhin mit Toxic, Over und mir? Das war tatsächlich toll. Allerdings glaube ich nicht, dass Evil sich damit zufriedengeben würde, mir die Brüste zu kneten, während Over sich wieder zwischen meinen Beinen platziert.

»Ähm«, mache ich unentschlossen.

»Also die langsame Variante?« Evils Frage gilt nicht mir, sondern ist offensichtlich an Over gerichtet.

»Ja, vorsichtig mit ihr. Wir wollen unsere Schönheit ja nicht verjagen.« Erneut grinst er mich an und zwinkert mir zu. »Entspann dich, Süße. Du musst nur genießen.«

Ich nicke langsam. Mit einer einzigen, fließenden Bewegung hebt Over mich an und trägt mich zum Sofa. Schon wieder dieses Sofa. Ich erschauere alleine bei dem Gedanken. Der weiche Stoff gibt unter mir nach, und ich sinke zum zweiten Mal heute von einem Mann dirigiert in die Kissen. Toxic ist aufgestanden und ein paar Schritte weggegangen. Ähnlich wie Over vorhin lehnt er sich an den Türrahmen und sieht uns zu. Over öffnet geschickt seine Hose. Mit einem Blick in meine Augen scheint er sich zu versichern, ob das in Ordnung ist. Mechanisch beiße ich mir auf die Unterlippe und sehe sofort, wie das tiefe Azurblau dunkler wird. Die Lust schillert in seinen Iriden.

Die Jeans rutscht von seinen Hüften, das Shirt wandert zu Boden und mit einem schelmischen Grinsen streift er sich auch die Boxershorts ab. Die Sitzfläche hinter mir sackt ein Stück ein, und als ich mich verrenke, um zu sehen, wieso, ragt Evils massive Gestalt hinter mir auf. Er hat sich vollkommen entspannt auf dem Sofa niedergelassen und lächelt leicht.

»Was soll das …?«, beginne ich, werde aber von

meinem eigenen Stöhnen mitten im Satz unterbrochen, weil Over sich gerade mit einem einzigen Stoß tief in mir versenkt. Ich kralle mich in dem Stoff unter mir fest und dränge ihm mein Becken entgegen.

»Immer noch so hungrig?« Das amüsierte Lächeln streift meinen Hals. Dann beginnt er, sich in mir zu bewegen. Nicht vorsichtig oder sanft, sondern gezielt und auf eine faszinierende Weise unbeherrscht. Ich keuche auf und genieße das Kribbeln und Rauschen, das durch meinen Körper jagt. Eine Welle aus Hitze sammelt sich in meinem Bauch. Mein Becken reckt sich ihm entgegen, um ihn dazu zu zwingen, mich endlich der erlösenden Explosion zu überlassen, aber statt weiter diesen köstlichen Punkt in mir zu stimulieren, lässt er von mir ab.

»Was …?« Ich blinzele und starre Over an, der mir zuzwinkert.

»Lassen wir Evil auch ein bisschen mitspielen?«, fragt er rau. Mein Blick zuckt von ihm zu Evil, der mich aus fast schwarzen Augen ansieht. In seinem Gesicht kann ich deutlich erkennen, wie sehr er auf ein Ja hofft. Will ich das? Kann ich das? Ernsthaft?

»Vielleicht ist er ja so nett und lässt dich schnell kommen, wenn du nicht zu lange überlegst?«, lockt mich Over, packt mich an der Hüfte, setzt mich auf und schiebt mich auf Evil zu. Was …? Evils Gesichtsausdruck lenkt mich von den ganzen Schranken und Blockaden in meinem Kopf ab. Ich habe heute schon so viel verrücktes Zeug zugelassen, das ich mir nie hätte vorstellen können. Warum also nicht weitermachen? Immerhin fühlt es sich bombastisch an. Evil sieht mich an wie ein Wolf, der seine Beute mustert. Dann streckt er eine Hand nach mir aus, und ehe ich darüber nachdenken kann, ergreife ich sie.

Ich schlucke, lasse zu, dass Evil mich an sich zieht und mich küsst. Dass seine Hose offen, sein Schwanz vollkommen bereit ist und er sogar schon ein Kondom übergestreift hat, nehme ich erst wahr, als Evil mich an der Hüfte packt, auf seinen Schoß hebt und mich auf seine Härte sinken lässt.

Vor meinen Augen tanzen Sterne. In mir zieht das heftige Verlangen, ballt sich zu einem hektisch pochenden Ball. Selbst dass mich das dritte Mitglied der Poets für heute ausfüllt, löst keine negativen Emotionen in mir aus. Ich will ihn. Und als die Hände auf meinem Hintern mich sanft dirigieren, folge ich der Bewegung, lasse mich von Evil leiten. Stöhnend werfe ich den Kopf in den Nacken, werde schneller und registriere das leise Keuchen neben uns. Irgendwas an diesem Geräusch bringt mich dazu, die Augen zu öffnen und mich nach den anderen beiden Männern im Raum umzusehen. Toxic hat seine Position am Türrahmen aufgegeben und sich, von mir vollkommen unbemerkt, ans Sofa herangepirscht. Over kniet hinter mir, so dicht, dass ich seine Muskeln im Rücken spüre und mich automatisch an ihm anlehne, während Evil meine Bewegungen steuert und mich hingebungsvoll fickt. Eine tätowierte Hand legt sich unter mein Kinn und streckt meinen Kopf nach hinten, bis ich an Overs Schulter lande. Dann werde ich so heftig und verlangend geküsst, dass ich kurz das Gefühl habe, Sternchen zu sehen. Die Intensität, mit der Toxic die Zunge in meinen Mund schiebt, würde allein ausreichen, um mich völlig zu berauschen und mir die Sinne zu vernebeln. Auf eine Art, die sich verboten und unglaublich heiß anfühlt. So verboten und unglaublich heiß wie die Tatsache, dass ich an Over lehne, der seine Hände sanft über meine Haut gleiten lässt, während ich Toxic küsse und Evil mich in kontrollierten, tiefen Stößen vögelt. Mein Kopf versucht noch, zu begreifen, aber mein Körper hat sich längst allen dreien hingegeben.

Sie reizen mich, lösen so viele Empfindungen gleichzeitig in mir aus, dass ich kaum unterscheiden kann, wer für welchen wohligen Schauer verantwortlich ist, die mir durch den Körper jagen. Überall auf mir spüre ich das Glühen ihrer Berührungen. Toxics Finger, die immer noch an meinem Kinn liegen. Evils Griff an meiner Hüfte und Overs Hände, die neckend meine Brüste entlang streichen und sich weiter nach unten vorarbeiten, bis er sie über meinen Hintern wandern lässt. Langsam, fast als würde er darauf warten, dass ich ihn aufhalte, schiebt er meine Pobacken auseinander und umspielt mit dem Daumen meinen Hintereingang. Es fühlt sich gleich noch eine Spur verbotener an. Und so wahnsinnig gut, dass ich den Kuss unterbreche und an Toxics Lippen aufstöhne.

Als hätte ich ihnen damit ein Signal gegeben, packen mich alle drei noch fester. Evil fickt mich härter, Toxics Kuss wird so dreckig, dass es sich anfühlt, als würde er meinen Mund mit seiner Zunge vögeln, und Over ... schiebt einen Finger in mich. Wieder tanzen dunkle Flecken vor meinen Augen, und ich habe das

Gefühl, jede Sekunde zu platzen, wenn sie mich nicht endlich erlösen.

Dann findet Evils Hand zu meiner Mitte, und er massiert erneut meine Perle. Alles in mir erinnert sich an die letzte Berührung, jeder überreizte Nervenstrang reagiert, und als er den Druck verstärkt, explodiere ich. Zum gefühlt hundertsten Mal heute überrollt mich die Welle der Lust. Keuchend lande ich an Evils Brust, sinke mit der Stirn gegen ihn und ringe nach Atem, während er in mir zuckt und sich mit einem animalischen Keuchen entlädt.

Seine Arme legen sich um meinen Rücken und er lässt die Stirn gegen meine sinken. Das hektische Geräusch unserer abgehackten Atemzüge mischt sich mit dem Rasen meines eigenen Herzens.

»Na das ging aber flott.« Over lacht, und aus dem Augenwinkel sehe ich eine Hand, die auf Evils Schulter donnert.

»Wenn du nicht willst, dass ich dir alle Finger breche: Nimm die Flossen weg!«, knurrt Evil in mein Haar, immer noch ein wenig atemlos.

»Schon gut!« Hektisch zieht sich die Hand aus meinem Blickfeld zurück. »Und du, schöne Frau: Komm her.« Ich werde gepackt, von Evils Schoß gezogen und ungeachtet meines quietschenden Protests wieder an Overs Brust gedrückt.

»Was wird das?«, frage ich. Immerhin hat er mich gerade freiwillig abgegeben.

»Jetzt kommt der beste Teil!«, verkündet Over. Er wird doch nicht ... nicht schon wieder! Noch mal hält mein Körper das garantiert nicht aus. Aber statt mich auf dem Sofa abzulegen, zieht er mich nur fester an sich, streicht mir eine Haarsträhne aus dem Gesicht und legt meinen Kopf auf seiner Brust ab. Seine Hände fahren sanft über meinen Rücken. Jemand wirft eine Decke über uns. Aber ich sehe schon nicht mehr, wer. Alles, was ich noch wahrnehme, ist Overs Streicheln und das regelmäßige Pochen seines Herzschlags unter meinem Ohr, bevor mir die Augen zufallen.

SIEBZEHN

OVER

Als Rosalys Atemzüge ruhiger werden und die Spannung langsam aus ihrem Körper weicht, bin ich im Himmel. Wirklich und vollkommen. Ihr dabei zuzusehen, wie sie an mich gekuschelt einschläft, ist eins der schönsten Dinge, die ich je getan habe. Es fühlt sich so verflucht richtig an.

Fuck, Alter, jetzt wirst du echt weich! Reiß dich verdammt noch mal am Riemen!

Ich versuche, dieses merkwürdige warme Gefühl aus meiner Brust zu vertreiben, aber das, was auch immer es ist, ist wirklich hartnäckig. Wahrscheinlich ist mir mit Rosaly so dicht an mir und unter dieser dicken Decke einfach nur heiß. Knapp über dem Herzen. Klar. Da schwitze ich grundsätzlich zuerst. Ich verdrehe die Augen über mich selbst. Vorsichtig schiebe ich mich ein Stück von ihr weg, bette ihren Kopf auf ein Kissen und zucke zusammen, als Rosalys Lider flattern und sie etwas murmelt. Dann kuschelt sie sich in die Decke und schläft unbeeindruckt weiter und ich stoße die angehaltene Luft aus. Gut, immerhin habe ich sie nicht aufgeweckt. Sie ist schlafend fast noch schöner als wach. Möglicherweise liegt das aber auch daran, dass sie unter dieser Decke vollkommen nackt ist, statt eines ihrer fürchterlichen Kostüme zu tragen. Wie heiß sie ohne diese Dinger aussieht …

Ich betrachte sie noch einen Moment, aber als ein bestimmter Teil von mir deutlich zu interessiert reagiert, schiebe ich mich vorsichtig vom Sofa und sammele meine Klamotten auf, um mich wieder anzuziehen. Dass mich jemand beobachtet, spüre ich erst, als ich mir das T-Shirt über den Kopf ziehe. Ich sehe auf und entdecke Pray, der durch die riesigen Scheiben von mir zu Rosaly sieht. Als er bemerkt, dass ich ihn entdeckt habe, wendet er hastig den Blick ab und zieht unbeteiligt an seiner Zigarette.

Schnell setze ich einen ähnlich unbeeindruckten Gesichtsausdruck auf. Was mir echt schwerfällt. Spätestens, wenn mein Blick in irgendeiner Art in Richtung Sofa oder zu unserer schlafenden Schönheit gleitet. Wie soll ich auch nicht fett grinsen? Immerhin hat sie sich ganz wunderbar von mir führen lassen. Und die Art, wie ihr Körper auf mich reagiert hat. Diese köstliche Art, wie sie sich um mich …

Ich atme tief durch und zwinge mich, an irgendwas anderes zu denken. Etwas sehr viel weniger Heißes. Es ist echt unangebracht, auf dem Weg zu einer Standpauke von Pray einen stahlharten Ständer zu bekommen. Ganz dumme Idee.

Gemächlich gehe ich auf Pray zu. Der kalte Stein unter den Fußsohlen beruhigt meine rasenden Gedanken. Spätestens als ich beginne, den letzten Code, der über einen der vielen Monitore in meinem Zimmer geflackert ist, aus dem Gedächtnis zu rekonstruieren, entspannt sich auch mein Körper deutlich. Das passiert immer, wenn ich mich in meine Welt aus Befehlen, Zahlen und technischen Daten flüchte. Eine Welt, die ich vollkommen kontrollieren kann, die bis in die kleinste Stelle durchschaubar ist, wenn man weiß, wie. So viel angenehmer als die Realität.

»Und, Spaß gehabt?«, fragt Pray ausdruckslos, als ich auf die Terrasse trete und mir die Mittagssonne auf die nackten Arme brennt.

Einen Moment überlege ich, was ich ihm antworten soll. Mein Blick gleitet zu Rosaly zurück, die zufrieden lächelt und intensiv mit ihrem Kissen kuschelt. Scheiße, würde ich jetzt gerne mit diesem Ding tauschen.

Komm schon, Otis, seit wann bist du eifersüchtig auf ein verficktes Kissen?

Ich schüttele den Gedanken ab und fluche innerlich kurz darüber, dass mein Unterbewusstsein offensichtlich immer noch nicht geschnallt hat, dass ich den Namen, den meine Eltern mir gegeben haben, nicht mehr hören will. Bevor ich mental weiter abdriften kann, zucke ich die Schultern und konzentriere mich wieder auf Pray.

»Weißt du, wenn man kein Vollarsch ist, wird man dafür ab und zu belohnt, solltest du mal ausprobieren.« Das ist immerhin die am wenigsten freche Antwort, die mir gerade einfällt. Und wenn Pray meint, dass er mich dafür kopfüber in den Sand rammen will: soll er nur. Wahrscheinlich würde ich mich nicht mal wehren. Kann ja nicht jeder ein übermäßig aggressiver Sack sein, und wenn er sich an mir abreagiert, statt mit Rosaly so eine Nummer abzuziehen wie mit dem armen Mädchen von gestern, dann ertrage ich das. Kein Ding.

»Weil du Charme auf Beinen bist?«, erwidert Pray, hebt spöttisch eine Augenbraue und zieht an seiner Zigarette. Eher pro forma als ernst gemeint holt er das Päckchen aus seiner Hosentasche und hält es mir hin.

»Exakt.« Ich nicke und greife, ganz entgegen meiner üblichen Gewohnheit, tatsächlich nach den von Pray angebotenen Glimmstängeln. Gerade können meine Hände wirklich etwas zu tun gebrauchen.

Die Augenbraue zuckt noch weiter nach oben, einer von Prays Mundwinkeln wandert hinterher.

»So gut?« Er grinst. Natürlich spielt er auf den Sex mit Rosaly an. Sein Problem, wenn er sich nicht benehmen kann und so selbst nicht in den Genuss kommt. Ich verdrehe die Augen.

»Fick dich«, nuschele ich an dem Filter vorbei, den ich mir bereits zwischen die Lippen geklemmt habe, und lasse das Feuerzeug aufspringen. Die Flamme greift sofort über und lässt das Ende hell aufglimmen. Für eine Sekunde schließe ich die Augen und nehme den ersten tiefen Zug. Für das bisschen Entspannung gibts schnellere, effektivere und weniger ekelhafte Wege, aber aktuell muss das hier reichen.

Immer noch mustert mich Pray. Das erkenne ich, obwohl er die unvermeidliche Sonnenbrille schon wieder trägt. Ich bewundere oft, wie er in der Rolle unseres Big Boss aufgeht. Für unsere Musik, aber besonders für unseren eigentlichen Job würde er vermutlich die halbe Welt aus den Angeln heben. Und das mit dem größten Vergnügen.

»Dieser Ausdruck in deinen Augen gefällt mir gar nicht, Kleiner.« Obwohl seine Stimme den üblichen Boss-Tonfall angenommen hat, lächelt er, und mir wird erst nach und nach klar, dass er mich aufziehen will. Ich werfe ihm einen fragenden Blick zu.

»Du meinst das herrlich zufriedene Blitzen erfüllter sexueller Gelüste?«

Pray schnaubt, lässt seine Kippe fallen, tritt sie aus und steckt sich sofort die Nächste an. Irgendwer hat ihm echt fies ans Bein gepisst, würde ich vermuten.

»Nein, die kleinen Herzchen, die du in den Augen hast, du Vollpfosten.«

Jetzt quittiere ich seinen Kommentar mit einem Schnauben. Klar. Herzen. Was bin ich? Eine Zeichentrickfigur?

»Da musst du dich verguckt haben. Ich mag einiges mit meinen Augen hinbekommen, aber das definitiv nicht.«

Pray lacht leise.

»Na, wenn das so ist, kann ich dir ja jetzt den Arsch aufreißen, weil du meinen Anruf ignoriert hast, obwohl du arbeiten solltest.«

Demonstrativ fasse ich mir an den Gürtel.

»Geht das mit Jeans, oder bevorzugt der Herr heute den direkten Weg?«

Dafür ernte ich einen fast schon liebevollen Schlag gegen den Hinterkopf. Manchmal lässt er eben doch den großen Bruder raushängen, obwohl er damit übertreibt. Ich habe mir immerhin nicht ausgesucht, dass sein Dad mit meiner Mum zusammen ist, seit Pray und ich Teenager waren.

»Idiot«, brummt mein So-gut-wie-Stiefbruder. »Es macht echt keinen Spaß, dich rundzumachen, wenn du so darum bettelst.«

Jap, ich weiß. Und deshalb komme ich wunderbar mit ihm klar. Meine Scham- und Peinlichkeitsgrenze ist praktisch nicht vorhanden. Die ist genau genommen so abwesend, dass ich selbst Pray regelmäßig aus dem Konzept bringe. Was schon echt viel heißen will.

»Wie immer ein Vergnügen.« Ich grinse und deute eine Verbeugung an. Dass Pray die Augen verdreht, weiß ich auch, ohne sie zu sehen. Vor mir blitzt das Bild von Rosaly auf, die dasselbe tut, und sofort ist mein Körper wieder mit ganz anderen Dingen wie Unfugmachen beschäftigt. Mist.

»Du weißt, dass du verdammt schräg bist, oder?«, fragt Pray, der offensichtlich bemerkt, wohin meine Gedanken gerade abdriften.

»Klar. Wie würde ich es sonst mit euch Irren aushalten?«, entgegne ich, zucke die Schultern und werfe den Zigarettenstummel in einen Busch.

»Du sollst nicht ständig versuchen, die Bude abzufackeln!« Prays Gemecker lässt mich, wie immer, absolut kalt. Dass er jedes Mal wieder davon anfangen muss. Dabei habe ich nur ein einziges Mal ein kleines Feuerchen verursacht, und Toxic hat den brennenden Toaster ja gelöscht, bevor irgendwas Dramatisches passiert ist. Warum Pray sich deswegen immer noch aufführt wie unser persönlicher Brandschutzbeauftragter und dabei selbst dauernd mit glühenden Kippen durch die Gegend marschiert, schnalle ich echt nicht.

»Reg dich ab, Mann. Du solltest ganz dringend irgendwas tun, um dein inneres Gleichgewicht wiederzufinden. Sonst verletzt du noch irgendwen.« Einen Moment überlege ich. »Vielleicht gehst du mal nach nebenan und legst diese Yoga-Koryphäe flach?« Unsere Nachbarin ist irgendeine prominente Zen-Tante. Optisch echt nicht mein Fall, aber Pray steht ja auf aufgerüschte Blondchen in ultraengen Fick-mich-Outfits.

»Fick dich doch, du Wichser«, knurrt Pray mir hinterher, als ich grinsend einen Schritt auf die offen stehende Terrassentür zumache.

»Danke für den Vorschlag, aber dafür habe ich aktuell ziemlich angenehme Alternativen.« Mein Grinsen wird breiter und mein Blick gleitet zu Rosaly. Oder besser: zu dem leeren Platz auf dem Sofa, an dem sie gerade noch lag.

Hoffentlich hat sie sich nicht in ihrem Zimmer verbarrikadiert und versinkt jetzt in Selbstmitleid, weil sie auf unser Spielchen eingegangen ist. Gegen uns haben schon ganz andere Frauen versagt. Egal, was sie sich vormachen wird: Wir wissen alle, dass sie es genossen hat und es jederzeit wieder tun würde.

Mit Prays Blick im Rücken schlage ich den Weg zurück in mein Zimmer ein und ziehe das Handy aus der Hosentasche. Prays Auftrag ist klar formuliert noch mal als Nachricht an mich gegangen, wie erwartet. Außerdem habe ich noch eine Kleinigkeit, aus reinem Interesse, zu klären.

Grinsend stoße ich die Tür zu meinem Zimmer auf, bahne mir einen Weg durch die ganzen Unterlagen und setze mir meine Kopfhörer auf die Ohren. Schon als ich mich auf meinen Platz vor den Bildschirmen fallen lasse, bin ich voll in meinem Element und versinke in meiner eigenen, verrückten Welt.

ACHTZEHN

ROSALY

Was habe ich da eigentlich getan? Von wegen nicht mit meinen Chefs schlafen. Wie lange habe ich gebraucht, um diesen Vorsatz in den Wind zu schlagen? Zehn Sekunden?

Stöhnend lasse ich mich zurück auf mein Bett fallen. Nachdem ich alleine auf dem Sofa aufgewacht bin, habe ich entschieden, mich für den Rest des Abends und der Nacht schnellstmöglich in meinem Zimmer zu verkrümeln. Aber auch mit einer Nacht Abstand fühlt sich das, was zwischen mir und den drei Männern passiert ist, surreal an. Stöhnend ziehe ich mir die Decke über den Kopf. In dem Moment piept mein Handy auf dem Nachttisch. Das Ding habe ich vorhin vollkommen vergessen. Vielleicht ist es ja Marcy und ich kann mich ein wenig ablenken? Also greife ich danach und starre auf das Display.

Unbekannter Absender. Ich öffne die Nachricht und fluche lautstark.

In einer Stunde geht's zum Flughafen. Pünktlich! P.

Woher hat dieser Mistkerl meine Nummer? Okay, vermutlich von Garcia, der sie wahrscheinlich von Henry hat. Wie kann man selbst über einen Messenger wie ein herrischer Sack klingen?

Seufzend quäle ich mich vom Bett hoch und beginne, meine losen Sachen zurück in meinen Koffer zu stopfen. Über dem Stuhl, den ich als Wäscheablage benutzt habe, entdecke ich auch Overs Hose und seinen Hoodie. Ach richtig, die habe ich ihm noch nicht zurückgegeben. Beim Gedanken daran, jetzt in Overs Zimmer zu gehen, wegen einem dämlichen Pullover, schaudere ich. Irgendwo in meinem Körper kribbelt etwas.

Ich ignoriere das aufgeregte Flattern in meiner Magengrube. Sex mit meinen Bossen ist bereits ein ordentliches Tabu. Da fallen Gefühle vollkommen aus. Also straffe ich die Schultern und ziehe mir einen Blazer über das Sommerkleidchen, um möglichst wenig freie Haut zu zeigen. Immerhin will ich ja nicht direkt wieder irgendwen dazu motivieren, mich ausziehen zu wollen.

Overs Sachen unter den Arm geklemmt, verlasse ich mein Zimmer und versuche, mich daran zu erinnern, welche der Türen auf der gegenüberliegenden Seite zu ihm gehört. Die! Ich klopfe vorsichtig und bekomme keine Antwort. Eigentlich würde ich jetzt artig zurückgehen und auf einen besseren Zeitpunkt warten, aber irgendwas in mir lässt sich so leicht nicht von diesem Vorhaben abbringen. Wahrscheinlich der Stolz dieser blöden, längst vergessenen Seite von mir.

Noch einmal klopfe ich.

»Der hört dich nicht.« Ich zucke zusammen und drehe mich nach der Stimme um. Im Türrahmen direkt gegenüber von Overs Zimmer lehnt Evil.

»Ähm …?«, mache ich dämlich und sehe von Evil zu Overs Tür.

»Kopfhörer«, sagt Evil, als würde das alles erklären.

»Kopfhörer?« Wann habe ich das Sprechen verlernt? Rosaly an Sprachzentrum! Hallo? Ist da wer?

»Ja.« Evil nickt. »Er hat die Dinger immer auf, wenn er arbeitet. Wahrscheinlich könnte neben ihm eine Bombe einschlagen, und er würde nichts mitbekommen. Idiot.« Um Evils Mundwinkel erscheint ein harter Zug, den ich so noch nie an ihm gesehen habe. Als würde er das tatsächlich ernst meinen. Aber wer sollte eine Truppe Musiker schon bombardieren wollen? Ist das nicht etwas dramatisch?

»Arbeitet ihr an einem neuen Song?«, frage ich, weil ich wirklich keine Ahnung habe, was Over alleine mit Kopfhörern in seinem Zimmer arbeiten sollte. Dann fallen mir die ganzen Papierstapel wieder ein. Vielleicht hat er einen Nebenjob? *Weil die ja mit ihrer Musik nicht genug Geld verdienen, klar!* Immerhin hängt die Wand im Wohnzimmer mit goldenen Platten voll. Wer seine Songs so gut verkauft, wird sich wohl kaum ein zweites Standbein aufbauen müssen. Oder?

Evil sieht mich an. Dann spielt ein Lächeln um seinen Mund. Fast schon spöttisch.

»Oh, Täubchen, du hast echt keine Ahnung, in was du hier rein geraten bist, hab ich recht?«

Ich blinzele nur wie ein Reh im Scheinwerferlicht und weiß nicht, was ich davon halten soll.

»Doch«, beginne ich langsam und merke selbst, wie meine Stimme zittert. »Ich bin Stewardess für euren Privatflieger. Aber außerhalb davon habt ihr mir gar nichts zu sagen.« Sogar in meinen eigenen Ohren hört sich das unfassbar lahm an. Schon während ich es ausspreche, weiß ich, dass es nicht stimmt. Spätestens nach der Aktion von vorhin habe ich ihnen so viel mehr Macht über mich gegeben, als gut für mich wäre.

Das hätte ich wohl bedenken sollen, bevor ich mit gleich drei Männern geschlafen habe. Mich überkommt der heftige Drang, laut zu fluchen. Wie kann man nur so bescheuert sein?

Evil grinst, und in seinen Augen funkelt es. »Der Fairness halber habe ich einen kleinen Tipp für dich, Täubchen: Pass auf deine zarten Flügelchen auf und flatter davon, solange du noch kannst.«

Einen Moment will ich seiner Empfehlung folgen und sofort davonlaufen. Aber ich brauche diesen Job und das damit verbundene Geld. Deshalb bin ich immerhin hier, und deswegen werde ich hierbleiben. Das ist alles, was ich von diesen Männern will.

Und grandiosen Sex natürlich. Nicht zu vergessen!

Ich schiebe die fiese kleine Stimme beiseite, die beständig lauter zu werden scheint, verschränkte die Arme vor der Brust und werfe Evil einen hoffentlich selbstbewusst wirkenden Blick zu.

»Danke für diesen aufschlussreichen Hinweis.

Und jetzt entschuldige mich, ich muss das hier …«, ich wedele mit Overs Klamotten, »… seinem Besitzer zurückgeben. Bevor der heiß geliebte Hoodie noch vermisst wird.«

Ein überraschter Ausdruck huscht über Evils Gesicht. Als würde er sich ernsthaft wundern, dass ich seinen »Tipp« in den Wind schlage. Dachte er etwa, ich würde wegen diesem kryptischen Geschwafel verschwinden? Wenn ich so einfach zu verschrecken wäre, dann hätte mich der Erstkontakt in New York bereits in die Flucht geschlagen.

»Schön, aber ich bleibe hier stehen, um zu sehen, wie du Over zu Tode erschreckst, wenn du ihm die Kopfhörer von den Ohren ziehst.« Evil zuckt die Schultern und schenkt mir ein merkwürdig diffuses Grinsen.

»Das werde ich nicht. Ich mache einfach kurz die Tür auf und lege seine Sachen ab.« Ich richte mich ein wenig auf, versuche, überzeugter auszusehen, als ich mich fühle.

»Sicher. Ganz genau das hast du vor. Willst du ausgerechnet von unserem Kleinen noch einen Nachschlag? Nasch doch lieber an einem richtigen Mann!«

Ich verdrehe die Augen.

»An einem richtigen Macho, wolltest du sicher sagen. Nein danke.« Ohne auf einen weiteren Vortrag von Evil zu warten, den ich sowieso nicht verstehe, klopfe ich noch einmal an Overs Tür. Natürlich antwortet er mir wieder nicht. Evils spöttischen Gesichtsausdruck ignorierend, drücke ich die Klinke nach unten und schiebe das lackierte Holz einen Spalt breit auf. Direkt neben der Tür finde ich aber nur blanken Boden. Da ich Overs Sachen nicht einfach undankbar hinschmeißen, sondern sie zumindest halbwegs ordentlich hinlegen will, trete ich zögerlich einen Schritt in den Raum.

Over sitzt auf dem Hightech-Stuhl zwischen den ganzen Monitoren, hat riesige Kopfhörer auf den Ohren und tippt auf einer Tastatur herum. Sieht aus, als hätte er mich tatsächlich nicht bemerkt. Auch als ich ihn anspreche, reagiert er nicht. Also entscheide ich mich, seine Klamotten einfach auf sein Bett zu legen, weil es sonst außer dem Stuhl, auf dem er sitzt, keine Ablagemöglichkeit gibt. Es sei denn, ich würde seine Sachen doch noch auf den Boden pfeffern. Was ich nach wie vor ja nicht will. Mir fällt ein, dass ich die geliehenen Klamotten zumindest hätte waschen können, aber dazu ist es jetzt wohl zu spät.

Vorsichtig bahne ich mir einen Weg durch die herumliegenden Papiere und platziere den Pullover und die Hose unübersehbar auf seinem Bett. Langsam drehe ich mich um und will schon den Weg nach draußen einschlagen, da fällt mein Blick erneut auf den Monitor. Mein Gesicht spiegelt sich darin. Ich sehe mich selbst. Zweimal.

Was?

Irritiert blinzele ich, wende mich dem Bildschirm zu und schaue in meine Augen. Es ist ein Foto von mir. Genau das, das diese Jungs nie in die Finger bekommen sollten. Scheiße. Wie kommt Over da ran? Henry hat mir versprochen, dass mir dieser Mist nie wieder im Weg stehen wird. Im spiegelnden Monitor treffen sich unsere Blicke. Over lächelt und dreht sich zu mir um.

»Hallo, schöne Frau. Oder sollte ich sagen: Hallo, Bad Girl.«

Ich schlucke und erwarte, dass er aufsteht, an mir vorbeigeht und mich bei Pray verpetzt. Dann kann ich nur hoffen und beten, dass keiner von ihnen weiter nachforscht. Sonst lande ich doch noch im Knast.

»Ähm ...«, mache ich und suche in meinem Kopf nach einer logischen Erklärung. Oder zumindest nach einer halbwegs plausbiblen Ausrede.

»Das ...«, ich deute auf den Bildschirm, »... ich kann das erklären.« Ja, ganz schlechter Einstieg.

Over grinst noch breiter.

»Natürlich kannst du das, du böses Mädchen, aber vielleicht interessiert mich das gar nicht?«

Ich runzele die Stirn und sehe ihn fragend an. »Was?« Meine rasenden Gedanken sind zu keiner ausführlicheren Antwort mehr fähig. »Warum?«, schiebe ich nach.

»Möglicherweise könnte ich vergessen, dass ich das hier gefunden habe. Pray war ein wenig unvorsichtig und hat mir keinen offiziellen Auftrag erteilt. Wahrscheinlich hat deine Erscheinung ihn von seiner üblichen Paranoia abgelenkt. Jedenfalls scheint er keine Ahnung zu haben, wer du wirklich bist, Ravenna.«

Ich zucke zusammen, als er den Namen ausspricht, den ich schon seit einer Ewigkeit nicht mehr verwende. Schnell blinzele ich die Erinnerungen weg, die mit diesem Namen in mir aufsteigen. All der Mist, den ich gebaut habe und der dafür gesorgt hat ... dass ich diese Identität angenommen habe. Über all meine Gewissensbisse legt sich der anklagende Blick der viel zu vertrauten, aber leeren Augen.

Schnell dränge ich die Bilder zurück. Den Geruch von brennendem Haar habe ich dennoch in der Nase, und ich weiß, dass der mich noch die nächsten Stunden verfolgen wird. Das ist immer so, wenn ich über ... den Unfall nachdenke. Über das, was ... dafür gesorgt hat, dass ich hier bin und sie ... nicht.

»Wer sagt dir, dass ich das bin?«, frage ich, weiß aber bereits, dass meine Reaktion mich verraten hat.

»Du?« Er zieht eine Augenbraue hoch. Natürlich hat er es bemerkt. Eigentlich hätte ich ihm die übliche Geschichte erzählen müssen, die ich seit Jahren anbringe, wenn jemand über Ravenna – über mich – reden will. Aber in den letzten Stunden habe ich einfach irgendwie vergessen, dass ich Rosaly sein sollte.

»Du hast uns über deine Identität belogen.« Es ist keine Frage. Er weiß es längst. Wenn er dieses alte Foto ausgraben konnte, dann hat er vermutlich noch viel mehr über mich und meine Zwillingsschwester herausfinden können.

»Das ist nur fair. Immerhin habe ich auch keine Ahnung, wer ihr wirklich seid. Du kennst jetzt zumindest meinen richtigen Namen.«

Einen Moment sehen wir uns einfach nur in die Augen. Der Ausdruck, der durch Overs Gesicht huscht, bleibt undefinierbar.

»Otis«, sagt er, lächelt breit und streckt mir eine Hand entgegen. »Das ist der scheußliche Name, mit dem meine Eltern mich dafür bestraft haben, dass ich vom ersten Moment an ihr Leben sabotiere. Schön, dich kennenzulernen, Ravenna Rogers.«

Vollkommen perplex greife ich zu und lasse ihn diesen albernen Händedruck ausführen.

»Ist doch schön, zu wissen, mit wem man das Vergnügen hat, oder?« Er zwinkert mir zu. Was? Das …? Immer noch blinzele ich hektisch. Mein Kopf findet keine anständige Lösung für dieses Problem. Keine ordentliche Antwort darauf, warum Over das so locker nimmt. Immerhin liegt meine ganze beschissene Vergangenheit offen vor ihm. Alles, was ich mit Henry getan habe. Spätestens jetzt hat Over, Otis, garantiert verstanden, dass das schüchterne Mädchen nur Fassade ist. Scheiße.

»Aber tu mir einen Gefallen und sprich mich nicht mit meinem fürchterlichen Vornamen an, ja?« Over gibt meine Hand frei, strahlt mich an und lässt sich lässig zurück in seinen Stuhl sinken.

»Wenn du mich niemals mit meinem ansprichst«, nuschele ich. Over nickt. »Sicher. Auch wenn mich die Geschichte echt interessieren würde, wie aus Ravenna Rosaly wurde.«

Mein Blick gleitet zurück zu den Bildschirmen.

»Du … kennst sie noch nicht?« Das aus der Ferne aufgenommene Foto, das mir vom Monitor entgegenleuchtet, ist eindeutig beschriftet mit Ravenna Rogers. Mein Geburtsname steht direkt neben einem Polizeilogo und etlichen Daten, die ich von meiner Position aus nicht lesen kann.

»Nein. Ich bin gut im Hinweise-Ausgraben, aber im Sherlock-Holmes-Spielen sind Pray und Toxic wesentlich besser. Außerdem ist mir diese Rumraterei zu langweilig. Also würde ich einfach abwarten, bis du mir die Geschichte ganz von selbst erzählst.«

»Du würdest sogar warten?« Ich sehe ihn an und kann nicht wirklich glauben, dass er nicht vorhat, mich zu drängen.

»Klar.« Er grinst schief und zwinkert mir zu. »Aber vielleicht habe ich Mittel und Wege, dich dazu zu bringen, mir unbedingt davon erzählen zu wollen.« Das Grinsen nimmt einen merkwürdigen Zug an. Ich schlucke. Hat Evil recht und ich sollte mich schleunigst aus dem Staub machen? Das Funkeln in Overs Augen jedenfalls lässt mich absolut nichts Gutes erahnen.

»Welche ... Mittel?« Mein Mund wird staubtrocken. Wie gebannt sehe ich Over an und warte auf seine Antwort. Aber er grinst nur weiter vor sich hin, als hätte er nicht gerade eine Drohung ausgesprochen.

»Oh, die ...« Wieder huscht dieses Funkeln durch seine Augen. Langsam steht er auf, legt die Kopfhörer ab und sieht mich an. Wie ein Panter kommt er durch den Raum auf mich zu. Ich bin starr, vollkommen unfähig zu reagieren, kann ihn nur ansehen und hoffen, dass Evils Warnungen alle Unsinn sind. »... die führe ich dir mit Vergnügen vor.« Overs Stimme hat einen Ton angenommen, den ich aus einem der Songs wiedererkenne. Einem Song, in dem er extrem dreckige Dinge leidenschaftlich ins Mikro schnurrt.

Das Kribbeln, das sofort über meine Haut jagt, irritiert mich und ist mir gleichzeitig mittlerweile viel zu vertraut. Er ist mir schon wieder so nah, dass sein typischer süß-herber Geruch in meine Nase steigt und mir die Sinne vernebelt.

»Tust du das?«, frage ich schwachsinnig. Als gäbe es noch einen Grund, die Unnahbare zu spielen, immerhin hatte ich bereits äußerst schrägen Sex mit drei der Poets. Inklusive Over. Warum stelle ich mich also jetzt so an? Mein Körper jedenfalls hat absolut nichts gegen die Bilder einzuwenden, die Over in meinem Kopf wachruft.

»Ja.« Sein Grinsen wird noch breiter und ein Arm schlingt sich um mich. »Ich würde sie dir sogar ganz unbedingt vorführen wollen.«

Bevor ich meine Zunge daran hindern kann, purzeln mir die Worte schon über die Lippen. »Dann tu's doch.« Ich imitiere sein Grinsen, sehe ihm in die azurblauen Augen und versinke einen köstlichen Moment nur in der Wärme seines Blicks. Und dem Hunger, der darin aufflackert und sich mit dem schelmischen Glitzern mischt, das bei ihm eine Art Standard-Einstellung zu sein scheint.

Er zieht mich an sich. Einmal mehr bewundere ich, wie perfekt sich seine Muskeln gegen mich schmiegen. Immer noch lösen wir den Blickkontakt nicht. Ich sehe zu ihm hoch und warte ab. Dieses Mal nicht, weil Rosaly zu schüchtern ist, sich zu nehmen, was sie will, sondern weil ich diese Spannung in der Luft einfach zu sehr genieße, um die letzten Zentimeter sofort zu überbrücken. Also sehe ich ihn nur an, betrachte das Funkeln in seinen Augen und spüre seinen Körper an meinem. Wie es wohl sein wird, gleich nur mit ihm zu schlafen, noch dazu, wenn es kein simpler Quickie im Flugzeug ist? Voll und ganz von Over eingenommen zu werden, ohne fremde Hände, ohne dass er mich teilt und mich in Evils Arme schiebt? Und ohne dass wir es irgendwie eilig haben? Widerwillig muss ich zugeben, dass es mir wirklich gefallen hat, an ihn gekuschelt einzuschlafen. Und dass es sich verdammt falsch anfühlte, als er seinen Platz neben mir verließ.

Mir fällt erst jetzt, wo er mir wieder so nah ist, auf, dass mir ohne seine Nähe eiskalt war. Ein seltsames Gefühl flattert durch meine Brust. Etwas, das da absolut nicht hingehört. Rosaly würde so fühlen, aber die kann ich hier nicht gebrauchen. Ravenna fühlt nicht. Sie hat für emotionalen Quatsch nichts übrig. Zum ersten Mal seit einer Ewigkeit darf ich wieder Ravenna sein.

Kann ich das überhaupt noch? Ich bin mir nicht sicher.

Dann beendet Over endlich das Kreiseln meiner Gedanken. Er lässt mich los. Nur um mich sofort zu küssen und gezielt seine Hände unter mein Kleid zu schieben. Absolut nichts an mir ist mehr fähig, an etwas anderes als seine Berührungen zu denken. Ich dirigiere ihn auf die Bettkante, öffne seine Jeans.

»Wow. Du hast's aber eilig«, nuschelt Over gegen meine Lippen. Trotzdem kann ich das leise Lachen aus seinen Worten hören und zwinge mich, das, was ich jetzt tun will, nicht mit einem Lächeln zu torpedieren. Immerhin habe ich vor, zumindest ein bisschen sexy zu wirken. Ich löse meine Lippen von seinen, fahre mit der Zunge darüber und schenke ihm Ravennas besten lasziven Blick. Dann schiebe ich mit dem Knie seine Beine auseinander und lasse mich dazwischen nieder.

Over stößt einen überraschten Laut aus.

»Was wird denn das?«, fragt er und klingt ernsthaft verwirrt. Irgendwie niedlich. Ich grinse und sehe zwischen ihm und seiner offen stehenden Hose hin und her.

»Wenn du die da«, schnurre ich und deute auf die Jeans, »ausziehst, zeige ich es dir.« Dieses laszive Lächeln fühlt sich fremd an, aber ich bin mir fast sicher, dass es von außen nicht wahrnehmbar ist. Over jedenfalls scheint sich nicht daran zu stören.

»Wa…?« Er blinzelt irritiert. »Wollte ich nicht eigentlich dich überzeugen?« Der verwirrte Ausdruck auf seinem Gesicht bringt mich beinahe zum Lachen, und ich beiße mir schnell auf die Unterlippe. Das würde wirklich die Stimmung ruinieren. Dafür genieße ich es zu sehr, endlich wieder Ravenna sein zu dürfen und nicht mehr das schüchterne Dingelchen spielen zu müssen. Außerdem lenkt ihn das hier hoffentlich von seiner Entdeckung ab und verhindert, dass er Pray seine neuesten Erkenntnisse brühwarm weitererzählt. Allein deshalb darf ich das hier nicht verbocken.

»Oh, also soll ich nicht …?«, frage ich, strecke die Hand aus und fahre langsam mit einem Finger über sein Sixpack nach unten, bis ich den Bund der schwarzen Boxershorts erreiche. »Das wäre wirklich schade.« Meine Stimmlage hat sich verändert, sie ist weicher, eindringlicher und ein wenig rauer. Auch mein Tonfall ist anders. Lockend und sexy. Alles in mir verlangt danach, Ravenna freizulassen, endlich wieder ich zu sein. Nicht meine brave Schwester zu spielen.

Mit einem Ruck zerre ich den Stoff nach unten. Over starrt mich immer noch an, als wäre das in etwa das Letzte, womit er gerechnet hat. Na dann sollte ich ihn vielleicht noch ein wenig mehr überraschen. Ich schenke ihm einen besonders glühenden Blick, dann wandere ich mit den Augen an ihm entlang, bis ich an dem Beweis dafür hängen bleibe, dass das hier ihn definitiv anmacht.

»Wirklich schade«, gurre ich weiter, lasse die Hand vom Stoff, der nun auf seinen Oberschenkeln ruht, zurück nach oben gleiten und schiebe die Finger in den Bund. »Allerdings sieht das nicht aus, als sollte ich aufhören?« Mit einem gezielten Griff ziehe ich seine Shorts herunter. Ich betrachte seinen stahlharten Schwanz, lecke mir über die Lippen und entlocke ihm damit ein leises Aufstöhnen. Genau das wollte ich hören. Immerhin schulde ich ihm mindestens ein paar Orgasmen, und mir ist natürlich aufgefallen, dass er bei unserem kleinen Intermezzo mit Evil auch ein wenig zu kurz kam. Das kann ich nicht auf mir sitzen lassen, schon gar nicht, wenn ich darauf angewiesen bin, dass er für mich die Klappe hält. Außerdem bekommt der arme Kerl sonst noch blaue Eier, oder so. Das wäre wirklich bedauerlich.

»Also?«, frage ich und fahre ganz langsam mit einem Finger den erigierten Schaft entlang. »Soll ich aufhören?«

Statt zu antworten, schiebt Over mir eine Hand ins Haar und zieht mich näher. Erst als er mich so positioniert hat, dass meine Lippen seine Spitze berühren, zögert er. Als würde er ernsthaft erwarten, dass ich einen Rückzieher mache. Warum sollte ich? Glaubt er etwa, das ist mein erster Blowjob? Wie niedlich. Dieses Mal kann ich mir das Grinsen nicht verkneifen. »Ich werte das als ein Nein.«

»Rosa…« Bevor er widersprechen kann, öffne ich die Lippen und nehme ihn in mich auf und unterbreche damit, was auch immer er sagen wollte. Der Anfang meines Namens geht in einem gestöhnten »Fuck.« Unter.

Ja, ganz genau. Gut erkannt, Hübscher. Und jetzt werde ich mich darum kümmern, dass du vergisst, was du über mich herausgefunden hast.

NEUNZEHN

PRAY

»Wo bleiben diese Idioten denn?«, motze ich. Meine miese Laune hat einen neuen, absoluten Tiefpunkt erreicht. Immer wieder erstaunlich, wie gut sie sich selbst unterbieten kann.

»Reg dich ab, die kommen sicher gleich. Du hast Rosaly doch gesagt, wann's zum Flughafen geht, und Over hat sich garantiert den Wecker gestellt.« Toxic klopft mir auf die Schulter und riskiert damit ein paar gebrochene Finger. Entweder weiß er das nicht, oder es ist ihm einfach nur verfickt egal.

»Tox hat recht. Die tauchen bestimmt gleich auf. Kennst Over doch, wenn der in seiner Welt aus Zahlen und Daten feststeckt, braucht er immer einen Moment.«

Ich nicke langsam. Stimmt. Over kann sich mit seinem Technikkram fast genauso sehr zudröhnen wie mit dem Zeug aus seinem kleinen Zauberkästchen. Nur kommt er von seinem Technik-Rausch deutlich schneller runter. Vorausgesetzt, er hat sich tatsächlich einen Wecker gestellt und kann sich noch daran erinnern, was er eigentlich tun sollte, wenn das Ding klingelt.

Aber wo zur Hölle steckt Rosaly? Von Miss Korrekt in Person hätte ich nicht erwartet, dass sie zu spät zur Abfahrt aufläuft. Es sei denn ... diese Sache mit dem Sofa gestern ... Over und sie. Nackt. Ob sie ... nein! Ich schüttele den Gedanken ab. Wie könnte die Kleine sich praktisch sofort wieder von ihm verführen lassen? Das ist doch absurd!

Egal wie sehr mein Verstand mich zu beruhigen versucht, in mir brodelt die Wut. Ich muss mich davon überzeugen, dass ich falschliege. Jetzt.

Ohne auf Evil und Toxic zu achten, die mir nachrufen, stapfe ich auf die Treppe zu und gehe nach oben. Die beiden folgen mir natürlich. Mit genug Abstand. Klug von ihnen. Gebrochene Nasen machen sich beim Eröffnungskonzert so schlecht, und in meiner aktuellen Stimmung würde selbst ich mir nicht über den Weg trauen.

Ich bin ein aggressives Arschloch und mein Geduldsfaden ist verdammt kurz. Deshalb sollte man mir nicht weiter trauen, als man mich sehen kann. Gut, eigentlich noch nicht mal so weit.

Evils Geplapper hinter mir ignoriere ich, und auch Toxics Versuche, mich zu beruhigen, gehen mir am Arsch vorbei. Ich steige die Treppe hoch, bis ich vor Rosalys Zimmer stehe. Mit Klopfen oder so einem Unsinn halte ich mich nicht auf. Einmal tief einatmend bereite ich mich darauf vor, Szenen präsentiert zu bekommen, die echt niemand jemals sehen sollte, und reiße die Tür auf.

Aber Rosalys Zimmer ist leer. Ihr Koffer liegt halb gepackt mitten im Raum. Ich fluche lautstark. Offensichtlich ist Madame noch nicht mal fertig damit, ihren Scheiß zu packen. Garcias nerviges Gehabe brauche ich heute echt nicht. Auch ohne diesen Poser bin ich schon grundgenervt genug.

»Oh«, macht Toxic und schaut an mir vorbei in Rosalys Zimmer.

»Tox, du schmeißt ihren Kram in den Koffer. Evil, du suchst ihr Outfit für den Flug aus. Schön unangenehm für sie. Von mir aus darf sie in Unterwäsche bedienen.« Mit einem Blick auf meine beiden Schatten versichere ich mich, dass sie verstanden haben. Das Funkeln in ihren Augen bestätigt, dass sie die gleichen kranken Ideen haben wie ich. Rosaly nur in BH und einem Hauch von Spitze mit einer Flasche Whiskey in der Hand. Und auf ihrer Haut. Bauch, Brüste ... oh ja. Es wird Zeit, dass das Mädchen mich richtig kennenlernt. Außerdem habe ich ja sowieso noch eine Rechnung mit ihr offen.

Ohne auf eine weitere Bestätigung zu warten, drehe ich mich um und stapfe in die Richtung von Overs Zimmer davon. Da Scream unten auf einem Sessel lümmelt und sonst niemand da war, kann Rosaly eigentlich nur ...

Die Wut kocht heftig in mir hoch, und als ich Overs Tür aufreiße, donnert sie ungebremst gegen die Wand. Der dumpfe Schlag untermalt mein wütendes Schnauben. Doch das Brüllen, das sich gerade meine

Kehle hinauf kämpfen wollte, bleibt stecken. Rosaly hockt vor Overs Bett auf dem Boden. Ihr rotes Haar ergießt sich über ein paar männlicher Oberschenkel. Das tiefe Stöhnen, das die Szene begleitet, hätte ich eigentlich bis draußen hören müssen.

»Fuck, Baby«, stöhnt Over grade genüsslich. Mistkerl. Rosalys Hand gleitet zwischen ihre Beine, Over streicht ihr Haar zur Seite und ... boah, das reicht. Am liebsten würde ich mir die Augen rausreißen. Trotzdem kann ich nicht wegsehen, sondern starre weiter, sehe dabei zu, wie Over ihren Mund fickt. Wie dieser verdammte Wichser seinen beschissenen Schwanz bis zum Anschlag zwischen ihren perfekten Lippen versenkt.

Es ist nicht das erste Mal, dass ich bei einem Blowjob zusehe. Aber das Gefühl in mir ist neu. Irgendwas in mir fängt Feuer.

»Was zur Hölle ...?«, brülle ich, werde allerdings von dem Live-Porno unterbrochen. Over stöhnt erneut auf, vergräbt die Finger tiefer in ihrem Haar und stößt ein paarmal heftiger in ihren Mund. Warum weiß ich eigentlich, wie Over aussieht, wenn er kommt? In diesem Moment hasse ich mich unendlich dafür und kann trotzdem nicht wegsehen. Ich starre die beiden an, sehe, wie Rosaly ihm einen glühenden Blick zuwirft und genüsslich schluckt. Fuck.

Meine eigene Hose wird verdächtig eng. Mich überkommt der Drang, Over beiseitezuschieben und mir selbst eine Runde mit der kleinen Miss Rogers zu gönnen. Dabei sollte ich wirklich die Finger von Henrys Schwester lassen. Um der alten Zeiten willen, oder so. Aber wer konnte auch ahnen, dass dieses prüde Ding so scharf sein kann? Rosaly grinst sogar selbstzufrieden und fährt sich mit der Zunge über die Lippen. Dieses Biest. Erst als sie damit fertig ist, Over noch ein wenig mit Blicken zu ficken, sieht sie sich um, als hätte sie mich nicht längst bemerkt.

»Oh«, macht sie und spielt die Überraschte. Sie blinzelt, als wäre sie nicht sicher, ob sie mich wirklich in der Tür stehen sieht oder ob sie sich das einbildet. Klar. Vielleicht ist sie eine passable Schauspielerin, aber ich bin besser. Sie wusste verdammt genau, dass ich hier bin und ihr bei dieser Scheiße zusehe.

»Können wir dir irgendwie helfen?«, fragt sie und senkt die Lider. Als würde ich ihr das schüchterne Mädchen noch eine Sekunde abkaufen. Da täuscht sie sich.

»Helfen? Ihr hättet vor zehn Minuten unten sein sollen. Hatte ich mich da nicht klar ausgedrückt? Wir müssen zum Flughafen. Der Flug nach LA?«, erinnere ich sie. Over macht sich nicht mal die Mühe, die Hose hochzuziehen, bevor er sich zu mir umdreht und abwinkt.

»Stell dich nicht so an, Boss. Wir sind ja gleich so weit.« Ich meine, ihn tatsächlich noch so einen Schwachsinn wie »Du bist ja nur neidisch« murmeln zu hören. Und ja, fuck, da hat er verdammt noch mal recht. Ich bin scheiße neidisch auf diesen Pisser. Im Moment könnte ich mir nichts Besseres vorstellen, als seinen Platz einzunehmen und Rosaly zur Abwechslung mal meinen Schwanz in den Rachen zu schieben. Sah jedenfalls aus, als würde sich das lohnen.

»Gleich ist aber nicht vor zehn Minuten, du Depp. Garcia stresst garantiert wieder rum, wenn sein beschissener Zeitplan nicht aufgeht.«

»Chill mal, Pray. Sag Stevie, die Nummer geht auf mich. Dann nervt er wenigstens nicht dich dafür, okay? Außerdem sind wir praktisch schon startklar!« Over steht vom Bett auf, angelt nach seinem peinlichen Lieblingshoodie und streift ihn über, um sich wie Tox, Evil und Scream zu »tarnen«, sobald wir die Villa verlassen. Er schnappt sich eine halb offene Sporttasche und schmeißt noch ein paar Papiere und seinen Laptop hinein, bevor er zu seinen blinkenden Bildschirmen geht, ein paar Befehle eingibt und ...

Ich runzele die Stirn und starre auf den Monitor ganz vorne.

»Ist das Rosaly?«, frage ich und neige den Kopf ein wenig, allerdings kann ich aus diesem Winkel nicht mehr erkennen als ihr rotes Haar und ... ein Polizeilogo neben dem Foto?

»Nein«, sagt Over und klickt das Bild weg. Natürlich nicht. Was verheimlicht dieser Mistkerl mir? Und warum? Vielleicht sollte ich eine kleine Party im Flugzeug schmeißen und warten, bis er gesprächig wird? Gar keine schlechte Idee. Dann berichtet er mir sicher, was er da so ausgegraben hat. Auch wenn ich dachte, ich hätte mit dem kurzen Backgroundcheck alles erwischt, was es zu wissen gibt. Dieses Bild allerdings lässt vermuten, dass viel mehr in unserer kleinen Miss Schüchtern steckt als gedacht.

»Was war das sonst?«, frage ich interessiert.

»Meine Schwester.« Rosaly steht auf und schiebt

sich zwischen mich und den Bildschirm. In ihren Augen funkelt es. Kann es sein, dass sich tatsächlich irgendwo Feuer versteckt? In diesem schüchternen Mädchen mit dem verschreckten Blick?

»Deine Schwester?« Ich hebe fragend eine Augenbraue. Rogers hat von einer zweiten Schwester gar nichts erzählt. Aber das war vermutlich auch besser so. Sonst hätte ich garantiert beide als Pfand kassiert. Zwei schöne Frauen sind für uns doch allemal sinnvoller als eine.

»Ja. Sie ... spielt keine Rolle mehr. Ist nicht weiter wichtig. Können wir dann?« Ihr Tonfall klingt eine Spur zu gelangweilt, und die Art, wie sie das Thema wechselt, lässt mich aufhorchen. Irgendwas stimmt da nicht. Tja, kleine Lady, damit hast du mein Interesse noch mehr geweckt. Herzlichen Glückwunsch. Ich werde herausfinden, was du vor mir versteckst. Egal wie sehr du es geheim halten willst. Und etwas sagt mir, dass dieses Geheimnis wirklich schmutzig ist. Nur unter Aufbietung all meiner Willenskraft kann ich das Grinsen zurückzwingen, das sich mit aller Macht auf meine Lippen schleichen will.

Ich nicke langsam, lasse Rosaly aber nicht aus den Augen.

»Wenn Over endlich die Hose zumacht, können wir los. Tox und Evil haben dein Zeug gepackt.«

Rosaly funkelt mich an. Offensichtlich gefällt ihr der Gedanke nicht, dass die beiden in ihren Sachen gewühlt haben. Verständlich, aber sie hat sich nicht an die Regeln gehalten. Dafür waren wir noch verdammt nett, nur in ihren Klamotten zu schnüffeln. Wenn sie mich ein wenig weiter ärgert, frage ich Scream, ob er ihr beibringt, dass sie gefälligst zu gehorchen hat, wenn ich Anweisungen erteile.

»Ich …« Rosaly beißt sich auf die Unterlippe und sieht an sich herunter. Das leichte Sommerkleid ist verknittert und hat … einen Fleck, von dem ich absolut nicht wissen will, was das ist. Aber glücklicherweise habe ich meine Jungs ja vorsorgen lassen.

»Geh in dein Zimmer, zieh dich um, in zehn Minuten bist du in der Diele.« Mein Tonfall lässt sogar Over kaum merklich zusammenzucken, aber Rosaly reckt das Kinn und verschränkt die Arme vor der Brust.

»Warum sollte ich mich von dir so rumscheuchen lassen?«

Over hustet. Als würde ich nicht bemerken, dass er versucht, so sein Lachen zu tarnen. Ziemlich erfolglos. Idiot.

»Weil ich dein verfickter Boss bin, Baby. Jetzt schwing deinen süßen Arsch in dein Zimmer, oder du ziehst dich in der Diele um!« Es ist mir so was von egal, dass ich sie anschreie. Ihre Augen wechseln vom herausfordernden Funkeln zu einem verschreckten Ausdruck.

»Da hätte ich absolut nichts dagegen«, dröhnt Evils Stimme durch die offen stehende Tür zu uns. War ja klar, dass er genau dann auftaucht, wenn es um Rosalys nackten Hintern geht. Ich widerstehe dem Drang, die Augen zu verdrehen und Evil einen fiesen Kommentar reinzudrücken. Stattdessen zaubere ich ein wölfisches Lächeln auf meine Lippen.

»Also?«, frage ich Rosaly und mustere sie so intensiv, dass ihre Wangen sich röten. Jetzt hat sie scheinbar das schüchterne Bravchen wieder ausgepackt. Als würde ihr das noch irgendwer abkaufen.

»Du hast die Wahl: für uns strippen oder dich in deinem Zimmer umziehen?« Eigentlich will ich überheblich und herrisch klingen, aber das Kratzen in meiner Stimme verrät, dass in mir alles glüht. Wow. Was macht dieses kleine Biest nur mit mir? Wann war ich zum letzten Mal so scharf auf eine Frau? War ich das je?

Ich schüttele den Gedanken ab. Nein. Keine gute Idee, Pray. Sie ist absolut nicht meine Liga. Viel zu süß. Viel zu unschuldig. Zumindest für einen so miesen Typen wie mich. Männer wie ich sollten nicht mal in der Nähe von braven Mädchen wie Rosaly Rogers sein.

Sie senkt die Lider, blinzelt mich schwer unter ihren dichten Wimpern an und beißt sich auf die Lippe. Fuck. Das Glühen in mir verstärkt sich. Mich überkommt der heftige Drang, sie gegen die nächste Wand zu pressen und ihr den Slip unter dem Sommerkleidchen herunterzureißen, um sofort bis zum Anschlag in sie einzudringen. Sie würde genüsslich meinen Namen stöhnen und …

Over räuspert sich. Als ich ihm einen warnenden Blick zuwerfe, tut er so, als hätte er mich nicht absichtlich aus meiner Fantasie gerissen. Vermutlich hatte er damit sogar recht. Nicht mal ich weiß, was ich tue, wenn ich mich noch eine Minute länger in meinen Gedanken verliere.

»Ich …« Rosaly wirft mir einen scheuen Blick zu, in dem etwas auffällig leuchtet. Was zum …?

Sie fährt mit einem Finger über ihr Kleid, bis an den Saum, hebt ihn ein Stück. Wird sie wirklich …? Das macht sie nicht! Eine Sekunde denke ich tatsächlich, sie würde sich zwischen mir, Over und Evil einfach freiwillig ausziehen.

Aber bevor ich meinen Augen noch richtig trauen kann, nimmt sie die Hand weg und huscht so schnell an mir vorbei, dass ich sie nicht einmal aufhalten könnte, wenn ich wollte. Einen Moment starre ich ihr nach. Dann wende ich mich an Evil.

»Ich hoffe, ihr habt ihr etwas Nettes für den Flug ausgesucht?«

Toxic erscheint auf dem Flur und grinst. »Oh ja.«

Wie zur Bestätigung dringt ein gedämpfter Fluch aus Rosalys Zimmer.

ZWANZIG

ROSALY

Ich starre auf das Outfit, das auf meinem Bett liegt. Nicht ihr Ernst! Mein Koffer ist bereits verschwunden. Ein flüchtiger Blick auf das Kleid, das ich trage, bestätigt mir, dass ich mich damit garantiert nicht in der Öffentlichkeit sehen lassen kann. Mitten drauf prangt ein ziemlich eindeutiger Fleck. Wie zur Hölle kommt der dahin? Eigentlich bin ich sicher, dass ich genau zwischen den Brüsten definitiv keinen Sperma-Fleck haben sollte, aber ... Egal wie lange ich den Stoff anstarre, das Bild ändert sich nicht. Klasse.

Also bleibt mir nur das, was da auf meinem Bett liegt. Oder ich gehe zu Over zurück und leihe mir noch mal seinen peinlichen Pullover. Ich schnaube. Keine Option.

Seufzend zerre ich mir das versaute Kleid über den Kopf, stopfe es in meine Handtasche und quetsche mich in das unangebrachte Outfit, das die Jungs für mich ausgesucht haben. Woher haben die die Sachen eigentlich? Meine sind das garantiert nicht! Insbesondere deshalb nicht, weil das Zeug ungefähr zwei Größen kleiner ist als meine üblichen Klamotten.

Ich zwänge mich also in das bisschen Stoff und fühle mich wie eine Presswurst. Hoffentlich sehe ich wenigstens nicht so aus. Mein Blick gleitet zum Spiegel. Der schwarze Rock ist definitiv zu kurz für meinen Geschmack. Ich zerre daran, aber egal wie sehr ich mich bemühe, das Ding wird niemals auch nur ansatzweise genug verdecken. Die Knöpfe der praktisch transparenten Chiffon-Bluse spannen über meinen Brüsten. Gut, dass ich immer noch den Bikini anhabe, für den ich mich heute Morgen wieder entschieden habe. Immerhin starrt mir so keiner der Männer auf den BH. Tatsächlich haben sie sogar einen Blazer dazugelegt. Allerdings sieht der aus, als würde er zu einer Art Schuluniform aus einem Porno gehören. Ich rümpfe die Nase. Soll ich ernsthaft so vor diesen Männern auf und ab wackeln? Auch an Schuhe haben sie gedacht. An Schuhe, die vermutlich denselben Ursprungsort haben wie der Blazer. Sie sind halsbrecherisch hoch, knallrot und aus Lackleder.

Sexistische Idioten. Bin ich nur ein laufendes Sextoy für sie? Wahrscheinlich. Warum wundert mich das eigentlich? Damit hätte ich doch rechnen müssen! Am besten, bevor ich mich für den Großteil von ihnen ausgezogen habe. Mist.

Noch einmal zupfe ich an dem Rock, aber das ändert natürlich nichts daran, dass das Ding unverschämt kurz ist. Da muss ich höllisch aufpassen, niemandem versehentlich freie Aussicht auf mein Höschen zu gewähren. Insbesondere Pray geht das nämlich absolut nichts an.

»Fertig?«, fragt jemand hinter mir. Ich zucke zusammen, versuche aber, mir nicht anmerken zu lassen, wie sehr er mich erschreckt.

»Wenn ihr das hier als Outfit bezeichnet ...« Ich deute an mir herunter, verziehe die Lippen und drehe mich mit einem zweifelnden Blick zu Evil um.

Der mustert mich. In seinen Augen blitzt unverhohlen Lust auf. »Sag nicht, es gefällt dir nicht. Ich für meinen Teil finde es ziemlich gut an dir. Besser als deine sackigen Kostüme. Und es ist nicht beige. Also auch ein Fortschritt.« Evil grinst und nickt.

»Meine Kostüme sind nicht sackig.« Ich verschränke die Arme vor der Brust und versuche so, notdürftig Evils Blick von meinem Dekolleé fernzuhalten. Ziemlich erfolglos.

»Doch. Sind sie. Und langweilig. Das passt so gar nicht zu dir, Täubchen.«

Ich seufze.

»Bist du fertig mit deinen miesen Anmachsprüchen?« Darin jedenfalls scheinen sie sich in absolut nichts nachzustehen.

»Nur, wenn sie funktionieren.« Wieder blitzen seine Augen auf.

»Tun sie nicht.« Zumindest nicht wirklich. Auch wenn ich tatsächlich ein wenig geschmeichelt bin, dass ich ihm in diesem Fetzen gefalle: Das Ding habe ich nicht ausgesucht, und ich bin nach wie vor kein verdammtes Sexobjekt. Und garantiert nicht ihre kleine

Hure. Das brauchen sie sich nicht einzubilden, egal was wir da gestern getan haben.

»Dann muss ich mich wohl mehr anstrengen.« Evils Blick wird dunkler und wandert ungeniert über meine Brüste. Ich schiebe die Arme ein wenig höher. Statt meinen Ausschnitt zu verdecken, verbessere ich damit allerdings nur das Panorama, weil meine Brüste noch deutlicher gegen die transparente Bluse drücken. Verdammt.

»Keine Chance.« Es klingt nur halb so abwehrend wie beabsichtigt. Das leichte Lächeln, das sich auf Evils Mundwinkel schleicht, verrät mir, dass er es auch bemerkt hat. Ich straffe die Schultern, nehme die Arme runter und atme tief durch. Es wird Zeit, meinen Standpunkt zu klären.

Ich bin nur die Stewardess. Kein Betthäschen. Keine Frau, die mit ihren Chefs schläft. Schon gar nicht mit allen auf einmal. Abgesehen von dieser Nummer im Wohnzimmer. Gut, und dem winzigen Blowjob eben. Und der Sache im Flugzeug. Aber dabei wird es bleiben.

»Lass mich eins klarstellen.« Ich funkele Evil an, mache mich so groß wie möglich und gehe einen Schritt auf ihn zu. Die mörderisch hohen Absätze dieser Schuhe sind ungewohnt und erinnern mich an verschwommene Lichter, verworrene Nächte und lose Abfolgen von Bildern, die ich nie wiedersehen wollte. Ich ignoriere meine aufsteigende Vergangenheit und konzentriere mich auf Evil. Kurz vor ihm bleibe ich stehen, sehe ihm fest in die Augen. Dank der zusätzlichen zwölf Zentimeter muss ich dafür immerhin nicht mehr den Kopf in den Nacken legen.

»Ich bin nicht euer Spielzeug.« Ein Mundwinkel zuckt. Idiot. Trotzdem lasse ich mich davon nicht aus dem Konzept bringen. »Als ich den Job bei euch angeboten bekommen habe, hat mir niemand gesagt, dass ich für eure … Bedürfnisse dieser Art zur Verfügung stehen muss.« Und ich gehe davon aus, dass Henry nicht wusste, dass diese Männer es überhaupt darauf anlegen könnten. Sonst muss ich wirklich ein ernstes Wörtchen mit meinem Bruder reden. »Von daher belasse ich es ab jetzt dabei, euch Getränke und Snacks zu servieren.« Die dreckigen Gedanken, die sich bei meinen Worten in seinem Kopf breitmachen, kann ich praktisch sehen.

»Innerhalb des Fliegers. Vollkommen angezogen und ohne Körperkontakt!«, präzisiere ich schnell. Der glühende Blick, den ich dafür ernte, treibt mir schon wieder die Hitze zwischen die Beine. Verdammt. Warum müssen diese Mistkerle auch so extrem heiß sein? Es wäre einfacher, wenn sie nur halb attraktive Idioten sein könnten statt brandheiße Sexgötter.

»Das«, sagt Evil, und sein Tonfall wird samtig und rau. Dabei überwindet er den Abstand zwischen uns, und ich spüre seinen Atem am Hals. Mein Körper erschauert, ohne dass ich etwas dagegen unternehmen kann. Mieser Verräter. »… werden wir noch sehen, Täubchen. Und jetzt schwing deinen herrlichen Arsch in die Diele, bevor Pray ihn dir versohlt. Wäre schade drum. Auch wenn die Show bestimmt unbezahlbar wäre.«

Nur unter Aufbietung all meiner Willenskraft kann ich entnervt Schnauben und mich an ihm vorbeischieben. Was in diesen verdammten Schuhen echt schwierig ist. Die Dinger sorgen dafür, dass ich automatisch beim Gehen mit den Hüften wackele. Vermutlich sehr zu Evils Freude. Der starrt mir nämlich eindeutig hinterher. Direkt auf den Hintern, wenn mich nicht alles täuscht. Na super.

So elegant wie möglich stakse ich die Treppe hinunter. Ich bin so konzentriert darauf, in diesen verdammten Absätzen an keiner Stufe hängen zu bleiben und einen uneleganten Abflug zu machen, dass ich die Blicke erst bemerke, als ich endlich das Klackern der dunklen Fliesen wahrnehme.

Vier Augenpaare starren mich an. Scream ist der erste, der sich wieder fängt, und bevor ich ihm in die Augen sehen könnte, wendet er schnell den Blick ab und tut, als würde er die schwarzweißen Bandfotos an den Wänden mustern. Over pfeift anerkennend und klopft dem vollkommen perplex aussehenden Toxic grinsend auf die Schulter. »Gut gemacht, Mann, ich wusste gar nicht, dass an dir ein Stylist verloren gegangen ist.«

»Natürlich nicht.« Eine Hand legt sich von hinten auf meine Hüfte, und Evil lacht leise. »Ist ja meine Kreation.« Er mustert schon wieder mein Outfit. Als würde er ernsthaft auch noch Applaus dafür erwarten.

Ich schnaube und hebe eine Hand, um ihn wegzuschieben. Ungefähr so erfolgreich, als würde ich versuchen, eine Mauer mit bloßer Willenskraft zu versetzen.

»Sieht man ja auch. Wo hast du das Zeug her? Von

einem Porno-Set?« Ich verziehe das Gesicht und wackele mit einem Fuß in der Luft, um den scheußlich nuttigen Schuh in Szene zu setzen.

Over lacht herzlich und gesellt sich an meine andere Seite.

»Oh, in dem Filmchen würde ich wirklich gerne mitspielen«, schnurrt er mir ins Ohr. Ich verdrehe die Augen. »Du hast echt nur Sex im Kopf.«

Das anzügliche Grinsen erscheint wieder auf seinem Gesicht, und zu Evils Berührung, die von meiner Taille aus langsam in Richtung meiner Hüfte wandert, gesellt sich jetzt auch Overs Hand. Geschickt greift er unter den Blazer, zieht mich näher an sich und schickt durch den extrem dünnen Stoff ein heftiges Prickeln durch meinen Körper.

»Wenn du so sexy aussiehst, schöne Frau, wie soll ich da an was anderes denken?« Diese verfluchte Sex-Stimme, wo hat er das nur gelernt? Seine Worte reichen aus, um sofort wieder glühende Hitze zwischen meine Beine fahren zu lassen. Innerhalb von Sekunden bin ich feucht. Vermutlich nur die Überreste unseres kleinen Intermezzos in seinem Zimmer. Nur unter Aufbietung all meiner Willenskraft kann ich mich daran hindern, ihm schon wieder an die Wäsche zu gehen. Was hatte ich gerade noch gesagt? Keine weiteren Nummern mit meinen Chefs? Nur Nüsschen und Drinks servieren? Klar. Das wird bestimmt super einfach. Witzig.

»Wenn du mal zehn Sekunden dein Mini-Ding in der Hose lassen könntest!«, giftet Pray und reißt mich damit aus meinen Gedanken.

Overs leises Lachen streift mein Ohr, bevor er widerwillig die Hände von mir nimmt und sie in die Hosentaschen schiebt. »Wer wird denn da gleich beleidigend werden, nur weil er selbst nicht …«

Evil und Toxic wechseln einen Blick und schieben sich unauffällig ein Stück zwischen Pray und Over. Was geht mit den beiden eigentlich ab, dass die sich dauernd an die Gurgel gehen? Können sie sich nicht leiden? Aber wieso hängen sie dann ständig zusammen rum? Oder ist es ein bekloptes, total sinnloses Spiel zwischen ihnen?

Vielleicht liegt es aber auch nur daran, dass Over und Pray so unterschiedlich sind. Der Klassenclown und der strenge Boss. Das kann ja nur Reibungspunkte geben.

Evil gibt einen warnenden Laut von sich, bevor Over dazu kommt, Pray weiter zu beleidigen. Prays Augen glühen. Doch er sieht nicht Over an, sondern mich. Das stürmische Grau ist auffallend dunkel. Ich registriere erst jetzt, dass er seine peinliche Sonnenbrille nicht mehr trägt. Und dass seine Pupillen tatsächlich mal eine angemessene Größe haben. Ausnahmsweise ist er also wohl weder high noch betrunken.

Ist er deshalb so mies drauf? Hänge ich hier mit fünf bekloppten Junkies ab, die unausstehlich werden, wenn ihnen der Stoff ausgeht?

»Wir müssen los«, schaltet sich Toxic ein und macht einen Schritt zwischen die beiden, während Evil mich endgültig loslässt und auf Pray zusteuert. Ob er gleich ein weiteres blaues Auge kassiert? Ich bin mir immer noch sicher, dass das auf Prays Konto ging. Diesem Typen traue ich alles zu. Irgendwas an ihm ist anders. Düsterer und unheimlicher als an den anderen Poets. Pray strahlt etwas aus, das ihn von ihnen unterscheidet. Eine Art dunkle Aura, die ich von früher nur zu gut kenne. Das flüchtige Bild unserer Begegnung im Servicebereich taucht wieder vor meinem inneren Auge auf. Und mit ihm auch unser Kuss. Grob, rau, animalisch. Vollkommen anders als alles, was ich mit Over, Toxic und Evil hatte. Sehr viel gefährlicher.

Egal, was es ist, was Pray diese Ausstrahlung verleiht, was ihm dieses eisige Schimmern in die Augen schickt: Ich will es nicht wissen. Reflexartig ziehe ich den Blazer enger, als mich Prays intensiver Blick zum Frösteln bringt. Er sieht aus, als würde er mich umbringen wollen. Oder auf der Stelle vögeln. Oder beides. Gleichzeitig.

EINUNDZWANZIG

PRAY

»Komm mal runter!«, raunt Evil mir zu. Erst da bemerke ich, dass ich mechanisch nach meiner Waffe taste. Gut, dass ich die vorhin sicherheitshalber an Scream weitergegeben habe. Scream mag ein scheißgefährlicher Wichser sein, aber ohne meinen Befehl tut er gar nichts. Und ich überlege mir immer gut, ob ich ihn einsetzen will oder nicht. Immerhin ist der Kerl so brutal, dass er manchmal sogar mir Angst macht. Und ich bin mit Leichen im Keller aufgewachsen und hatte ab meinem zwölften Geburtstag das zweifelhafte Vergnügen, mich an deren Vermehrung beteiligen zu dürfen. Jaja, mein Vater hatte ... sehr spezielle Vorstellungen meiner Erziehung. Genau deshalb ist es wichtig, dass ich meine Waffe gerade nicht griffbereit habe, damit ich nichts Dummes tue. Rogers ist immer noch eins der wichtigeren Zahnrädchen, und ich vermute, dass er sich leider unter meinen Leuten zu beliebt gemacht hat.

Also würde es wahrscheinlich richtige Probleme geben, wenn ich seine Schwester grundlos umbringe.

Da mein Nervenkostüm aktuell so dünn ist wie Rosalys beschissene Bluse, muss ich eben Vorkehrungen treffen. Diese Sache mit den verschwundenen Lieferungen macht mich nervös. Und dass meine Männer sich einfach so über mein Eigentum hergemacht haben, verbessert es auch nicht unbedingt. Mittlerweile bereue ich es echt, dass ich Rogers, dieses Arschloch, nicht umgebracht habe, als ich die Chance dazu hatte. Stattdessen habe ich ihm die Möglichkeit gegeben, mir richtige Probleme zu machen. Warum habe ich mich auf den Deal eingelassen? Wie konnte ich glauben, eine Frau würde nicht alles noch schlimmer machen?

Hätte ich ahnen können, dass sich meine Kumpels plötzlich wie schwanzgesteuerte Karnickel aufführen und nichts weiter im Kopf haben, als unser Pfand zu bespringen?

Ja, verdammt! Hätte ich.

Das Schlimmste daran ist, dass mir Overs Worte immer noch nicht aus dem Kopf gehen. Der Mistkerl hat recht. Ich bin neidisch.

Die kleine Miss Rogers sollte mir gehören. Sie sollte sich von mir auf der Couch im Wohnzimmer ficken lassen, während die anderen zusehen, sie sollte zu mir kommen und vor mir auf die Knie sinken statt vor Over. Ihre schönen Lippen sollten sich um meinen Schwanz legen. Nur um meinen. Niemand außer mir sollte sie in diesem nuttigen Aufzug sehen dürfen.

Ich will sie. Will, dass sie mir gehört. Mir ganz alleine. Und das ist ein echtes Problem. Es ist verdammt lange her, dass ich eine Frau auf diese Art wollte. Aber bei Rosaly … Bei Rosaly kann es mir unmöglich nur um Sex gehen. Ich werde sie nicht einfach fallen lassen können, und trotzdem ist der Gedanke, die Finger von ihr zu lassen, unerträglich. Der quälende Lärm, den diese beiden Seiten in mir verursachen, ist kaum auszuhalten. Aber es gibt nur eine Lösung dafür. Sie muss verschwinden. Sonst werde ich sie früher oder später umbringen.

»Gehen wir.« Ich schiebe mir die Sonnenbrille auf die Nase und drehe mich um, bevor Over noch weiteren provokativen Mist vom Stapel lassen kann. Auch wenn ich das von ihm kenne und ich eigentlich behaupten würde, ich könnte keinem von ihnen je etwas antun, gerade traue ich mir selbst nicht. Schwungvoll reiße ich die Tür auf.

»Wer zuletzt an der Straße ist, macht den nächsten Ausflug mit mir.« Drei schwarze Schatten rennen an mir vorbei. Nur Scream bleibt völlig entspannt zurück und schmunzelt. Ich gebe ihm ein Zeichen und schicke ihn den anderen Jungs hinterher. Als ich mich gerade entspannen will, fällt mir auf, dass eine Person immer noch mit mir in der Diele steht. Eine wunderschöne rothaarige Frau in durchsichtiger Bluse. Fuck. Das hatte ich nicht durchdacht.

»Rennen die immer so schnell, wenn sie Zeit mit dir verbringen sollen?«, fragt Rosaly. Ich spüre ihren Blick auf mir.

»Sie sind eben klug.« Klug genug, zu wissen, was sie erwartet. Aber davon hat sie ja keine Ahnung. Das sollte auch besser so bleiben. »Und ich rate dir, ihrem

Beispiel zu folgen. Lauf weg, kleine Miss Rogers. Lauf, solange du noch kannst.« Statt meiner Aufforderung nachzukommen, starrt sie mich an, zieht ihre Unterlippe zwischen die Zähne und legt den Kopf schief.

Fuck. Sie weiß gar nicht, was sie da tut. Wie dumm das ist, mich gerade auf diese Weise zu provozieren.

Es war eine wirklich gute Entscheidung, Scream meine Waffe zu geben. Spätestens jetzt wäre das für eine gewisse Schönheit ziemlich brenzlig geworden. Ich wette, dass sie auf diesen Fick-Mich-Schuhen nicht schnell genug davonlaufen kann. Vorausgesetzt, sie würde es überhaupt versuchen. Aber das tut sie nicht. Sie steht nur weiter da und sieht mich an, als wäre ich ein Rätsel, das sie lösen muss, und kaut auf ihrer Unterlippe.

Wenn sie ihre Lippen beschäftigen will, hätte ich durchaus bessere Ideen. In meiner Hose regt sich bereits etwas, das sich dafür wirklich gerne zur Verfügung stellen würde.

Für eine Sekunde schließe ich die Augen, dann atme ich tief durch und nehme mir fest vor, sie nicht weiter anzustarren.

»Was soll eigentlich dieses Image?«, fragt sie interessiert und klingt verdächtig nahe. Wie sollte sie sich bewegt haben, ohne dass ihre Absätze einen Heidenlärm veranstalten? Ich blinzele und erkenne die logische Antwort darauf sofort.

Rosaly hat tatsächlich ein paar Schritte auf mich zugemacht. Immer noch ist der Abstand ausreichend, aber sie bewegt sich ungünstig nah an meine persönliche Grenze. Ich will ihr wirklich nicht wehtun.

Nicht, wenn sie mich nicht dazu zwingt, aber das scheint unsere kleine Miss Rogers nicht verstanden zu haben. Die roten Schuhe baumeln zwischen ihren Fingern. So, dass sie wieder ihre sehr viel handlichere Größe hat und zu mir aufsehen muss. Mit der freien Hand deutet sie auf meinen Anzug. Als würde ich ihr ernsthaft eine Antwort darauf geben.

»Wer hat dir gesagt, dass du Fragen stellen darfst?« Rosaly verdreht die Augen und schnaubt. »Wer hat dir gesagt, dass du dich wie ein Arschloch aufführen darfst?«, entgegnet sie.

Ich zucke die Schultern. »Ich, und das sogar ziemlich deutlich und ziemlich öffentlich. Hör dir einen unserer Songs an oder wirf mal einen Blick ins Internet.«

Die ganze Welt weiß, dass ich ein ziemlicher Mistkerl bin. Auch wenn das nur die halbe Wahrheit ist. Mein Ruf ist eindeutig: Arschloch, Gangster-Rapper, unangenehmer Typ. Ich bin der Inbegriff eines verzogenen Bengels, der mit viel Glück zum Musiker wurde. Jetzt hält alle Welt mich für eine mies gelaunte männliche Diva. Niemand ahnt, wer ich wirklich bin oder was ich eigentlich damit bezwecke, mich so ins Rampenlicht zu stellen. Ich bleibe dabei: Der unauffälligste Platz ist immer der, an dem man etwas nicht vermuten würde. Und wo vermutet man jemanden wie mich weniger als da, wo alle Welt ihn sehen kann?

»Oh, da habe ich nachgesehen, da stand tatsächlich, dass du die Pest auf Beinen bist, aber irgendwie dachte ich, da übertreibt jemand. Tja, Überraschung, es stimmt«, schnappt Rosaly und funkelt mich an. Sie verschränkt die Arme über ihrer Brust, was das Bikinioberteil darunter hart an seine Grenze bringt. Einer der Absätze verhakt sich bei der unüberlegten Aktion unter dem obersten Blusenknopf.

Gegen meinen Willen zucken meine Mundwinkel. Nicht nur, weil ich gleich einen noch besseren Blick auf ihre Brüste bekomme, sondern auch wegen des Vergleichs. Die Pest. Ja, das könnte mir tatsächlich gefallen.

»Wie überaus reizend, Miss Rogers. Vielleicht könntest du so gütig sein, deinen Charme bei jemandem zu versprühen, den es interessiert?« Ich zwinge mich zu einer ausdruckslosen Miene und bin froh, dass die Sonnenbrille meine Augen verdeckt. Sonst würde sie sehen, wie viel Spaß es mir macht, sie zur Weißglut zu treiben.

Noch einmal funkelt sie mich böse an.

»Ich hab wenigstens welchen! Du weißt doch nicht mal, wie man Charme buchstabiert!«

Schon wieder das Proleten-Klischee? Wenn sie wüsste, wie falsch sie damit liegt. Vielleicht habe ich irgendwann mal Lust, ihr zu beweisen, dass ich vermutlich mehr Bildungsdrill hatte als die süße kleine Rogers. Ich weiß, aus welchem Drecksloch Henry stammt. Henry. Der Drecksack. Ich habe mit ihm noch ein Wörtchen zu reden. Immerhin hat er mir sein zweites Schwesterchen verschwiegen, und dafür gibt es nur zwei mögliche Gründe. Entweder, die andere Miss Rogers ist noch unschuldiger als unsere süße Rosaly, oder der Sack mischt sich tiefer in meine Geschäfte ein, als gut für ihn ist. Das würde bedeuten, er hat sie nicht erwähnt, weil er Schiss hatte, ich schnalle, dass sie sich mit Typen unseres Kalibers besser auskennt, als uns lieb ist.

Rosaly sieht mich immer noch herausfordernd an und lockt mich damit aus meinen Gedanken zurück ins Jetzt.

»Vielleicht hättest du erst mal lernen sollen, eine Uhr zu lesen. Die sind mittlerweile sogar digital und geben einem selbst Bescheid, wenn man etwas vorhat. Vorausgesetzt, man weiß, wie man ein Smartphone bedient. Du solltest Over fragen, ob er dir ausnahmsweise mal was Nützliches zeigt.« Die kleine Spitze am Schluss kann ich mir echt nicht verkneifen. Sofort färben sich Rosalys Wangen rosa. Sehr gut. Die Jungs haben ihr also diese Seite nicht komplett ausgetrieben und sie ist immer noch schüchtern. Wenn das so weitergeht, wird sie mir sonst nämlich eindeutig zu frech.

»Und jetzt ab mit dir ins Auto, damit wir endlich zum Flughafen kommen. Garcia flippt garantiert schon aus. Außerdem habe ich noch einen Termin.«

Mein »Termin« kostet mich wahrscheinlich nur ein paar Minuten und die eine oder andere Kugel, immerhin bin ich nicht so blöd, zu glauben, dass unser Freund aus der Lagerhalle ernsthaft etwas wegen unserer verschwundenen Lieferungen ausrichten konnte. Auch nicht mit ein paar Stunden mehr Zeit als ursprünglich geplant. Trotzdem wird der Trottel nicht so dumm sein, nicht zum Treffpunkt zu erscheinen. Wenn doch, würden wir diese Sache noch sehr viel unangenehmer lösen. Das würde allerdings unseren Plan durcheinanderbringen und unseren Auftritt heute Abend in LA gefährden.

Rosaly kaut auf ihrer Unterlippe, wirft mir einen Blick zu, der vermutlich überlegen wirken soll, ihr aber gründlich misslingt, und geht an mir vorbei durch die Tür, die immer noch offen steht.

»Zieh die Schuhe wieder an.« Mein Befehl lässt sie zusammenzucken. Der Anblick gefällt mir deutlich besser, als er sollte.

»Damit du mir den ganzen Weg auf den Hintern starren kannst?«, giftet sie, bleibt stehen, dreht sich zu mir um und funkelt mich an.

Als würde mich das Fehlen von Schuhen davon abhalten, auf ihren köstlichen Arsch zu gucken, wenn sie damit vor mir herumwackelt. Deshalb ist das gar kein Problem. Wenn sie sich barfuß in diesem Aufzug auf dem Gehweg vor unserer Villa fotografieren lassen will: bitte. Wir haben sowieso einen ... speziellen Ruf, was Frauen betrifft. Also stört mich das überhaupt nicht. Von mir aus kann die ganze Welt glauben, Rosaly wäre nur eine bezahlte Bespaßungsmöglichkeit. Unser Image stärkt das nur. Immerhin spielt Sex mit Huren in einigen unserer Songs eine Rolle. Und Sex mit Groupies.

»Bilde dir bloß nicht ein, an deinem Hintern wäre irgendwas besonders. Ich habe mindestens drei Frauen mit attraktiveren Exemplaren allein in meinem Kurzwahlspeicher.« Gelogen. Mir ist tatsächlich noch nie ein ähnlich scharfes Hinterteil unter die Augen gekommen. Das kann ich unserer kleinen Miss natürlich nicht sagen.

»Aber klar hast du das. Ich wette, sie wollen dir garantiert alle auf der Stelle diesen albernen Anzug runterreißen und voller Freude jeden deiner Befehle befolgen.« Der bissige Tonfall, den sie anschlägt, geht in etwas unter, das nur halb so grob ist, wie sie vermutlich beabsichtigt. Fast, als würde der Gedanke in ihr ähnliche Bilder auslösen wie in mir. Automatisch stelle ich mir vor, wie Rosalys Hände unter mein Hemd gleiten und es mir von den Schultern streifen. Schon werde ich wieder hart. Na toll. Dafür habe ich gerade echt keine Zeit.

»Korrekt. Jede halbwegs sexuell aktive Frau würde das.« Ihr Augenrollen entlockt mir tatsächlich ein Grinsen. »Jetzt schwing deinen verdammten Arsch in dieses Auto. Wir müssen zum Flughafen. Pronto.«

Als sie sich immer noch nicht rührt, hebe ich eine Hand und schiebe sie vor mir her aus der Tür. Selbst durch den Stoff ihres Blazers macht mich die Berührung unfassbar an. Wie kann sie so scharf sein? Ich schüttele den Gedanken ab.

»Zieht dieser Befehlston eigentlich bei anderen Frauen?«, murrt sie, lässt sich aber vor mir herschieben. Leider entgeht mir so der Blick auf ihren göttlichen Arsch. Tja, man kann nicht alles haben. Ich kann der Versuchung einfach nicht widerstehen, mache einen Schritt mehr und überwinde so den Abstand, der noch zwischen uns besteht. Um sie am Flüchten zu hindern, lege ich die freie Hand an ihre Seite und halte sie fest.

»Immer! Soll ich es dir beweisen?«, frage ich mit meiner besten samtigen Stimme.

Rosaly versteift sich unter meiner Berührung. Nur ganz kurz, bevor sie schnaubt.

»Danke, kein Bedarf!« Es klingt nicht im Geringsten überzeugt. Einen Moment glaube ich sogar, sie würde sich meiner Hand ein wenig entgegenlehnen. An ihrem Hals pocht eine Ader hektisch, und ich spüre, wie sich ihre Atmung beschleunigt. Fuck. Eigentlich dachte ich, sie könnte mich nicht leiden, aber das hier spricht eine ganz andere Sprache. Vielleicht sollte ich die Idee mit der Privatparty im Flugzeug doch noch mal überdenken.

»Bist du dir da sicher?« Wie von selbst gleitet meine Hand ein wenig über ihre hauchdünne Bluse an ihrem Bauch. Sie erzittert darunter. Wow. Mit einer so heftigen Reaktion hatte ich nicht gerechnet. »Und jetzt zieh deine hübschen Treter an, der Paparazzo da vorne liefert sonst Gesprächsstoff, den du lieber nicht verursachen willst.« Vermutlich sollte ich ihr meine Sonnenbrille geben, damit man zumindest nicht sofort erkennt, wer sie ist, dann müsste ich meine Augen allerdings der grellen Sonne von Miami aussetzen. Das würde ich wirklich höchst ungern. Außerdem könnte Rosaly wahrscheinlich darin lesen. Mein Pokerface ist gut, aber ich will kein Risiko eingehen.

»Paparazzo?«, quiekt sie und sieht sich hektisch um. Jetzt ist es an mir, schnaubend die Augen zu verdrehen.

»Komm.« Wie gerne würde ich das in einem anderen Zusammenhang zu ihr sagen! Ich schüttele meine dreckigen Gedanken ab, greife nach ihr, ziehe sie an meine Seite und lege eine Hand in ihren Nacken. Mit einem Griff habe ich ihre Haare aus dem steifen Knoten gelöst und kippe ihren Kopf, damit sie nach unten sieht. Ein rötlich goldener Wasserfall verdeckt jetzt ihr Gesicht.

»Bleib dicht bei mir, dann schirme ich dich ab.«

Was ist los mit mir? Ich bin nicht nett. Mir geht der Ruf einer dahergelaufenen Frau am Arsch vorbei. Aber aus irgendeinem Grund ist es mir nicht egal, wie sie das sieht.

ZWEIUNDZWANZIG

ROSALY

Dicht an Pray gedrückt, lasse ich mich über die Einfahrt dirigieren, den Blick fest auf den Boden gerichtet. Das ist so erniedrigend. Aber er hat recht.

Ich will nicht morgen in allen Promi-Klatschmagazinen mit den Poets abgedruckt sein. Deshalb haben wir diese alberne Verkleidungsaktion bei unserer Ankunft ja betrieben. Und da hätte ich immerhin auf dem Foto nicht ausgesehen, als würde ich den Jungs für ein paar Scheinchen all ihre Wünsche erfüllen. Wenn mich in diesem Outfit irgendwer beim Verlassen der Villa der Poets ablichtet, direkt neben einem von ihnen, dann ist es vermutlich vorbei mit meinem seriösen Berufsziel. Der Weg dahin wird schon schwierig genug, auch ohne eine öffentliche Affäre mit einem dieser Idioten. Im schlimmsten Fall würde sogar irgendein besonders neugieriger Journalist meine Vergangenheit ausgraben. Immerhin konnte Over es herausfinden. Wer sagt mir also, dass ein gieriger

Promi-Klatsch-Presse-Heini das nicht auch schaffen könnte? Das würde mich ganz sicher ruinieren. Also fluche ich innerlich, nehme mir vor, Henry zu vierteilen, wenn ich ihn das nächste Mal sehe, und folge Prays albernen Anweisungen. Ich ziehe die fürchterlichen Schuhe wieder an und lasse mich von ihm mit gesenktem Kopf zum wartenden Auto führen. Als wäre ich ein Welpe, der sich dafür schämt, auf den teuren Teppich gepinkelt zu haben.

»Geht das etwas schneller?«, faucht Pray dicht hinter mir. Warum stehen diese Kerle nur ständig hinter mir? Warum kann ich gefühlt keine zwei Schritte machen, ohne dass mir irgendwer gefährlich nahekommt?

»Lauf du doch in diesen Schuhen!«, motze ich zurück.

»Würde das deine dreckigsten Fantasien bedienen, kleine Miss Rogers?« Die Worte gleiten mir wie Samt über die Haut. Es fühlt sich an, als würde jeder einzelne Ton hauchzart von meinem Nacken aus meinen Rücken entlang nach unten wandern. Ich unterdrücke ein Aufkeuchen, kann den wohligen Schauer aber nicht verbergen, der durch mich hindurch rieselt. Flüchtig werfe ich einen Blick über die Schulter und sehe einen von Prays Mundwinkeln zucken. Der Miesepeter verkneift sich wohl mal wieder ein Lachen. Schön, dass er es so lustig findet, unangebrachte Witze auf meine Kosten zu machen. Ich weiß, dass Rosaly feuerrot werden müsste, aber Pray schafft es ständig, Ravenna zu kitzeln. Und Ravenna hat einfach kein Gefühl dafür, wann sie aufhören sollte. Ehe ich mich selbst zensieren kann, formen meine Lippen schon Worte.

»Klar. Zu den Schuhen könnte ich dir auch noch einen Spitzenstring leihen, Master Pray. Steht dir bestimmt hervorragend. Vorausgesetzt, da ist überhaupt was zum Verdecken da.«

Wow. Das war selbst für Ravenna ziemlich böse.

Prays Arme schlingen sich um mich, und er stoppt mich mitten im Schritt. Sein Griff ist so fest, dass ich keine Chance habe, mich auch nur einen Zentimeter zu rühren. Eine Hand wandert unter mein Kinn, die zweite liegt wie ein Schraubstock um meine Taille geschlungen und presst mich an ihn. Mit einer geschickten Bewegung zwingt er mich, den Kopf zu neigen. Seine Lippen streifen mein Ohr.

»Dieses Mal, kleine Miss, ist das eine Warnung.« Er lässt mein Kinn los, fährt stattdessen mit den Fingern an meinen Hals. Sein Griff ist so fest, dass er mir die Luft abschnürt.

Was zur Hölle ...?

»Pray!«, bringe ich hervor und ringe nach Atem.

Ein warnendes Knurren antwortet mir.

»Tu das nie wieder.« Der Druck seiner Finger nimmt zu. Hektisch schnappe ich nach Luft, aber Pray lockert den Griff nicht. Was soll das? »Dein zartes Hälschen lässt sich viel zu leicht brechen. Wenn dir etwas an deinem Leben liegt: Tu das nie wieder.«

»Was?«, japse ich. Denn ich weiß tatsächlich nicht, was er meint? Ihn provozieren? Ihm meine Unterwäsche anbieten?

»Nenn mich niemals Master.«

Auch wenn ich die Drohung deutlich heraushören kann, ist seine Stimme immer noch samtweich. Der Kontrast verwirrt mich stärker als seine Worte. Warum bringt ihn ein kleiner Scherz dermaßen aus dem Konzept? Ravenna liegt eine bissige Erwiderung auf der Zunge, aber ich bin nicht lebensmüde. Nicht mehr. Deshalb zwinge ich mich zurück in Rosalys Rolle, senke den Blick und nicke stumm, so gut es Prays Griff zulässt, jedenfalls.

Sofort lässt er mich los, als hätte er sich verbrannt. Ich taumele ein Stück über die hellen Steine in Richtung Straße, bevor ich mein Gleichgewicht auf diesen mörderischen Schuhen zurückgewinne. Als ich endlich wieder sicher stehe, ist Pray bereits an mir vorbeigerauscht. Eine Autotür schlägt krachend zu. Na super. Das, was dieser Truppe noch gefehlt hat, ist ein aggressiver, pseudo-dominanter Boss mit Selbstbeherrschungsproblemen. So langsam verwandelt sich das ungute Gefühl in absolute Gewissheit. Ich hätte diesen Job niemals annehmen sollen.

Rosaly in mir gerät mit jeder Minute näher an den Rand einer Panikattacke. Der andere, der stärkere Teil von mir ist glücklicherweise fähig, seine Angst auszublenden. Ausflippen bringt mich jetzt nämlich sicher nicht weiter. Ich muss nachdenken, aber ich bekomme meine Gedanken einfach nicht geordnet. Verzweifelt bemühe ich mich, zu begreifen, irgendeinen Sinn in Prays Verhalten und dem der anderen Männer zu erkennen. Es ist, als würde ich ein gigantisches Puzzle mit nur einem einzigen vorhandenen Teil zu lösen versuchen. Da ich kaum eine Wahl habe, wenn ich nicht vorhabe, in diesem albernen Outfit von ein paar Presseleuten vor der Villa der Poets aufgegriffen zu werden, entscheide ich, mitzuspielen, bis mir etwas Besseres einfällt. Zögerlich folge ich Pray.

Mit gesenktem Blick überwinde ich die letzten Meter bis zu einem schwarzen Minibus, der uns offenbar zum Flughafen bringen wird. Ich strecke die Hand nach dem Türgriff aus, doch da gleitet sie zur Seite.

»Da ist sie ja endlich! Beehre uns mit deiner Anwesenheit, schöne Frau!« Over grinst breit und deutet einladend auf den Sitzplatz neben sich. Ein anderer ist sowieso nicht mehr frei. Und er bietet die größtmögliche Entfernung zu Pray. Noch ein schlagendes Argument. Schweigend setze ich mich, schnalle mich an und richte den Blick aus dem Fenster. Flüchtig registriere ich, dass wir dieses Mal alle gemeinsam chauffiert werden. Gut so, dann muss ich mir wenigstens keine Sorgen darum machen, dass wir heil am Flughafen ankommen.

»Alles in Ordnung?« Ich spüre, dass Evil, der mir gegenübersitzt, mich mustert, löse meinen Blick aber nicht vom Fenster. Es ist mir egal, was da draußen vorbeizieht. Ich nehme es überhaupt nicht wahr. Trotzdem ist es besser, dahin zu starren, als irgendeinen von ihnen ansehen zu müssen.

Seit gestern hat sich mein kleiner Job in etwas anderes verwandelt. In etwas Irritierendes, Gefährliches. Drei der Poets scheinen jede Gelegenheit zu nutzen, aus dem Nichts über mich herzufallen. Aber der

Vierte. Der Vierte will mich umbringen. Und niemand weiß, was eigentlich in Scream vorgeht.

Mein Blick huscht vom Fenster zu dem einzigen der Männer, den ich bisher noch überhaupt nicht einschätzen kann. Wie bei unserer ersten Begegnung hat Scream sich schon wieder unter seinen Kopfhörern versteckt und kritzelt in dem Notizbuch.

Wer sind diese Männer wirklich? Ich habe nicht die geringste Ahnung. Allerdings habe ich Ravennas Instinkte, und die sagen mir, dass ich mich langsam in etwas verstricke, aus dem ich mich besser heraushalten sollte. Und dass ich Pray sicher nie wieder »Master« nennen werde.

DREIUNDZWANZIG

EVIL

Die Räder stehen noch nicht richtig, als Pray schon aus dem Auto springt. Was hat dieser Idiot angestellt? Die ganze Fahrt über habe ich Rosaly im Auge behalten. Ich war mir sicher, dass sie jeden Moment anfangen würde zu heulen. Dann hätte mich wirklich nichts mehr davon abgehalten, Pray den Hals umzudrehen. Nicht wörtlich natürlich, aber ... na ja.

Sein Verhalten wandert sowieso seit Tagen unberechenbar in den Prayschen Eskalationsstufen auf und ab. Als ich vorhin beobachtet habe, wie er seine heilige Beretta an Scream weitergereicht hat ... Das ist nicht gut. Wenn Pray sich nicht bald ein wenig abkühlt, haben wir ein ernsthaftes Problem. Viele Optionen bleiben mir nicht, um nicht zuzulassen, dass wir direkt auf eine Katastrophe zusteuern. Gut, dass Garcia sich um alles kümmert, was mit den Flügen zusammenhängt, so müssen wir zumindest kein Gepäck mit uns herumschleppen oder uns mit Pressefutzis rumschlagen. Deshalb kann ich mich jetzt in Ruhe darauf konzentrieren, alles irgendwie am Laufen zu halten. Irgendwer muss ja das Kommando übernehmen. Und sich dann um Prays Laune kümmern. Auch wenn ich mir echt Besseres vorstellen kann, als mich um Prays kaputte Psyche zu kümmern.

Ich tausche einen schnellen Blick mit Toxic, dann steigen wir beide aus. Tox steuert auf Rosaly zu und drängt sie zum Eingang des Flughafens. Ein kurzes Nicken von mir reicht, um Over an ihre andere Seite zu beordern.

Die Jungs wissen ganz genau, wann sie auf Prays Anweisungen warten oder sich von mir Befehle erteilen lassen. Aktuell ist es keine gute Idee, sich auf Pray zu verlassen.

Das bestätigt sich auch, als ich mich nach ihm umsehe. Er lehnt an einer dreckigen Wand und tötet die glimmende Kippe zwischen seinen Fingern mit Blicken. Dann schnippt er den Stummel achtlos auf den Boden und zündet sich direkt die Nächste an. Okay. Wir befinden uns also etwas über der Mitte von Prays Genervtheits-Skala. Wundert mich nicht, immerhin sind wir, schon seit er von den verschollenen Lieferungen erfahren hat, nicht mehr auch nur annähernd ans untere Ende der Skala gerückt.

»Du hast gesehen, dass neben dir ein Aschenbecher steht?«, eröffne ich das Gespräch. Die Sonne spiegelt sich auf den Gläsern seiner Brille. Einen Moment denke ich darüber nach, meine eigene abzusetzen, damit das hier besser funktioniert, verwerfe den Gedanken aber sofort wieder. Erstens würde das Pray sowieso nicht interessieren, und zweitens habe ich wirklich keinen Bock auf Gespräche mit Groupies oder Mutmaßungen der Klatschpresse über mein schickes Veilchen. Die Hitze dringt in den dicken Hoodie und sorgt dafür, dass mir Schweißperlen über den Rücken laufen. Manchmal beneide ich Pray dafür, dass er diese Versteck-Show nicht abziehen muss.

In den meisten Fällen reicht seine Ausstrahlung, um sich ungebetene Personen vom Hals zu halten.

Er brummt zur Antwort und zieht an seiner Zigarette. Das klare Zeichen, dass er nicht mit mir reden will. Würde ich so einfach aufgeben, hätten wir deutlich mehr Probleme als sowieso schon.

»Was ist auf dem Weg zum Auto eigentlich passiert, dass ihr beide ausseht, als hätte man euch den letzten Schokokeks aus der Packung geklaut?« Oder in Prays Fall eher als hätte jemand den letzten auf der ganzen Welt verfügbaren Tropfen Whiskey vor seinen Augen ausgesoffen. Ich zögere kurz, dann lehne ich mich neben ihm an die Wand. Automatisch hält Pray mir die Schachtel entgegen, und obwohl ich diese Qualmerei hasse, gehe ich auf sein Angebot ein. Immerhin verjagt er mich nicht gleich. Dafür, dass er uns nicht in fünf Minuten die Köpfe abreißt, muss meine Lunge jetzt eben leiden. Schon der erste Zug hinterlässt ein Brennen in meinem Hals. Der Geschmack des Tabaks macht es wirklich nicht besser. Warum habe ich nicht Toxic vorgeschickt?

»Was ist los?«, mache ich weiter und hoffe, dass sich mein Opfer lohnt. Sonst brennt mir wieder ewig die Lunge für gar nichts.

Pray wirft mir einen Blick zu, der mir sagt, dass er absolut nicht darüber reden will. Tja, Kumpel, das will ich auch nicht. Aber da er sonst womöglich jedes lebende Wesen im Umkreis umbringt, bringe ich lieber dieses Opfer.

»Es geht um Rosaly, oder?«

Die Art, wie er das Gesicht verzieht, bestätigt mich. Natürlich geht es um Rosaly. Seit sie aufgetaucht ist, geht es ständig um sie. Irgendwas stimmt bei Pray gar nicht, was sie betrifft.

»Halt die Klappe«, knurrt Pray und zündet sich die dritte Zigarette an. Wow. Das Problem ist größer, als ich dachte.

»Das führt zu nichts. Also nein.« Wie ich das hasse. Für eine Sekunde schließe ich die Augen, atme tief durch und ziehe dann wieder an meiner Kippe. Immer noch ekelhaft. »Und jetzt tu uns einen Gefallen und erlöse uns von diesem Mist. Was hat Rosaly getan?«

Pray seufzt tief. Genau wie ich hasst er diese Sorte Gespräch, aber wir wissen beide, dass es sein muss. »Sie hat mich ›Master‹ genannt.« Die schnelle Abfolge von Ausdrücken, die durch sein Gesicht flackert, kann ich nicht deuten. Das brauche ich auch gar nicht. Ich fluche heftig. »Das heißt, wir müssen sie von dir fernhalten.«

Pray nickt langsam. Dann schüttelt er den Kopf. »Das wird nicht reichen.«

Wow. Das kenne ich von Pray nicht. Für ihn gibt es nur einen sehr begrenzten Umgang mit Frauen. Es gibt die, die ihn überhaupt nicht interessieren. Die, die er nur vögeln will, und die, die ihm besser aus dem Weg gehen sollten.

Alle Varianten kenne ich. Ich habe ihn mit jeder Art dieser »Beziehungen« schon erlebt. Aber als er die Sonnenbrille nach unten schiebt und mich jetzt ansieht, weiß ich, dass es dieses Mal anders ist.

»Ich befürchte, ich kann mich nicht von ihr fernhalten.«

Langsam nicke ich. Das ist so was von gar nicht gut, dass er das sagt. In mir kribbelt es. Meine Finger fühlen sich taub an, und obwohl die Zigarette mittlerweile so weit heruntergebrannt ist, dass die Hitze mir längst die Haut versengen müsste, spüre ich gar nichts.

»Was schlägst du vor?« Das taube Gefühl verstärkt sich noch.

Pray betrachtet den letzten Rest seiner Kippe, schnippt sie auf den Boden und verfolgt sie mit den Augen.

»Ich bin mir sicher, dass sie es wieder tun wird.«

Fuck.

»Hast du es ihr nicht verboten?« Schon während ich es ausspreche, weiß ich, dass ich die Frage gar nicht erst hätte stellen müssen.

»Natürlich.«

Ich nicke langsam. »Aber sie wird sich nicht daran halten.«

»Ziemlich sicher. Und wenn sie es das nächste Mal tut ...« Um zu wissen, wie düster Pray bei diesen Worten schaut, brauche ich seine Augen nicht zu sehen.

»Wir lassen dich mit ihr nicht alleine«, sage ich.

Das Versprechen geht mir so leicht über die Lippen, dass ich an mir selbst zweifele. Wie soll ich das anstellen? Rosaly und Pray niemals nur zu zweit in einem Raum? Sicherer wäre es, sie zu verjagen. Over und Tox würden mich dafür ganz bestimmt hassen. Aber bevor Pray mit ihr das Gleiche anstellt wie damals mit … Schnell schüttele ich den Gedanken ab, der eine Flut aus Erinnerungen auslöst, die ich jetzt wirklich nicht gebrauchen kann. Ich muss es tun. Ich muss einen Weg finden, Rosaly loszuwerden. Irgendwie werde ich sie dazu zwingen. Ich muss einfach. Egal, wie falsch sich das anfühlt.

VIERUNDZWANZIG

ROSALY

»Du siehst unglücklich aus, Kleines.« Toxic mustert mich eindringlich, während er und Over mich durch den Flughafen führen. Ich winke ab. Wen interessieren meine Differenzen mit Pray? Solange ich ihm nicht noch mal die Chance gebe, mir blaue Flecke am Hals zu verpassen, gibt es kein Problem. Wahrscheinlich sollte ich mich einfach von diesem Mistkerl fernhalten. Warum auch nicht? Immerhin geben sich zumindest Toxic, Evil und Over Mühe, damit ich mich nicht wie der überflüssigste Mensch überhaupt fühle. Sie können nichts dafür, dass Pray unmöglich ist.

»Alles bestens.« Ich winke ab und ernte dafür zweifelnde Blicke. In Hellgrün und Azur. Um ihnen auszuweichen, hefte ich meine Augen auf die hellen Fliesen unter meinen Füßen. Die Absätze klingen selbst im Gewusel der Menschen bei jedem Schritt wie kleine Schüsse. Wie kann ein simpler Schuh so laut sein?

Zwischen den beiden großen Männern in den schwarzen Hoodies bin ich sowieso schon nicht gerade unauffällig unterwegs. Dass sie die Kapuzen hochgezogen und die Sonnenbrillen nur kurz nach unten geschoben haben, damit ich ihnen in die Augen sehen kann, sorgt zusätzlich dafür, dass die beiden auffallen wie bunte Hunde zwischen grauen Mäusen. Da hilft mein niedliches ›Käufliche Dame‹-Auftreten wohl auch nicht, um uns unauffällig in der Menge untergehen zu lassen.

Ich spüre, dass wir beäugt und gemustert werden. Na super. Wahrscheinlich sind morgen doch die Zeitungen voll von mir mit den Poets. Und die Jungs tun absolut nichts. Wozu dann eigentlich die Show an der Villa? Vermutlich setzen sie darauf, dass man sie so zumindest nicht zweifelsfrei erkennen kann. Vielleicht reicht das aber ja auch? Mit so was kenne ich mich nicht aus. Oder – der Gedanke jagt mir einen eisigen Schauer über den Rücken – möglicherweise machen sie sich nichts mehr daraus, dass ich mit ihnen auf einer Klatschseite landen könnte, weil ich für sie ohnehin nur ihr kleines Spielzeug bin? Wie erniedrigend!

»Wenn alles bestens wäre, würdest du wohl kaum so ein Gesicht ziehen.« Toxic tritt noch einen Schritt näher an mich heran. Ich unterdrücke den Impuls, zu ihm aufzusehen, und mustere weiterhin stur den Boden.

»Ganz genau. Dieser bedröppelte Ausdruck steht dir gar nicht, schöne Frau«, neckt Over, aber statt ihm mit einem Schnauben oder Augenrollen zu antworten, sage ich nichts, gehe nur weiter und hoffe, dass sie damit aufhören, mich mit Fragen zu löchern. Alles, was ich im Moment will, ist, mich im Flugzeug in den Servicebereich zu verkrümeln und den nur zu verlassen, wenn es absolut sein muss.

Ich will Pray nicht begegnen. Das Gefühl seiner Finger um meinen Hals ist immer noch da. Ich hätte einfach gehen sollen. Kündigen und verschwinden, damit ich nie wieder in die Reichweite dieses Psychos gerate. Die Poets mögen insgesamt keinen guten Ruf haben. Was Pray betrifft, bin ich mir allerdings sicher: Sein Ruf ist sogar noch besser als er. Und das, obwohl er sowieso schon als unfreundlich, grob und totaler Soziopath gilt. Männer wie ihn habe ich früher getroffen. En masse.

Als ich Ravenna war, habe ich mit solchen Typen Geschäfte gemacht. Keine guten. Ich mag damals kein nettes Mädchen gewesen sein, vermutlich könnte man mich noch nicht mal heute, in meiner Rolle als schüchterne kleine Rosaly, als guten Menschen bezeichnen. Aber Pray ist schlimmer.

Mir hätte von Anfang an auffallen müssen, dass der Typ nach Ärger riecht.

Wo bin ich hier reingeraten? Wenn wir in LA landen, muss ich dringend mit Henry telefonieren. Er hat mir diese Nummer eingebrockt. Das hätte er doch sicher nicht, wenn diese Männer gefährlich wären. Oder?

Ein Teil von mir will das glauben. Der Rest weiß, dass ich Henry praktisch alles zutrauen sollte. Denn obwohl er und ich damals gemeinsam unsere früheren Beschäftigungen aufgegeben haben, nachdem diese ...

Sache passiert ist, bin ich mir nicht sicher, dass Henry sich nach wie vor aus diesen Kreisen fernhält. Eine ungute Vorahnung steigt in mir auf.

»Ob wir versuchen sollten, sie ein wenig aufzumuntern?«, überlegt Over laut. Ich seufze tief, kann das vorfreudige Prickeln, das durch meinen Körper schießt, trotzdem nicht unterdrücken. Was Over unter »aufmuntern« versteht, kann ich mir denken.

»Nein, danke«, murre ich, aber die Männer ignorieren mich natürlich.

»Hm ...« Toxic brummt. Aus dem Augenwinkel sehe ich ihn nicken und hebe nun doch entnervt den Blick, um mir nicht entgehen zu lassen, dass sie sich austauschen. Ich will nicht auch noch an dieser Stelle böse Überraschungen erleben. »Das sollten wir vielleicht wirklich tun, ja. Sie sieht aus, als könnte sie ein paar positive Vibes brauchen.« Toxic grinst. »Würde ihr ganz sicher guttun.«

Vibes. Jaja. Ich will gar nicht genauer herausfinden müssen, was er da eigentlich zum Vibrieren bringen will.

»Spart euch die Mühe.« Aber natürlich achtet wieder niemand auf meine gemurmelten Widerworte. Die beiden sind schon viel zu sehr damit beschäftigt, sich gegenseitig in ihrem Vorhaben zu bestärken.

»Das sollten wir hinkriegen, oder?« Over mustert mich, und synchron grinsen sie. »Definitiv«, stimmt Toxic zu. Ich seufze.

»Fragt mich auch mal wer?«

»Nein!« Die zwei Stimmen klingen wie eine, als sie

zeitgleich antworten. Na super. Sieht wohl so aus, als hätten sie das bereits entschieden. Und mir reicht es.

Mir reicht es, dass die Männer ständig Befehle erteilen, dass sie mich wie ihr Spielzeug behandeln und dass sie über mich reden, als wäre ich nicht da. Sie fragen mich ja noch nicht mal, ob ich tatsächlich gerade Sex will, sondern sie entscheiden das einfach! Ja, okay, sehr deutlich gewehrt habe ich mich auch nicht, aber egal. Damit überschreiten sie eine Grenze. Eine Grenze, die nie wieder jemand überschreiten darf. Schon gar kein Boss bei seiner Angestellten.

Abrupt bleibe ich stehen, verschränke die Arme vor der Brust und warte, bis den beiden auffällt, dass ich nicht mehr zwischen ihnen gehe. Langsam drehen sie sich zu mir um. Der Abstand macht mich mutiger. In der belebten Flughafenhalle können sie kaum auf unangemessene Ideen kommen. Hier muss ihre Anziehung einfach so weit abflachen, dass ich Klartext reden kann, ohne dass mein Kopf zugunsten wesentlich dümmerer Körperteile seinen Dienst verweigert.

»Was?« Toxic mustert mich, als würde er nicht verstehen, warum ich so reagiere.

»Was?«, wiederhole ich. Meine Stimme überschlägt sich, und bevor ich mich zügeln kann, überfluten mich meine Emotionen und ich plappere einfach drauflos.

»Was? Lasst mich mal überlegen! Ihr behandelt mich wie euer Eigentum. Ihr sprecht über mich, als wäre ich nicht da, und ...« Ich hole tief Luft und versuche, nicht zu schreien. Ziemlich erfolglos.

»Ich werde verdammte Scheiße noch mal nicht

ständig das Höschen runterlassen, nur weil es euch gerade so passt, ihr schwanzgesteuerten Arschlöcher!« Eine Frau im Businesskostüm schnaubt verächtlich und mustert uns im Vorbeigehen. Blöde Ziege. Ich erdolche sie mit Blicken, bevor ich mich wieder den beiden etwas verdutzt aussehenden Männern zuwende. Zumindest vermute ich, dass sie das tun. Unter diesen nervtötenden Sonnenbrillen erkenne ich ja nichts.

»Ihr könnt mich nicht immer ficken, nur weil ihr gerade Bock habt, okay? Ihr müsst mich wenigstens noch fragen. Wisst ihr, es soll tatsächlich Frauen geben, die nicht schon beim Gedanken an einen von euch feucht werden!« Meine Wangen glühen, aber nicht, weil ich mich schäme, sondern weil meine Wut dafür sorgt, dass mir heiß wird. Eine Schweißperle bildet sich an meiner Stirn, und ich bin mir sicher, dass ich nicht sehr hübsch damit aussehe. Es ist mir egal.

Eine Mutter, Typus biederes Hausweibchen, versucht hektisch, ihren beiden gebügelten Söhnen in beigen Pullundern die Ohren zuzuhalten. Die Kinder starren mich an, als hätte ich mich gerade nackt ausgezogen und ihnen meinen Hintern ins Gesicht gehalten. Du meine Güte.

Plötzlich verpufft die Wut auf die Männer. War ich in New York tatsächlich noch wie diese peinliche, verklemmte Familie? Ich blinzele, sehe die Frau an, und langsam finden die Puzzleteile ihren Platz. Wow. Wahrscheinlich habe ich es wirklich ein bisschen mit meinem Ehrgeiz übertrieben, Rosaly zu sein. Und das Ziehen zwischen meinen Beinen spricht eine vollkommen andere Sprache. Warum also bin ich so versessen darauf, die prüde Zicke zu spielen? Nur wegen diesem merkwürdigen unguten Gefühl, das mich immer mal wieder beschleicht.

Ich seufze und winke ab.

»Egal.« Die Männer sehen nach wie vor aus, als wäre ich eine Bombe, die vor ihren Augen beständig mit leuchtenden Ziffern droht, ihre eigene Explosion auszulösen.

»Gehen wir«, murre ich und stakse zwischen den beiden durch, als wäre ich nicht grade an einem ziemlich öffentlichen Ort heftig ausgeflippt.

Toxic und Over folgen mir, halten aber ein wenig Abstand. Ob sie das tun, um mich zu beruhigen oder um sich selbst in Sicherheit zu bringen, weiß ich nicht. Es ist mir auch egal.

Ein Job. Nichts weiter als ein Job. Und ich werde nur noch das tun, wofür sie mich bezahlen. In nuttigen Kostümchen, wenn sie das wollen, aber sie haben kein Recht, mir ständig an die Wäsche zu gehen.

Das verräterische Kribbeln schießt wieder durch meinen Körper. Verdammt! Sosehr ich auch versuche, mich zur Gleichgültigkeit zu zwingen, meine Libido hat diesen Kampf schon verloren. Das ist gar nicht gut. In mir breitet sich schon wieder das hohle Gefühl einer bösen Vorahnung aus. Diese Jungs werden mich zerstören. Sie werden mich ganz langsam in die Frau verwandeln, die ich so mühevoll abgelegt habe. Das darf ich nicht zulassen. Niemals will ich in meine eigenen Abgründe zurück.

Deshalb muss ich ignorieren, was mein Körper von

mir verlangt. Zu dem Ziehen in meiner Mitte gesellt sich mein rasender Herzschlag, als Over und Toxic den Abstand zwischen uns nun doch überwinden.

Hektisch mache ich einen Schritt, um ihnen auszuweichen. Schon keilen sie mich ein. Toxic rechts, Over links. Die anderen drei Poets kann ich nirgendwo sehen, aber ich bin mir sicher, dass sie genau dann auftauchen, wenn ich am wenigsten damit rechne.

Prays brennender Blick verfolgt mich immer noch. Dieses zügellose Wirbeln in seinen Augen. Der gnadenlose Hass. Irgendwas stimmt mit diesem Typen ganz und gar nicht.

Ich bin so in meinen Gedanken versunken, dass ich erst bemerke, dass wir die Abflughalle verlassen haben, als ich bereits vor dem glänzend schwarzen Jet stehe. Aus den Boxen dröhnt, durch die offen stehende Tür, einer ihrer dreckigsten Songs bis zu uns. Die Treppe zum Einstieg wirkt dieses Mal unendlich lang. Toxic löst sich von meiner Seite und steigt wortlos vor mir die Stufen hinauf. Over bleibt stehen und bedeutet mir mit einer albernen kleinen Verbeugung, vorzugehen. Obwohl mir gerade noch so gar nicht nach Lachen zumute war, bringt er mich damit ungewollt zum Lächeln.

»Du weißt, dass du ziemlich albern bist, oder?«, frage ich, mehr, um überhaupt etwas zu sagen, als um die Antwort zu hören. Over grinst breit.

»Aber sicher. Einer muss ja dafür sorgen, dass unsere schöne Frau das Lächeln nicht verlernt.« Der scherzhafte Unterton verliert sich ein wenig, und irgendwie glaube ich, ein Versprechen aus seinen

Worten herauszuhören. Ein Versprechen wofür? Und warum?

Das ungute Gefühl in meiner Magengegend nimmt weiter zu. Irgendwas stimmt mit diesen Männern so gar nicht.

FÜNFUNDZWANZIG

ROSALY

Oben angekommen erwartet uns ein ziemlich mürrisch schauender Garcia. Wo kommt der eigentlich her? Ich dachte, er wäre in New York geblieben?

»Wo bleibt ihr denn?«, motzt er los, kaum hat Toxic einen Fuß ins Innere der Maschine gesetzt.

»Sorry, Steve, war meine Schuld!«, grölt Over hinter mir und schlingt mir einen Arm um die Taille. »Zeit vergessen und so.« Er zieht mich an sich, nimmt mit der anderen Hand die Sonnenbrille ab und stopft sie im Vorbeigehen in die Brusttasche von Garcias Sakko. »Schön drauf aufpassen!«, erklärt Over und zwinkert mir zu.

»Wo ist die Party?« Er schleift mich mit sich bis in den Passagierraum und macht keine Anstalten, mich im Servicebereich loszulassen.

»Keine Party!«, ruft Garcia uns hinterher, aber Over winkt nur unbestimmt ab und greift in derselben

Bewegung nach der ersten Whiskey-Flasche, die seinen Weg kreuzt.

»Langweiler.«

»Du weißt, dass ihr in LA schon erwartet werdet, oder?« Garcia brüllt und meckert immer weiter hinter uns her. »In Miami konnte ich dafür sorgen, dass niemand mitbekommt, dass ihr landet. Das war verdammt schwierig und ist für LA wegen eurem Konzert absolut unmöglich. Ihr …«

»Hier!«, sagt Over, drückt mir die Flasche in die Hand und greift an mir vorbei, um die Musik lauter zu drehen, bis Garcias Gemecker endgültig übertönt wird.

»Viel besser, oder?«, brüllt er gegen seine eigene Stimme aus den Lautsprechern an und grinst schelmisch.

Ich fühle mich irritierend fehl am Platz. Schon wieder. Das bessert sich auch nicht, als Over mich neben Toxic auf den freien Sitz schiebt und sich mir gegenüber platziert. Er streckt auffordernd die Hand aus. Einen Moment blinzele ich und überlege. Was will er denn von mir? Fragen kann ich ihn nicht, denn die Musik zerreißt mir so schon beinahe die Trommelfelle. Vermutlich müsste ich sogar Toxic direkt neben mir anschreien, wenn ich ein Gespräch mit ihm führen wollte. Der schiebt sich gerade die Kapuze vom Kopf und wirft die Sonnenbrille auf den Tisch zwischen uns und Over. Dann schlingt er einen Arm um mich. Mein Atem stockt. Was soll das denn werden?

Bevor ich protestieren kann, entwindet Toxic mir

den Whiskey, lässt mich wieder los und reicht die Flasche an Over. Ach so.

Die ohrenbetäubende Musik wird genau in dem Moment abgestellt, als Over den Deckel nach Garcia schnippt, der an der Anlage herumfummelt und mich vor dem Taubwerden bewahrt.

»Spaßbremse«, nuschelt Over am Flaschenhals vorbei, bevor er einen tiefen Schluck nimmt. Meinen Job hätte ich damit vermutlich erledigt.

Ich will aufstehen und in den Servicebereich verschwinden, aber Toxic legt eine Hand auf meinen Oberschenkel und drückt mich zurück auf den Sitz.

»Gib das her!« Garcia stapft auf uns zu und streckt Over die offene Hand entgegen. Mit dem Kinn deutet er auf die Flasche. Over grinst, setzt sie erneut an und nimmt einen weiteren Schluck.

»Kannst du einmal auf einem Foto landen, auf dem du weder betrunken noch high bist?«, meckert Garcia und bückt sich, um einen umständlichen Versuch zu starten, Over die Flasche zu entwinden. Der lacht, fängt Garcias Hand ab und reicht den Whiskey an Toxic weiter.

»Nein. Aber gut, dass du mich daran erinnerst!« Grinsend schiebt er eine Hand in die Hosentasche und zieht ein Tütchen mit weißem Pulver hervor. Nicht das schon wieder.

»Ihr braucht mich ja dann nicht mehr. Ich werde mal …«, beginne ich, aber Toxics Griff lockert sich nicht. Seine Hand wird noch schwerer, falls das überhaupt möglich ist, und zwingt mich tiefer in den Sitz.

»Du bleibst schön hier, Kleines«, raunt er und mustert mich eindringlich. Oh nein. Die glauben doch nicht ...

»Ich bin nicht eure Party-Unterhaltung.« Mein Mund ist plötzlich staubtrocken. Das Glitzern in den Augen der beiden widerspricht mir eindeutig. Vorsichtig lege ich die Finger auf Toxics Hand und schiebe ihn weg.

»Das könnt ihr vergessen.«

»Aber wieso denn?« Over sieht aus, als hätte ich ihm gerade sein Lieblingsspielzeug abgenommen. Wahrscheinlich habe ich das auch.

»Weil ich das nicht mache.« Es klingt wesentlich überzeugter, als es sich anfühlt. Die beiden Männer mustern mich und warten offenbar darauf, dass ich einen Witz daraus mache, aber das habe ich nicht vor. Ich werde nicht ihre kleine Unterhaltung geben.

»Ich bin nur die Stewardess.« Energisch stehe ich auf, mache einen Schritt von den beiden weg und ...

»Wohin des Wegs, Täubchen?« Ich zucke zusammen, springe nach vorne, aber Evil ist schneller. Er packt mich am Arm und hindert mich daran, an ihm vorbeizuschießen. Scream drängt sich an mir vorbei, würdigt mich keines Blickes und kritzelt unbeirrt in seinem Notizbuch, bis er den abgelegenen Platz erreicht hat, auf dem er bereits auf dem Flug von New York nach Miami saß.

Vier. Fehlt nur noch ...

»Was soll das werden?« Die Stimme dringt ohne Umwege in meine Knochen, jagt mir flüssiges Eis durch die Adern und lässt mich erschaudern. Ich bin mir sicher, Prays Worte hätten sogar die himmellaute

Musik übertönt. So scheinen sie sich in der Stille bis tief in die Außenwände des Flugzeugs zu fressen.

»Ihr seid … nicht so ganz pünktlich«, stammelt Garcia und gibt es auf, Over und Toxic den Whiskey abnehmen zu wollen.

»Dich hab ich nicht gemeint. Mir ist scheißegal, welche Probleme du schon wieder hast. Außerdem habe ich sowieso gleich noch einen kleinen Termin. Wir starten erst, wenn ich es sage. Klar? Und jetzt raus mit dir. Wir sehen uns in LA.«

Die Raumtemperatur sinkt um weitere zwei Grad, als Pray die Sonnenbrille abnimmt und mich fixiert. Das Grau hat sich verdüstert, wirkt beinahe, als würde das Eis aus seiner Stimme nach oben wandern.

Garcia folgt Prays Aufforderung und geht gerade so schnell, dass man es noch nicht als Rennen bezeichnen kann. Trotzdem ist klar, dass er flüchtet. Wow. Okay, scheint, als wäre ich mit meiner Einstellung zu Pray nicht alleine.

»Musste das sein?«, fragt Over und sieht Garcia hinterher.

»Termin?«, erkundigt sich Toxic.

Pray durchbohrt mich weiter mit seinem eisigen Blick und ignoriert seine Freunde. Leder knarrt, als Evil sich neben Over in einen Sitz fallen lässt.

»Du bist dran«, sagt er und nimmt Toxic die Flasche ab. »Von daher bleibt die jetzt erst mal bei mir.«

Verwirrt sehe ich von einem zum anderen. Jedenfalls habe ich das vor. Aber sosehr ich mich aus Prays Blick lösen will: Ich kann nicht. Wie paralysiert starre ich ihn an, gefangen von seinen Augen, in denen sich nun ein glühender Funke mit dem Eis vermischt. Ich schaudere.

»Setz dich!«, herrscht er mich an, die Miene vollkommen ausdruckslos. Langsam schüttele ich den Kopf.

»Ich ... sollte ...«, beginne ich, vergesse aber sofort, was ich sagen wollte.

Prays Finger graben sich in meinen Unterarm. Er kommt einen Schritt auf mich zu, so unangenehm nah, dass ich automatisch zurückweiche, bis ich gegen einen Widerstand stoße und meine Knie nachgeben. Quietschend verliere ich das Gleichgewicht und lande hart in dem Ledersessel.

Was soll das?

»Du bleibst genau hier sitzen, Miss Rogers. Du tust, was die Jungs dir sagen. Ohne unsere Erlaubnis wirst du weder aufstehen, noch atmen, verstanden?«

Am liebsten würde ich die Augen verdrehen. Auf welchem bescheuerten Ego-Trip ist er denn schon wieder? Aber der Ausdruck in seinem Gesicht hält mich davon ab.

Pray sieht aus, als würde er mich ohne mit der Wimper zu zucken zerquetschen. Die Haut an meinem Hals pocht schmerzhaft, als würde seine Hand immer noch darum liegen. Ich bezweifele keine Sekunde, dass er es könnte. Mich erwürgen, zerquetschen, wie einen lästigen Käfer einfach beseitigen.

Wer zur Hölle ist dieser Typ? Mittlerweile bin ich mir sicher, dass Pray nicht nur ein psychopathischer Rapper mit Gottkomplex ist. Er ist etwas Schlimmeres.

Etwas viel Schlimmeres. Und ich werde hoffentlich nie erfahren, was.

»Verstanden?«, herrscht er mich noch mal an. Ich zucke zusammen, senke den Blick auf die Spitzen meiner hässlichen Schuhe und nicke.

»Gut.« Aus dem Augenwinkel sehe ich, wie er Toxic ein Zeichen gibt. Der seufzt, erhebt sich und schiebt sich an mir vorbei.

»Bis gleich.« Die grünen Augen mustern mich flüchtig und ich nicke kaum merklich. Mir geht es gut. Zumindest glaube ich das. Noch werde ich ein paar Minuten ohne Pray in diesem Flieger sitzen. Die Aussicht alleine reicht, um dafür zu sorgen, dass sich meine verkrampfte Haltung ein wenig löst. Was macht dieser Mistkerl mit mir?

Ich betrachte weiter meine Schuhe, bis ich schwere Schritte auf der Treppe höre, die die beiden aus dem Flugzeug aufs Rollfeld bringt.

SECHSUNDZWANZIG

PRAY

Schon auf der Treppe, die mich zurück zum Rollfeld führt, ziehe ich mein Handy aus der Tasche und tippe auf einen meiner letzten Kontakte.

Dass mich wieder nur das Freizeichen begrüßt, habe ich erwartet. Rogers geht nicht ran, egal wie oft ich versuche, mit ihm zu klären, wann und wo er seine Schwester zurückwill. Eigentlich hätte er sich melden sollen, nachdem wir in Miami gelandet sind. Hat er aber nicht. Ich hätte ihn einfach gleich umbringen sollen, statt aus lauter alter Sentimentalität heraus diesen dämlichen Deal zu akzeptieren. Genau genommen weiß ich ja nicht mal, wie Henry damals zum Clan kam. Plötzlich hat mein Vater ihn mir und Tox einfach zugeteilt.

Dad hat öfter mal Söhne von Mitgliedern in die Geschäfte integriert. Oder uns ein paar Tage auf den Straßen unter den kleinen Dealern mitarbeiten lassen.

Die meisten, die damals mein oder Toxics Gesicht gesehen haben und uns enttarnen können, leben aus verschiedensten Gründen nicht mehr. Nur bei Henry ... Was ist so besonders an Henry, dass mein Vater diesen Aufwand für ihn betrieben hat? Natürlich habe ich meinen Vater danach gefragt, aber William Sanders ist nicht unbedingt auskunftsfreudig, was seine Pläne betrifft.

Als würde er ahnen, dass ich gerade über seine Motive grübele, klingelt mein Handy, gerade, als ich es zurück in die Hosentasche schieben will.

Tox wirft mir einen fragenden Blick zu, denn wir haben bereits den Weg zum nächstgelegenen Hangar eingeschlagen, den ein paar unsere Leute aus Miami sichern und dafür sorgen, dass unserem kleinen Gespräch mit Brooks niemand in die Quere kommt.

Ohne auf Toxics stumme Frage einzugehen, nehme ich ab und lasse mir zeitgleich von ihm die Maske reichen. Gut, dass die Dinger in einem Geheimfach im Flieger gelagert werden, sodass wir sie praktisch im Vorbeigehen erreichen können.

»Preston!« Ich zucke zusammen, als die Stimme meines Vaters aus dem Lautsprecher dringt. Wie der mächtigste Mann des amerikanischen Untergrunds darauf kommt, seinen Sohn ausgerechnet ›Preston‹ zu taufen, frage ich mich heute noch. Mir ist mein Spitzname deutlich lieber.

»Vater«, grüße ich zurück, während ich mir routiniert die Maske überstreife. »Was kann ich für dich tun?«

Obwohl ich die Geschäfte übernommen habe, kann mein Dad es natürlich nicht lassen, sich einzumischen, wann immer ihm das passt. Dabei wollte er sich eigentlich mit Overs Mom einen netten Ruhestand machen.

»Sind die verlorenen Lieferungen wiederaufgetaucht?« Die Frage klingt vollkommen emotionslos, wie immer. William Sanders hat es sich schon vor Ewigkeiten abgewöhnt, sich auch nur die geringste Gefühlsregung anmerken zu lassen. Das sollte ich eigentlich auch, nur bin ich eben leider nicht ganz so kalt wie mein Vater.

»Wir arbeiten dran«, gebe ich möglichst genauso unbeeindruckt zurück.

»Dann arbeite schneller. Du weißt, was passiert, wenn wir Schwachpunkte zulassen? Muss ich dich daran erinnern, was vor drei Jahren in Indiana …«

Die Tour wieder. Ja, das mit Indiana habe ich verbockt. Einer meiner regionalen Vertreter hat mir etwas zu sehr auf der Nase herumgetanzt. Bis ich Henry darauf angesetzt hatte, jedenfalls. Seitdem ist Ruhe.

»Musst du nicht«, unterbreche ich ihn. Etwas, das sich außer mir bei meinem Vater sicher niemand trauen würde.

»Regel das. Und zwar zügig, Preston. Ich habe dir gleich gesagt, es ist keine gute Idee, Männer von außerhalb in dein Team zu holen. Ethan und Sam …«

»Ich stehe zu meiner Entscheidung, Vater. Sie werden weiter mit mir arbeiten.« Wieder lasse ich ihn bewusst nicht ausreden. Ja, das wird ihn vermutlich wütend machen, aber er muss begreifen, dass er mir die Geschäfte übergeben hat und ich das jetzt auf meine Art regele. Dass ich dafür mit Evil und Scream arbeiten will, kann ihm egal sein. Er konnte die beiden von Anfang an nicht leiden. Auch wenn ich bisher keinen rationalen Grund dafür gefunden habe.

»Dann sag nicht, ich habe dich nicht gewarnt, wenn sie dir in den Rücken fallen. Du weißt, dass man sich am Ende nur auf seine Familie verlassen kann.«

»Hmhm«, brumme ich und entdecke Brooks bereits an der Wand des Hangars lehnen. »Nett, von dir zu hören, Vater. Jetzt muss ich leider arbeiten.« Ohne auf eine Antwort zu warten, lege ich auf.

Dass Tox fragend eine Augenbraue hochzieht, brauche ich nicht zu sehen. »Ist er sauer?«, fragt er trotzdem.

Ich zucke die Schultern. »Und wenn? Er wird so oder so nicht eingreifen.« Wie auch? Immerhin residiert mein feiner Vater aktuell auf einer Privatinsel, deren Standort nicht mal ich kenne. Nachdem er vor ein paar Jahren einen kleinen Disput mit einem verfeindeten Clan hatte, versteckt er sich lieber. Feige, wenn man mich fragt, aber egal.

»Sicher?« Der zweifelnde Unterton in Toxics Worten nagt an meinem letzten Rest Selbstbeherrschung. Warum läuft eigentlich gerade überhaupt nichts so, wie es laufen soll?

»Lass uns einfach rausfinden, wo unsere Lieferungen verschwinden«, erwidere ich. Tox nickt und zieht sein Messer aus der Tasche. Gute Idee. Es wird Zeit, dass wir klarstellen, dass man uns nicht an der

Nase herumführt. Und wenn wir mit Brooks fertig sind, ist die Schonfrist für die kleine Miss Rogers vorbei. Ihr Pech, dass ihr Bruder glaubt, Spielchen mit mir spielen zu können. Dann gehört sie jetzt wohl mir, und ich kann mit ihr tun, was auch immer ich will.

SIEBENUNDZWANZIG

ROSALY

»Alles in Ordnung?« Over mustert mich, als ich aufsehe, einen ähnlich besorgten Zug um den Mund wie Toxic gerade.

»Unser Täubchen ist doch nicht aus Zucker«, hakt Evil ein. Sein Blick durchbohrt mich. Fast wie der von Pray. Nur sind Evils Augen nicht aus Eis. »Jetzt sei ein braves Mädchen und zieh diesen lahmen Blazer aus.«

Geht das schon wieder los? Ich schüttele den Kopf. »Nein.«

»Hast du Pray nicht gehört? Glaubst du, er findet es gut, dass du seine Befehle missachtest?« Mit betont gelangweiltem Blick reicht er Over den Whiskey. Die beiden scheinen eine stumme Vereinbarung zu treffen. Das gefällt mir gar nicht.

»Es ist mir egal, was Pray gut findet.« Meine Stimme zittert, und ich schiebe trotzig das Kinn vor, damit sie nicht auf die Idee kommen, er könnte mich eingeschüchtert haben.

»Du solltest ihn nicht provozieren.« Over wechselt die Position und nimmt Toxics Platz neben mir ein.

»Und du solltest tun, was man dir sagt«, beharrt Evil. »Blazer aus.« Sein Befehlston kann mit dem von Pray mithalten. Nur dass Evil nicht aussieht, als würde er mich umbringen, wenn ich mich ihm widersetze.

»Nein.«

Jetzt steht er auf, überwindet die geringe Distanz und stützt sich auf der Armlehne rechts und links von mir ab. Instinktiv rutsche ich so weit zurück wie möglich. Ich muss den Kopf in den Nacken legen, um ihn ansehen zu können. Mein Blick gleitet Hilfe suchend zu Over, aber der betrachtet mich nur und dreht die Flasche zwischen den Fingern, als würde ihn das hier überhaupt nichts angehen.

»Ich sagte: Blazer aus. Sofort.«

ACHTUNDZWANZIG

EVIL

»Sofort!«, wiederhole ich, als Rosaly mich immer noch nur anstarrt wie ein verschrecktes Reh. Ihre Angst ist so schlecht versteckt, dass ich sie riechen kann. Pray muss sie wirklich ziemlich erschreckt haben. Und ich Arschloch habe nichts Besseres zu tun, als das auszunutzen.

Es ist egal, wie sehr mir ihr Blick unter die Haut geht, wie offen ihr Zittern danach schreit, dass ich aufhöre. Ich unterdrücke den Drang, sie einfach nur in die Arme zu nehmen, um sie zu beschützen und vor der Welt zu verstecken. Und vor Pray. Das hier ist der einzige Weg. Die einzige sichere Lösung, um ihr Überleben zu sichern. Also ist es unwichtig, wie schwer es mir fällt, das hier zu tun. Ich versetze mir einen Stich nach dem anderen damit, so gemein zu ihr zu sein und ihr absichtlich Angst zu machen, aber ich muss. Vor Prays dunkler Seite kann nicht mal ich sie schützen. Scream könnte es vielleicht, wenn er bereit wäre, sich ihretwegen mit Pray anzulegen. Da er das allerdings nicht tun wird, spielt es keine Rolle. Um sich Prays Zorn freiwillig auszusetzen, um damit jemand anderen zu retten, müsste irgendein Funke Freundlichkeit in ihm stecken. Und selbst wenn ich mich in diesem Punkt in ihm täuschen sollte: Wer weiß, ob ich auf diese Weise nicht das schlimmere Monster befreien würde.

Mir bleibt also nur ein Weg, Rosaly zu schützen: meine eigene, kranke Seite. Ich muss sie so sehr erschrecken, dass sie in LA einfach wegläuft. Idealerweise ist sie so schlau, steigt dort ins nächste Flugzeug und flüchtet zu ihrem Bruder. Pray ist nicht so dumm, sie inmitten von Henrys Männern zu töten und sich damit Feinde in den eigenen Reihen zu schaffen. Es ist der einzige Weg. Ich werde mich dafür hassen, aber das wird es wert sein.

Schnell wende ich mich wieder ihr zu, setze eine undurchdringliche Miene auf. »Wenn du es nicht tust, werde ich es tun.«

Ich strecke eine Hand aus, zupfe damit am Kragen ihrer Jacke und öffne beiläufig einen weiteren Knopf an Rosalys Bluse. Sie zuckt vor meiner Berührung zurück und wirft Over einen Hilfe suchenden Blick zu, doch der hat meinen stummen Befehl wahrgenommen und wartet auf seinen Einsatz. Wir werden sie zerstören, wenn wir nicht aufpassen, aber besser gebrochen als tot.

Zögerlich greift Rosaly nach dem Revers und streift sich den Blazer ab.

»Geht doch«, lobe ich sie und lasse meinen Blick

über ihren Körper wandern. Wirklich schade um unsere Schönheit, aber wir müssen sie loswerden.

»Streck die Hände aus!«

Rosaly starrt mich an. Offensichtlich überlegt sie, ob sie meiner Aufforderung folgen soll. Zögerlich hebt sie die Arme. Over reagiert sofort. Das Klicken der einrastenden Handschellen klingt wie Musik in meinen Ohren. Rosaly starrt noch von ihren Handgelenken zu ihm, während er sich gemächlich aufrichtet, aus dem Stuhl rutscht und sich neben mir postiert.

»Braves Mädchen.« Einen Moment beobachte ich sie. Dann entscheide ich, dass es Zeit wird, die Samthandschuhe abzulegen. »Und jetzt auf die Knie.« Rosaly starrt mich an, als hätte ich gefordert, dass sie mir mitten auf der Bühne vor laufender Kamera den Schwanz lutscht. Dabei habe ich das gar nicht. Noch nicht jedenfalls. Würde sie bei uns bleiben ... wäre das durchaus im Bereich des Möglichen.

»Na los!«, knurre ich. Mein Ton ist nicht halb so scharf wie der von Pray. Trotzdem glaube ich, zu sehen, wie sich das Zittern in ihrem Körper verstärkt.

»Aber ...«

Ich hebe eine Hand und schneide ihr damit das Wort ab.

»Befehle, Täubchen. Hast du Pray nicht gehört? Das hier sind keine Bitten, das sind Befehle. Du tust, was ich dir sage.«

Rosaly schüttelt hektisch den Kopf.

»Nein!«, haucht sie. Ihre Augen schwimmen. Fuck. Der Schmerz, der mich erfasst, ist für einen Moment so übermächtig, dass ich tief einatme und mich zwingen muss, sie nicht tröstend in die Arme zu nehmen. Mein armes Täubchen.

Bevor ich dem Drang nachgeben kann, springt sie auf und rennt an mir vorbei.

Eine Sekunde bleibe ich stocksteif stehen. Over sieht ihr nach.

»Fuck«, sagt er dann. »Das ist gar nicht gut.«

Da kann ich ihm zustimmen. Sie sollte zwar vor uns flüchten wollen, aber nicht hier. Schon gar nicht, solange das »Meeting« mit Brooks da draußen stattfindet. So, wie ich Pray kenne, hat er keinen besonders abgelegenen Ort für den Termin ausgesucht. Das wäre auch nicht nötig. Unsere Leute sichern uns so oder so ab, also könnte Pray seine Rechnung mit Brooks auch mitten auf dem Rollfeld begleichen und niemand würde sich daran stören. Wir müssen sie dringend wieder einfangen, bevor sie Pray und Toxic in die Arme läuft.

NEUNUNDZWANZIG

PRAY

Die Klinge in Toxics Hand glänzt bereits rötlich vom Blut dieses Versagers. Das Messer spiegelt sich in der Maske, die sein Gesicht verdeckt, und macht die Szene gleich noch ein Stück bedrohlicher.

Natürlich hat unser Freund es nicht geschafft, herauszufinden, wer von seinen Leuten mich verarschen will. Also bekommt er jetzt, was er verdient.

Ich strecke die Hand aus und lasse mir von Tox eins seiner geliebten Messer reichen. Die kleine Miss Rogers und das Gespräch mit meinem Vater haben mich so aufgewühlt, dass ich dringend Dampf ablassen muss. Ein wenig Folter ist dafür genau das Richtige. Unsinnig zwar, weil uns dieser Trottel sowieso nichts verraten kann, aber ein bisschen Spaß können wir mit ihm trotzdem noch haben.

Ein Lächeln breitet sich auf meinen Lippen aus, während ich die Waffe in der Hand wiege. Allein das

Gefühl des Griffs in meinen Fingern macht mich ruhiger.

Ich trete auf den Versager zu, der auf dem Boden kauert und sich mit dem Rücken gegen die Außenwand des Hangars presst. Die wenigen Angestellten, die hier vorbeikommen könnten, haben unsere Leute verjagt, wenn es nicht bereits unser Anblick getan hat. Es spricht sich recht schnell herum, dass man bedrohlichen, bewaffneten Kerlen mit dieser Sorte Masken besser nicht dumm im Weg steht.

»Dir fällt nicht zufällig doch wieder ein, wo unsere Ware steckt?«, frage ich das wimmernde Häufchen Elend. Ich drehe das Messer dabei zwischen den Fingern, strecke die andere Hand aus, greife in sein Haar und zwinge ihn, den Kopf zu heben. An seiner Wange zeichnen sich schon Toxics künstlerische Verzierungen ab. Blut tropft herunter, verfärbt sein weißes Hemd und hinterlässt ein bizarres Muster auf seiner Brust. Inspirierend.

»Gebt mir mehr Zeit!«, bettelt der Idiot. Ungerührt setze ich die Klinge an, beobachte, wie er zischend Luft holt und das Metall in seine Haut schneidet. Der schwere Geruch von Blut mischt sich mit seinem Aufschrei. Die Spannung in mir lässt ein klein wenig nach. Aber es ist noch lange nicht genug. Dieser Typ hatte das Pech, mich im falschen Moment zu verarschen. An einem guten Tag würde ich Toxic jetzt bitten, ihn zu erstechen und ein nettes Foto an die anderen Trottel zu schicken, die auf die gleiche dumme Idee kommen könnten. Wie schade für Brooks, dass ich keinen guten Tag habe.

»Du hattest genug Zeit. Chance vertan.« Genau genommen hatte er Glück, dass er nicht zu feige war, hier aufzutauchen. Sonst hätte ich mir einen kleinen Besuch bei seinen Leuten erlaubt. Ich kann nicht riskieren, dass jemand glaubt, er könnte uns verarschen.

Ich setze die Klinge erneut an, fahre damit gemächlich von seiner Wange nach unten bis zur Halsschlagader, die darunter hektisch pocht.

»Und jetzt sag mir einfach, wer von deinen beschissenen Wichsern meine Ware geklaut hat«, verlange ich und suche nach dem nächsten Stück unversehrter Haut.

»Ich weiß es nicht!«, behauptet der kleine Scheißer und wagt es tatsächlich, zu heulen.

Bäh.

Schnell ziehe ich die Hand weg und trete einen Schritt zurück. Mir ist der Spaß an der Sache vergangen. Einen Moment überlege ich, Tox ein Zeichen zu geben, aber andererseits ...

Ich ziehe die Beretta aus meinem Hosenbund, die Scream mir für das Meeting zurückgegeben hat, entsichere sie und schieße dem Idioten zwischen die Augen.

Hinter mir schreit jemand auf. Die Stimme würde ich überall erkennen.

»Was machst du hier?« Ich sehe mich nicht nach ihr um, sondern verpasse dem Arschloch einen Tritt. Sein Körper kippt zur Seite, aber das befriedigende Gefühl bleibt aus.

Tox neben mir ignoriert Rosaly, zieht das Handy aus der Tasche und bellt Anweisungen hinein. Irgendjemand wird also brav hinter uns aufräumen. Wie immer.

Langsam drehe ich mich um und ziehe beiläufig die Maske vom Gesicht. Dass Rosaly uns trotz unserer Tarnung erkannt hat, ist sowieso klar. Die Chancen stehen dankbar schlecht, dass zufällig zwei Typen in den gleichen Klamotten hier auftauchen und einen Kerl töten, während wir für einen Termin aus dem Flugzeug verschwinden. Rosaly mag vielleicht ein wenig naiv sein, dumm ist sie allerdings leider nicht.

Also wird es Zeit, sich um ein viel größeres Problem zu kümmern. Schade für Henry, aber soeben hat seine Schwester eine Grenze überschritten. Jetzt hängt sie mit drin. Es gibt nur noch zwei Optionen: Die Kleine gehört mir, oder ich werde sie töten.

Ich sehe sie direkt an, mustere ihren geschockten Gesichtsausdruck. Mein Finger zuckt erwartungsvoll am Abzug.

»Du hättest im Flieger bleiben sollen.«

DREISSIG

ROSALY

Der Lauf einer Pistole ist auf mich gerichtet, und ich starre dennoch die Maske an, die eben noch Prays Gesicht verdeckt hat und jetzt anklagend zwischen seinen Fingern baumelt. Ich erkenne den Waffentyp sofort, meine Hände erinnern sich noch daran, wie sich das Metall unter ihnen anfühlte, wie es ist, den Abzug zu drücken. Selbst an das Gefühl der Macht erinnere ich mich noch. Allerdings sind all diese Empfindungen dumpf. Meine ganze Aufmerksamkeit gilt der verdammten Maske, die höhnisch hin und her schwingt. Ich hätte es ahnen müssen. Ich hätte wissen müssen, dass Henry nie aufgehört hat. Aber dass er nicht zögern würde, mein Todesurteil zu unterschreiben, wenn es ihm Vorteile bringt ... das habe ich nicht kommen sehen.

Mir wird eiskalt, und ich bete dafür, dass Pray einfach abdrückt, denn ich weiß, was mich erwarten wird, wenn er es nicht tut.

Ich kenne diese Masken. Und ich weiß, wer sich

dahinter verbirgt. Am liebsten würde ich laut fluchen, bringe aber keinen Ton heraus.

Dieses ungute Gefühl hatte die ganze Zeit verdammt recht. Warum habe ich nur nicht darauf gehört? Einfach: Weil ich mich zu sicher gefühlt habe, hinter der Fassade der Rosaly, und glaubte, ich wäre weit genug weg von allem, was ich früher getan habe. Tja, Überraschung, bin ich nicht.

Mein Bruder hat mich direkt zu dem Mann gelotst, den ich vor einigen Jahren von seinem Thron stürzen wollte, um seinen Platz einzunehmen. Und Over hat das Polizeifoto von mir gefunden. Wenn Pray herausfindet, wer ich wirklich bin, wird er nicht so gnädig sein, mich schnell zu töten. Ich werde leiden. Lange. Und das vollkommen zu Recht. Die Gerüchte über Prays Lust auf Rache tragen sich schon durch die Reihen seiner Leute wie dubiose Geistergeschichten. Dummerweise weiß ich, dass jede einzelne davon wahr ist. Und er hat damals bereits damit begonnen, mich seinen Zorn spüren zu lassen.

Ein eisiger Schauer jagt über meinen Rücken. Immer noch starre ich in die Mündung der Waffe, rühre mich nicht vom Fleck. Nach all der Zeit stehe ich also vor dem Mörder meiner Schwester. Und warte nur darauf, dass er auch mich tötet.

Ende Band 1

ZWISCHENLANDUNG

Over: Scheiße, Kat, das kannst du echt nicht machen!

Katy: (*Hebt abwehrend die Hände und schiebt Over so gut wie möglich von der Tastatur weg*) Hey, das geht ganz allein auf eure Kappe. Ich schreibe nur mit, schon vergessen?

Evil: Klar tust du das. Würdest du noch mal wiederholen, wo Pray schon wieder die verdammte Knarre herhat?

Toxic: Ja, das wüsste ich auch gerne. Ich muss ständig meine Messer abgeben!

Katy: Als könnte ich Pray irgendwas verbieten! Wenn der auf mich hören würde, hätte er im zweiten Kapitel aufgehört, sich wie ein Arschloch zu benehmen.

Pray: (*Donnert die Faust auf den Schreibtisch, was dafür sorgt, dass der Laptop gefährlich abhebt und Katy ihn schnell auffängt*) Ruhe jetzt! Ich entscheide, was sie schreibt. (*Wirft einen eisigen Blick zu Katy*) Ich entscheide, wer hier Waffen trägt. Und ich entscheide, ob die kleine Miss Rogers stirbt.

Rosaly: (*Schnaubt an einem etwas dreckig aussehenden Knebel vorbei, den Evil kritisch beäugt, während Over ihr eine Hand auf die Schulter legt*).

Scream: Tust du nicht.

Katy (*Überrascht*): Ach, du hast also nicht vor, dich da rauszuhalten?

Scream: Als wüsstest du das nicht.

Katy: Du hast dich doch die ganze Zeit im Hintergrund gehalten. Ich habe angenommen, dich interessiert das alles nicht … (*schaut irritiert von einem zum anderen*)

Pray: Können wir uns jetzt wieder den wichtigen Dingen widmen, bevor wir uns Screams krankem Hirn zuwenden? Immerhin hab ich die Beretta noch nicht gesichert.

Kollektives Zusammenzucken. Over schiebt sich vor Rosaly, Evil und Toxic flankieren den Schreibtisch, während Scream seelenruhig sein Notizbuch aufklappt.

Toxic (*wirft einen kurzen Blick über die Schulter zu Katy*): Hey, langsam, Mann. Lass sie unsere Story zu Ende schreiben, bevor du vollkommen ausrastest.

Katy: Er hat nur Angst, dass seine harte Schale zerbröselt wie ein alter Keks.

Pray (*Knurrend*): Das wagst du nicht!

Katy: Tja, zorniger Badboy, warte nur ab. Dir werden noch mehr Dinge passieren, die du nicht magst.

Pray: Ganz bestimmt nicht!

Katy: Oh doch!

Over: Süße, das kannst du ewig mit ihm diskutieren.

Evil: Und wenn ihr weiter streitet, behält Rosaly diesen dreckigen Lappen nur länger im Mund.

Katy (*schielt besorgt zu Rosaly*): Ich brauche gar nicht zu fragen, ob ihr ihr das Ding abnehmt, oder?

Kopfschütteln.

Toxic: Bestimmt nicht. Da sie nicht aussieht, als würde ihr das gefallen, schlage ich vor, Pray hört auf zu stänkern und Katy geht sofort wieder schreiben.

Katy: Aber ich hab doch gerade erst ... (*wirft einen sehnsüchtigen Blick zu einem Stapel Bücher*)

Pray: Du hast dich darauf eingelassen. Bis wir mit dir fertig sind, gehörst du uns. Also: Schreib!

Evil: Ja. Sonst kette ich dich an den Schreibtisch.

Toxic (*nimmt Over die offene Whiskeyflasche ab und streckt sie Katy entgegen*): Vielleicht hilft das?

Katy beäugt das Ding, stellt es ganz weit weg und legt seufzend die Stirn auf die Tischplatte.

Over: Dann das?

Katy (*wirft das Tütchen mit verdächtigem weißen Pulver nach Over*): Steck das sofort weg! Und jetzt raus! Alle. Ich muss schreiben, damit ihr Deppen mich endlich in Ruhe lasst.

Evil (*grinst*): Gute Entscheidung. (*Er schnappt Rosaly an ihren Fesseln.*) Komm mit, Täubchen, vielleicht mache ich dich sogar los, wenn du artig bist. Ach, und Katy?

Katy: Hm?

Evil: Diese Nummer aus dem letzten Kapitel ... Das kann ich so nicht stehen lassen. Du lässt zu, dass ich wie ein verdammtes Weichei klinge. Korrigier das!

Katy (*winkt ab*): Stell dich nicht so an, das war süß.

Evil: Du willst mich echt beleidigen, oder? (*seufzt*) Gut, wenn das so nicht funktioniert, dann muss ich dich leider vom Gegenteil überzeugen, und ich garantiere dir: Ich werde eine Menge Spaß dabei haben. Aber die arme Rosaly … wahrscheinlich nicht.

Katy (*schüttelt den Kopf*): Ihr seid doch alle wahnsinnig.

Evil (*lacht*): Oh, meinst du? Dabei haben wir noch gar nicht angefangen.

DANKSAGUNG

Auch wenn die Geschichte der Poets noch nicht zu Ende erzählt ist, ist es erst mal an der Zeit, Danke zu sagen. Dem tollen Team von Federherz und natürlich besonders für den Einsatz meiner lieben Buchbetreuerin Fatoş und meiner Korrektorin Michelle.

Meinen beiden ersten Versuchskaninchen für meine ersten Versuche in diesem Genre, Anna und Jacqueline, möchte ich natürlich auch danken, dass sie sich die erste Fassung dieses ersten Teils angesehen und mich ermutigt haben, nicht gleich wieder aufzugeben.

Danke auch den TiZi Lückenfüllern und besonders den Zirkel-Teilnehmern des Juli Camps 2021, dafür, dass ihr die Männer begleitet habt und eine Menge Motivation verbreitet habt.

Ganz besonders muss ich mich natürlich bei meinem wunderbaren Testleser-Team bedanken. Jacky, Sandra, Jasmin, Eleonora, Sejra, Birgit, Brigitte, Aaliyah, Manuela, Carina, Isabel, Nina, Vivi, Gina, Celina, Isi, Michelle, Sandra, Sarah, Lydia, Sonja, Ilona, Carolin, Mariangela, Silke, Jenny, Milena, Sina, Alexandra, Sandra, Maria und Cara. Für Brainstormings, Quasselrunden und so viel mehr als das reine Testlesen.

Und natürlich auch ein Dankeschön an Mister Crown, dafür, dass ich stundenlang in meinen Büchern verschwinde und ihm hinterher noch von meinen Protagonisten erzähle und er trotzdem freiwillig Autorinnen-Betreuer spielt.

Mein Schicksal scheint besiegelt: Ich soll Coleman Price heiraten! Einen Mann, den ich nicht kenne. Und wofür? Nur damit die Vereinbarung unserer Mafia-Familien sich erfüllt und das Imperium wächst. Aber nicht mit mir ...

Also bin ich geflohen und war mir sicher, nie Teil dieses Abkommens zu sein! Ich habe mein eigenes Leben, das nichts mit der Mafia zu tun hat. Ein Jahr konnte ich untertauchen, bis mich ein dummer Fehler verraten und Coleman mich gefunden hat. Aber wenn er denkt, dass er mich mit seiner
hartnäckigen Art beeindrucken kann, hat er sich geirrt.
Denn in mir fließt das Kingston-Blut und das verbietet mir, mich unterzuordnen.
Die Frage ist nur, wie lange werde ich mein Herz beschützen können, denn er hat nicht vor, mich jemals gehen zu lassen. Schon gar nicht, wenn da noch andere Leute sind, die meinen Tod wollen. Scheint so, als wäre Coleman der Einzige, der mich tatsächlich schützen kann ...

Sammle Herzpunkte und sichere dir

kostenlose Wunschbücher

Du hast Lust, Feedback zu den Verlagstiteln des Federherz Verlages zu geben? Du möchtest dabei Punkte sammeln, von denen du dir in regelmäßigen Abständen Wunschbücher aussuchen kannst?

Dann mach mit beim Herzlesen. Alles, was du dafür brauchst, ist ein Konto auf unserer Federherz-Homepage. Sobald du dieses hast, kannst du direkt damit loslegen, Herzpunkte zu sammeln.

Wir freuen uns, bald mehr von dir zu lesen!

Dein Federherz Verlag

FEDERHERZ
VERLAG